徳間文庫

# 警視庁心理捜査官（けいしちょうしんりそうさかん） 下

黒崎視音

徳間書店

目次

# 第四章　半神妖女（キルケ）

一月三十日。

朝九時、三枝康三郎のベンツがお手伝いさんの青山の見送りで車庫から姿を現すと、藤島を置いて爽子（さわこ）のワークスは走り出した。事前に、出勤途中の柳原の携帯電話に連絡を入れ、張り込み用の車両の手配を頼んでいた。

尾行を交代したのは、単にいつもあの場所に停車していてはいずれ目につくと考えたためだった。それだけだ。しかし、タクシーを頼むには、財布の中に余裕がなかった。何しろ、交代要員がいないのだから、預金を下ろしている暇などない。藤島は寒風の中、しばらく立ち尽くすことになるが致し方がない。柳原は車両の手配はするが、交代は難しいといった。

――現在私達のチームは、二人のお客さんの担当が誰か捜しているから。

つまりリスト班は、二人の被疑者が売春組織の別の女性と接触がなかったかを洗い出しの最中で、人手がないという意味だ。携帯電話で迂闊(うかつ)なことはいえないので、柳原はそういう言い方をした。

もとより期待していた訳ではなかった。

爽子は幹線道路に出ても、間合いを取りながら尾行した。信号で停まると、そっと車内の康三郎を窺(うかが)った。ルームミラーに注目する訳でもない。不必要に周りに注意を払う様子もない。前方だけを見つめている様子だ。

そのうち爽子は気づいた。麹町(こうじまち)の事務所に出勤するにしては、道順がおかしくはないか。このまま行けば新宿方向に出るはずだが。

出勤前に誰かと会う約束があるのか。とすれば、誰と。

渋滞に飲まれながら進むと、やがて新宿新都心の都庁を始めとする高層ビル群の威容が見えてきた。いつ見ても小綺麗な墓石に見えるのは何故だろう。

新宿駅を通過すると、康三郎のベンツはウインカーを点滅させ、高層ビルの一つ、京浜グランドホテルのロータリーに進入した。爽子は咄嗟(とっさ)に判断し、路肩に寄せると、ハザードを点滅させて停車した。康三郎がベンツを捨て、ロビーに入って行くのが見える。

躊躇(ちゅうちょ)も逡巡(しゅんじゅん)もなかった。爽子はドアを開けて中央通りの四車線道路に飛び出した。クラクションが怒号のようにいくつも響く中を、爽子は排ガスにまみれた空気を肺一杯に何度も吸い込み、吐き出しながら走った。そのたび、ちりちりと肺が刺されるように感じたが、走った。

道路を渡りきると、さすがに息が切れた。通勤途中の着膨れた勤め人が数人、立ち止まって爽子に視線を注いでいた。

爽子はわざと肩を両手でぽんぽんと払う仕草をし、次いでぺこりと頭を下げた。「おはようございます」

立ち止まっていた数人は、眼を逸らし慌てて歩き去った。わざとおかしな行動をとって注目から逃れるのは〝箱師〟、つまり電車専門スリの、とりわけ仮睡者ねらいの常套手段だ。

人垣が散ると爽子は小走りに急いだ。エントランスの隅に停めたベンツを横目に二段ほどの石段を登り、ロビーに入った。

柔らかなシャンデリアの光と、ふと息をつく暖かい空気があった。三枝康三郎の姿はない。チェックアウトの時間にはまだ早いのか、カウンターの前にも人はまばらだ。

爽子は奥のエレベーターを見た。何階に向かったのか。爽子が迷っていると、エレベーターの扉が開き、数人の客とともに三枝康三郎が降りた。

身を隠す暇などなかった。爽子は咄嗟にハンカチをポケットから掴みだして床に落とし、それを拾う振りをしてやり過ごした。幸い、康三郎は気づいた様子もなく、せかせかとロビーを歩き去った。

康三郎がホテルに入ったのは時間にして約十分弱。どんな用事か知らないが短すぎる。せいぜい、何かを手渡すくらいしか……。

爽子はカロリーメイトを囓(かじ)って耐えた三日間が報われるかも知れない、と思った。

爽子はカウンターに近づいた。

「いらっしゃいませ」

「お仕事中、申し訳ありません」

爽子は詫(わ)びながら、警察手帳を取り出し、身分証を見せた。

「警視庁の吉村と申します。こちらに宿泊されている方についてお訊(き)きしたいのですが。よろしいですか?」

「どういったことでしょう」若いホテルマンは硬い口調でいった。

爽子に見えないように密かに合図を送ったのだろう、カウンターの中で、中年の制服を着たホテルマンが若い係の後ろからやって来た。

「いらっしゃいませ。何か?」

爽子が用件を繰り返すのを、中年のホテルマンは慇懃(いんぎん)な笑みで聞いてから、口を開いた。

「吉村様、そういったお客様のプライバシーに関することは、正式な書類をお持ち戴かないと」

「詳しくはお話しできませんが、重要事件の捜査です」

「なんと申されましても」ホテルマンは慇懃な笑みを崩さない。

どうしようか。個人情報を調べるには捜査事項照会書が必要だが、そんなもの本部が三枝由里香に対してだす筈がない。

「では、一つだけ教えて下さい。個人名も部屋番号もおっしゃらなくて結構です。――今月二十一日から今日までの間、若い女性が一人で泊まっておられる部屋はありますか」

しょうがないか、というふうにホテルマンは名簿を開き、調べた。

「ええ、おられます。二十六日から、お一人で。これ以上はお教えできませんが」

ホテルマンは顔を上げ、硬い表情でいった。

「結構です。どうも」

部屋が判ったところで立ち入る理由がない以上、これで十分だ。ヒット、と爽子は内心叫んだがおくびにも出さず、カウンターを離れた。隅の公衆電話に歩み寄る。カードを挿入して藤島のポケットベルの番号を押し、「コウバン　デ　マテ」とメッセージを打ち、一旦受話器を置いて離れた。

間違いなく、三枝由里香はここにいる。おそらく売春で稼いだ金が底をついたか。底をついてなおこんな高級ホテルに泊まるのがお嬢様らしいところだ。

――お嬢様、か。なんでそんなお嬢様が、売春なんかするんだろう。

爽子は大理石の太い支柱と観葉植物の陰に隠れながら、思った。生活のためでないのは確かだが、それは摘発される多くの少女にも当てはまることだ。

世間一般のイメージとして、少女売春は〝特別な〟少女が、四十代、五十代の中年男性に身体を売るもの、と思われている。

しかし実際はごく普通の少女達が身体を売り、買う側の男性は二十代、三十代の場合が多い。少女達の動機は圧倒的に遊ぶ金欲しさと好奇心、そして寂しさからと答える。男性の側は単に若い子がいいから、と供述する。男達にとって、身体を売る少女達は単に性器に目鼻がついただけの存在に過ぎない。

もっとも少女達の中でも、何度も身体を売る者は少数派である。大抵は一度、多くても数回で止めてしまう。爽子は所轄保安時代、一度で止めた少女に話を聞いたことがある。その理由を彼女はこういった。「自分を安売りしたくなかったから」と。そして買う男達を「あいつら、寂しいんだよ、結局。あたしが言うのもナンだけどさ、ほんとに人を好きになったことなんかないんじゃないの」

爽子は、恋愛の自然な流れの中でのセックスではなく、そこだけ切り取って恋愛と錯覚しているということかな、と思った。

しかし、少女達の抱える孤独も問題だ、と思った。金欲しさなら理解はたやすい。けれど寂しいから身体を売るとは……あの頃の爽子には理解は出来ても納得は出来なかった。

だが、マルチ商法まがいの訪問販売の手口で、一人暮らしの老人が多く被害者になり、流血沙汰にまで発展した事件に応援として参加した時、売春と同じくその原因に孤独、寂しさがあることが判った。被害にあった老人の多くは、訪ねてくる人間に孤独から心を許してしまったのだ。確かに、孤独は犯罪の誘因たり得るのだ。

経済事犯にも、売春にも、時には殺人の動機にも。

しかし、と佇(たたず)みながら爽子は考え続けた。マルチ商法は、まして個人の抱える孤独というのは、ずっと昔から存在したものだ。何故、過去から現在に至るまで、同じ結果を繰り返すのか。歴史は繰り返す、人は所詮愚かだなどとしたり顔をする気はなかった。

もしかすると、と爽子は思った。人は繰り返すように出来ているのかも知れない……。一つ一つ出来事を学んでゆけば、やがて人は間違いを犯さなくなる。だが反対に良いことについても試行錯誤をしなくなり、社会として活性を失ってしまうかも知れない。それは、生物学でいう環境に適応しすぎた生物がわずかな環境の変化で死滅すること、あるいは学歴、企業至上社会である日本が数々の問題で閉塞しているることにたとえられるかも知れない。

爽子ははっと息を吐き、いつも不意に蕁麻疹のように頭をもたげる悲観的な考えに蓋をした。考えていても、あまり楽しいことではない。それに、そろそろ藤島が交番に着く頃だ。

爽子は再び電話に歩み寄り、カードを取り出しながら、受話器をとった。

「三枝由里香の居場所を突き止めた、と思う」

電話が藤島に代わると、爽子はいった。

「本当か！」藤島の声が弾んだ。

「ええ、多分。三枝康三郎の行動を見てると、間違いないと思う。同年齢の女性も宿泊してる」

「間違いや、フェイントってことは」

「三枝は度を失ってるわ。それに昨日も、本当に藤島さんをまくつもりなら、もっと慎重な筈だしタクシーを使った筈よ」

「そうか……、わかった。すぐ行く。場所は？」

「新宿新都心、京浜グランドホテル」

了解、と藤島は答え、電話が切れた。

爽子は電話を離れ、ロビーの隅に立った。座ると眠ってしまうと思ったのだった。それくらい、疲れを感じていた。

一時間ほどで、藤島は現れた。爽子を見つけると、歩み寄った。

「三枝由里香は」

「まだそれらしい子は見てない。どの階のどの部屋かも判らない」

「柳原警部に報告は？」

「まだ。確認してからにしようと思って」

「そうだな……」

藤島は地下駐車場に行ってみる、といい、歩き去った。そして、しばらくして帰ってきた。

「あったよ、BMW、Z3ロードスター。車両使用者照会してみるよ」

藤島は公衆電話に向かい、蔵前署に電話をかけた。用件とナンバーを伝え、そのまま待つ。〝一二三〟には無線は基幹系、部隊活動系などが通信指令室を経由して、〝有線〟――、つまり電話は独立回線である警察電話から直接つながるが、出先や署活（署外活動）系無線から照会する場合は、一旦本署から連絡して貰わなければならない。

「――そうですか。どうも」

「どうだった？」

藤島が受話器を置くと、爽子は口を開いた。

「登録者は三枝康三郎になってる。――あれ？」

藤島は爽子の頭越しに誰かを見つけた。爽子が振り返ると、若い男がロビーを横切り、エレベーターに向かっていた。

「誰？　知ってる人？」爽子は藤島に向き直った。

「三枝法律事務所の奴だ」

「ここにいて」爽子は早足で歩き出していた。

男はエレベーターの扉の前で、他の客に混じって箱が降りてくるのを待っていた。爽子も人を間に挟んで、後ろに並んだ。

扉が開くと、爽子は男と共に乗り込んだ。男は係員に「十四階お願いします」と言った。途中何度か停まり、人の出入りはあったが、男は全く爽子に注意を払おうとはしなかった。

十四階につく。爽子は男と初老の男性客と降り、絨毯（じゅうたん）を敷き詰めた廊下を歩き出した。初老の男性はすぐに自分の部屋に消えたが、爽子は構わず追った。男は気にする素振りも見せず、先を歩いている。

男はドアの部屋番号を示すプレートを見て、立ち止まった。爽子はそのまま行き過ぎた。ゆっくり歩きながら、音だけに神経を集中した。

〝あ、どうも。所長から頼まれまして……〟

〝はい、分かりました。お預かりします〟

小さな金属音がした。次いで、ドアが閉じられる音。男の立ち去る足音。爽子は廊下を抜け、非常階段のドアで立ち止まり、時間を置いて男の訪ねた部屋の前に戻る。１４２８号室。中を臭いを嗅ぐようにそっと窺う。物音一つしない。それだけ確かめ、爽子はエレベーターに乗り、ロビーに戻った。

フロアを見回したが藤島の姿がない。どこに行ったのか。

とりあえず爽子がもといた場所に戻ると、後ろから肩を叩かれた。藤島か、と驚いて振り返ると、柳原明日香が立っていた。

「警部、どうしてここが」

柳原は苦笑し、ポケットから爽子の車のキーを出して渡した。

「何いってるの、幹線道路に違法駐車して。新宿署の交通課から連絡があった時は驚いたわ。車、地下に置いといたから。――それで、ここにいるの？」

後半は声を低めて、柳原は言った。

「はい、間違いないと思います」

「そう」柳原は頷いた。「藤島さんは？」

「それが――」

その時、エレベーターが開き、藤島が出てきた。二人に気づくと歩み寄る。

「ご苦労様」と、柳原が先に口を開いた。

「警部……。三枝由里香、ここにいますよ」

挨拶抜きで藤島は言い、続けた。「地下駐車場から、由里香の車が移動されました。運転者は三枝の事務所の人間です。現認しました」

「間違いなさそうね」

柳原は頷いた。「――管理官に報告、しましょう」

「警部……」爽子は柳原を見た。

柳原は爽子と藤島とともに電話に歩み寄り、カードを挿入して佐久間の携帯電話の番号を押した。

「柳原です。当該参考人の所在、確認しました。新宿の京浜グランドです。……ええ、吉村、藤島も一緒です」

爽子と藤島は柳原をじっと見守っていた。

「は？　いえ、しかし……、管理官。ですから——そうです」

柳原はじっと佐久間の言葉に耳を傾け、やがて答えた。

「——判りました」

柳原は受話器を置いた。爽子と藤島に向き直る。

「三日間。これが佐久間管理官の命令よ」

警護に名を借りた事情聴取に与えられる期間だった。

「そんな。条件が悪すぎます」

爽子が言った。署の取調室での三日間ならともかく、相手の懐での聴取にその期間では短すぎる。

「どういっても、これ以上の時間的余裕は出ないわ。警護するという名目で、それほど時間が稼げるとは思っていなかったけど。——それに、佐久間警視の本心は別にあるように聞こえたわ」

「それは」藤島が訊いた。

「〝三日で落とせ〟よ」柳原は薄い笑みを浮かべた。「刑事ね、あの人も」

「柳原警部、教えて下さい。なぜそうまでして……」

爽子が柳原の目を見つめたまま、言った。

「——知っても何の役にも立たない。むしろ知らない方がいい」

柳原の冷然ともいえる答えに、爽子は口を閉じた。

何故、三枝由里香を守ろうとするのか。柳原はその一端を摑んだのだった。

手掛かりはまたしても捜二の長生からだった。気になることがある、と深夜に連絡を寄越し、柳原は盗聴を警戒し、自宅近くの公衆電話で話を聞いた。

「ちょっと気になることがあって調べてみたんですが、お知らせしておいた方がいいと思って。——三枝康三郎は大学卒業後、二年目で司法試験に合格し、そのまま、ある弁護士事務所に就職し、居候弁護士として勤務しています。そして、三十四歳の時、二十九歳の篠田美和と結婚しています。で、本題はここからなんですが……、結婚式は旧財閥という篠田家の家柄からすれば、かなり質素だったようです。式の出席者も、限られた親族とそれぞれの友人が数名、ということで、いろいろと一部では取り沙汰されたようですが……」

「おおっぴらに挙式することが出来なかったか——、あるいは憚られた。そういうこと？」

「はい。その……、篠田、いや、三枝美和はその五カ月後に由里香を出産しています」

確かに気になる話だ、と柳原はすきま風の吹く電話ボックスの中で、夜の冷気も一瞬忘れて思った。当人の意志より、新たな閨閥をつくるための政略的な側面のつよい結婚が優先されがちな世界で、三十路前、胎内に子を宿して花嫁衣装をまとった女と、三十代半ばちかくまで独身でいた少壮弁護士。

「篠田美和とは、婚約していたの？」

「いえ、周囲にも寝耳に水だったようです」

「二人が出会った経緯は？」

「兄の篠田幸雄が城南大学法学研究会という司法関係に進む学生の会に入ってまして、結局、司法試験は諦めたようですが、そこに入会していた三枝と兄を通じて知り合ったようですね。――そのせいか、結婚式には司法関係者や省庁関係者もいたようです」

「その省庁関係者っていうのは？　具体的には、わかる？」

「さあ、そこまではちょっと。なんでしたら、調べてみましょうか？　すこし時間がかかるかもしれませんが」

「いえ、いいの」柳原は即座にいった。「そこまでしてもらうには及ばないわ」

しかし……、と受話器のむこうで続ける長生に、柳原は念を押した。善意の協力者と呼ぶには、あまりに積極的な長生に、これ以上の深入りをさせるわけにはいかなかった。

何かの参考になりましたか、という長生に、柳原は礼をいって受話器を置き、電話ボックスを出た。

──城南大学法学研究会か。

柳原はその名を知っていた。研究会などといってはいるが、内実は富岳商事が将来の弁護士、検事との繋がりを持つために資金を提供している会だ。公安は内実を把握しているが、その情報を刑事部に下ろすようなことはしなかった。……ただ、水面下を行き交う検察との取引のカードになるだけだった。

常磐の奴、と柳原は今更ながら忌々しく思った。三枝康三郎、富岳商事の篠田幸雄、警察庁官房長・式部小次郎警視監の三者の間にそんな関係があったとは一言もいわなかった。国会図書館での情報提供の際、三枝康三郎は巻き込まれたかのようない方だった。とすれば、そこには何か秘密があるということだ。〝桜前線〟などという真偽不明の存在かそれ以上に、おそらく由里香を中心にした隠しておきたい何か──。

「時間がなければ聴取を急ぐしかないわね。問題は、どうやってドアを開けさせるかだけど……」

「父親が来れば、必ずドアを開けます」爽子はいった。「状況から見て、康三郎は昨日か本日早朝に由里香から居場所を告げられた筈です。そうでなければ、もっと早く車を移動していたでしょうから。朝の接触はとりあえず金銭だけ渡し、事情を今夜にでも聞きに来る筈です」

「そうね……。でもそうなれば父親、それも弁護士の前で聴取することになる。口を割るとは思えないわ、貝になるだけよ」

「やってみます」爽子は言下に答えた。それより他に、いうべき言葉はなかった。

「……判った。吉村さんの判断に委ねましょう」柳原は続けた。「――ただし、三日で引き出せなければ諦めなさい。捜一幹部も、多分吉村さんが思ってるほど、腰が引けてる訳じゃない。三日間という時間は、課長達が最大限に押した結果だと思うから」

「ええ」

「最善を尽くします、警部」藤島が答えた。

柳原が捜査本部に戻ると、爽子と藤島は十四階の非常口近くで、再び張り込みに立った。夜まで弁護士業務がある康三郎は現れないと判断し、爽子は藤島を着替えのために帰し、戻ってくると自分も下着と服を着替えた。よれた服装では相手に舐められてしまう。

立ちづめの足はすでに腰から下の感覚がない。爽子と藤島はそれを無視し、待った。時間だけが流れてゆく。疲労も腰の痛みも消えない。時間感覚を喪失しつつあった二人にかわり、腕時計の針だけが正確に時間を刻んでいた。

張り込みを開始して十五時間、午後十一時。

静かな廊下に、エレベーターの開く音が響いた。厚い絨毯を踏む微かな足音が近付いてくる。

爽子と藤島は顔を上げて視線を交わし、ドアの開く音を待った。どこかの部屋のドアがノックされ、しばらくしてドアの開く音がした。爽子と藤島はそっと角から顔を覗かせ、廊下を窺った。

１４２８号室のドアが開かれ、部屋番号を記した金文字のプレートが照明に鈍く光っているのを見た。

爽子と藤島は無言で走り出した。そして、ドアが閉じられる寸前、爽子はドアノブを摑み、藤島は靴の爪先をドアの隙間に押し込んでいた。

「警察です。——ここを開けて下さい」

爽子が囁(ささや)くように告げ、左手で手帳を開き、身分証をかざした。

わずかに開いたドアの隙間から、顔を蒼白にしてそれを見つめたのは三枝康三郎だった。そして、後ろに一人の女性が立っているのを爽子は認めた。

「おい、これはどういうことだ？　こんなことが——」

三枝康三郎が押し殺した声で怒鳴った。端然とした弁護士の顔ではなく、娘を庇(かば)うために完全に正気を失った父親の顔だった。

「三枝さん、由里香さんの居場所が判れば、連絡いただけるとおっしゃいましたね？」

　爽子も低い、有無をいわさぬ声で畳みかけた。

「しかしこんなことをしていいとはいってないぞ！　第一、これは不法侵入だ——」

「ここで争いたくはありません。お話を伺いたいだけです、中に入れて下さい」

「令状はっ——」康三郎は唾を飛ばしてどなり、ドアを閉じようとする手に力を込めた。

「任意です」爽子が素っ気なくいった。

「こんな時間に、何が任意だ！　拒否する、帰りたまえ」

　康三郎は鼻息荒く吐き捨て、怒りに充血した目を爽子に向け、爽子と藤島もその目を爬虫類じみた警官の目で見返した。

「お父さん、……入ってもらったら」

　感情の抑制された若い声がドアの隙間から漏れた。康三郎が振り返る。

「由里香」動揺した声が呟かれた。

「いいの。あたしは別に困らないもの、悪いことしてないから」

　康三郎の手から力が抜け、爽子と藤島はドアを開け、中に入った。

　薄暗い室内の照明を背景に、一人の女が立っていた。

「今晩は、こんな時間に御免なさい。——三枝由里香さんね？」

「はい、三枝由里香です」

深夜にもかかわらず、落ち着いた色彩のルージュがひかれた唇から流れた静かな声が、爽子にそう告げた。


どうも、と礼を言い、康三郎に睨まれながら藤島とともにリビングに移ると、爽子はまじまじと三枝由里香の顔を見た。

秀でた額、頬からおとがいへの線が柔らかく、爽子でさえ綺麗な顔立ちだと思った。髪は長く、黒く艶やかな光沢を放っている。そして、黒目がちな強い光を宿す瞳。

だが、顔立ち以上に印象的なのは表情だった。不思議な笑みを浮かべていた。

少女のようでもあり、同時に狡知に長けた不敵ささえ感じさせる難解な笑み。

無邪気さを装った小悪魔。それが爽子の抱いた第一印象だった。

「遅くに本当にごめんなさい。私は警視庁捜査一課の吉村爽子、こちらは蔵前署の藤島直人。お友達の栗原智恵美さんのことについて、お話が聞きたいの」

「捜査一課……」由里香は口の中で呟いた。

「ええ、協力して貰える？」

「判りました。……お父さん、刑事さんの話を聞くから、どこか別の場所で待っててくれる？」

「いや、私もここにいる」康三郎は断固として答えた。

由里香は安心させるように笑顔を見せた。

「大丈夫よ。だから……ね？」

「本当にいいのか」

「うん、大丈夫。……それに、私の問題だから」

由里香が頷くと、康三郎は、

「なにかあったら、すぐに呼びなさい」

といい置き、爽子と藤島には「任意であることを忘れないように」と吐き捨て、部屋を出ていった。

いい度胸だな、と爽子は思った。弁護士の父親を退室させ、一人でこちらの相手をするつもりか。やはり、売春していたのを父親には知られたくないのか。いや、たとえ父親が知っているとしても、自分の口からは認めたくないし、捜査員に質問されている姿を見せたくないのだろう。……そして、由里香が何をしてきたか知っているからこそ、康三郎は席を外したのだ。

――自分の娘の〝女〟の部分には耐えられない、か。

爽子は藤島とともにすすめられた革張りのソファに浅く腰かけながら思った。由里香は正面の椅子にかけた。

「煙草、吸われるんでしたら、どうぞ」

由里香は丸テーブルの上のクリスタル製の灰皿を指して、藤島に言った。藤島は使われた跡のない灰皿をちらりと見ただけで「ありがとう」と言った。藤島も慎重だった。非喫煙者の前で煙草を吸えば、精神的苦痛を与えたと見なされることを知っていたのだった。

「それじゃ、いくつか質問を――」

藤島が手帳を開くのを見てから、爽子は口を開いた。

「吉村さんていわれましたっけ、お綺麗ですね」

突然の由里香の言葉に、爽子は由里香の顔をもう一度まじまじと見つめた。一週間以上警察から姿を隠し続けた少女のいいぐさにしては、あまりに人を喰った台詞だ。爽子は気を取り直して、言った。

「……ありがとう。質問、始めてもいい？」

「どうぞ」

「栗原智恵美さんはご存じね？　この間亡くなった」

「はい」

「どういうお知り合い？」

「大学の友達です」質問に答える由里香は相変わらず微笑んでいる。

「それだけ？」

ただの友達が殺されただけで、何故ホテルに身を潜めている。そういってやりたいのを抑え、爽子が見つめると、由里香も視線を受け止めた。爽子の由里香を見る目が闇を探る猫の瞳なら、応じる由里香の目はどんなに微笑んでも表情を変えないギリシャ彫刻の少女像の、動かない双眸だった。

「そうですけど、何か？」

「特別な間柄だったんじゃないのかな？」

「違いますけど、どういうことですか」

「栗原さんが売春をしていたことは、知ってるわね？」

由里香はわずかに目を見開き、驚いた表情をした。「いいえ。今、初めて聞きました」

「本当に？」

「はい」由里香は相変わらず微笑んでいる。

爽子は構わず、核心に触れる第一の質問をした。

「あなたも一緒に売春していたという証言があるの」

由里香は弾(はじ)けるように笑った。クリスマスプレゼントがびっくり箱だったとでもいうような、明るい笑いだった。

ひとしきり笑うと、由里香はいった。

「ばっかみたい。それって冗談でしょう？」

「冗談なんかじゃないわ。一緒にホテルに行った男性の証言もあるの」

爽子は抑揚のない声でいった。

「証言……誰のですか？」

「認めるのね？」

「誰がどういうふうにいったのかは知りませんけど、それは自由恋愛でしょう？　それとも、男の人とホテルに行っただけで、何か罪になるんですか？」

「お金を受け取れば、恋愛じゃなくて犯罪よ」

「知りません」

由里香は初めて拒否の表情を見せ、顔を逸(そ)らした。爽子は構わず続けた。

「さっき私達が来た時、あなたは捜査一課って、安心したように呟いた。頭のいいあなたは売春が生活安全課の捜査対象だって知ってた。だから安心したんでしょう？」

由里香は冷ややかな態度で、背もたれにもたれ、天井を見上げた。

「……私達は、栗原さんともう一人の命を奪った犯人を捕まえたい。そしてあなたは何かを知っている。だからここで隠れているんでしょう？　これは売春の捜査じゃないの。あなたが話した内容は書類には残さない。協力してくれない？」

「知らないことまで、協力のしようがないでしょ」

天井を見上げたまま、由里香は答えた。

生まれてからずっと周囲から大切にされ、注目されて育つ間に身につけた、ごく自然な傲慢さと、自分の容姿や能力に対する自信がそうさせている表情だった。

由里香は聞こえよがしな溜息をつき、大袈裟な仕草で髪を掻き上げた。

「もういいですか？　あたし少し、眠いんだけどな」

爽子は腕時計を見た。十一時を半時間過ぎている。任意では断られれば致し方がない。

「判りました。今日はもう結構よ。どうもありがとう」

「今日はって、また来られるんですか？」

由里香は目を見張って見せた。爽子は当然のように答えた。

「ええ。あなたが本当のことを教えてくれるまで。――それから、しばらくの間あなたを私達が警護します。ご迷惑かしら？」

「誰からあたしを守るわけ？」

爽子の皮肉に、由里香も見下すように答えた。

「それは私達が聞きたい。いい？」

「見張りでしょ、警護じゃなくて。……でも別に、したいんだったら、すれば」

どう受け取ってもいいわ、と爽子はいい、立ち上がった。

「そっちの男前の刑事さんも一緒にね」

由里香が揶揄するようにいう。

「そうするわ。お休みなさい」

爽子と藤島は部屋を出た。

ドアを閉めると、二人はふっと息をついた。

「簡単には口を割りそうにないな」

「虚勢を張ってるだけなのか……、買った男を馬鹿にするタイプね。そうすることによって、優越感を得る……」

まるでギリシャ神話中の、次々に男を魅惑的な肢体で誘惑し、飽きると動物に変化させて足下にはべらせていたという半神妖女キルケのように。

「第一ラウンドはタイ、ってところだ」

「ええ。勝負はこれからよ」

爽子と藤島は疲れた身体をほぐした。その時、足音が近づいてきた。二人が見ると、康三郎だった。爽子と藤島は姿勢を正し、終わりました、といった。康三郎は二人をきつく睨んだ。

「こんな聴取は、認めないぞ。人権蹂躪だ」

「由里香さんが今夜は終わりにして欲しいといわれたので、やめました。権利は尊重していますよ」

藤島が明快に答えた。

「こんな時間なんだ、当たり前だろう！」

「三枝さんがここを知った時点で教えて下されば、もっと早い時間に行えたんですが」

爽子は無味乾燥にいった。

「……教える義務などない」康三郎はドアをノックしてから、吐き捨てた。「娘の身を案じての行動を責める資格は、誰にもないはずだ」

ドアが中から開けられ、入ろうとした康三郎の背に、藤島はいった。「それは違いますね」

康三郎が振り返り、生意気な若造を見る年輩者の冷ややかな目で、藤島に応酬した。

「捜査員の立場から言わせて貰えれば、殺された娘達にも、父親はいました。でももう、あなたのように自分の娘を守ってやることは出来ないんです。……捜査が進まず、被疑者が逮捕出来なければ、もっと苦しむことになる。あなたは残された家族の心が平安を得る権利を侵害している。違いますか」

康三郎は視線を外し無言で、ドアの中に消えようとした。

「あなたが本当に立派な父親なら、それがわかるはずだ。……由里香さんの全てを受け止めてあげて下さい」

弁護士であり、父親である男は、無言でドアの中に消えた。鍵のかかる音が、廊下に小さく響いた。

爽子と藤島はドアが再び開かれるのを待ち続けた。この扉一枚隔てた奥で交わされる、親子の会話を窺わせる声や物音一つ、漏れては来ない。ひっそりと静まり返った中、佇むことは孤独であり、職業に与えられた業に等しい時間だけが爽子と藤島を包み、流れて行く。

一時間後、午前一時。三枝康三郎は由里香の見送りもなく、静かに姿を見せると、爽子と藤島も眼中にないという、ひどく消沈した様子で歩き出した。

「由里香さんは私達が警護します。ご安心下さい」

爽子は声をかけたが、それが届いたかどうか判然としないまま、立ち去っていった。

「何だか悲しい人間ばっかりだ」

藤島が呟いた。爽子はその言葉に深い意味があるのか考える前に、日常的な疲れを口にしていた。

「私達も、少し休みましょ」

「そうだな……。吉村さん、先に帰ってくれ」

「――いいの？」

ああ、と答える藤島に逆らわず、爽子はそれじゃ、と歩き出した。

地下に柳原が停めていたワークスを出し、爽子は蔵前署に戻った。ほとんどの明かりが消えた深夜の警察署は、不幸と苦情の集まるうら寂しいコンビニだ、と疲れて回転の落ちた脳味噌の突拍子もない囁きを聞きながら駐車場に車を置き、ほとんど無人の署内の、外来者用ロッカールームから着替えを手にして女子用シャワールームに入った。

個室のカーテンを閉め、お湯の出る蛇口を捻り、服を脱いだ。風邪をひくのでシャワーなどは使えない。爽子はお湯に浸したタオルで身体を丹念に拭いた。

なんと細い身体なのか、と爽子は拭きながら思った。高校の頃から体格が変わっていない。そういえば初潮も同年代の少女達より遅かったし、第二次性徴も遅かった。まるで、女性らしい丸みを帯びるのを身体が拒んでいるかのように——。

レイプは魂の殺人、といわれる。とすれば、私は身体の成長までも止められたのか。

爽子は上司から、自分がある旧共産国のオリンピック体操選手に似ている、といわれたことを思い出した。その国の体操選手の少女達は、薬物で人為的に成長を止められていると噂されていたのだった。碑文谷署で保安係に勤務していた頃で、連続放火犯を単独捜査で逮捕した直後にそういわれた。爽子にはその上司が褒めたつもりなのか、それとも警察内部においてトラブルやミスを犯したか、あるいは浮き上がった存在を「アカ」または「極左」と呼ぶ隠語にかけたのかどうかは判らなかった。判りたくもなかったし、それ以上の思考を拒絶したのだった。

巨大な組織の中で、このか細い身体の自分に今、出来る仕事は何だろうか。

爽子はふっと微笑んだ。とりあえず、藤島と出来るだけ早く交代してやることだと考え、身体を拭き終えると衣服を身につけ、夜の寒さに震えながら、足速に蔵前署を出た。

一月三十一日。

爽子と藤島は交代で休息を取りながら、幹部がいうところの〝警護〟を実施した。

日中、一度も由里香は姿を見せなかった。食事は全て部屋に届けさせ、一歩も出ようとはしない。父親を待っているのだ。

　爽子と藤島にしても任意である以上、強制的に入ることは控えた。交代で地下駐車場のワークスでわずかな睡眠と味気ない食事をとった。

　一人廊下に立つ間、爽子はどうやって、あの歳に似合わぬ狡知さを持つ少女の口から証言を引き出そうか考えあぐねた。

　知られていることは最小限認めるが、自分の方から新しい事実は絶対に明かさない。とすれば、何らかの証拠が必要だが……。

　証拠になるのは、今のところ前里の所持していたあのネガしかない。ネガを種に恐喝され金銭を渡していたということは、由里香と共に写っている人物、つまり〝政治に近い筋の子息〟が三枝由里香と自分であることを認めたということだ。しかも、売春行為中であることも認めている。これ以上の証拠はない。

　だがあれを持ち出すことは事実上、不可能だ。前里は神奈川県警が取り調べを続けている。身柄を移さない限り、正式な調書はとれない。また、恐喝についても、前里の供述が本当で、由里香が金を受け取ってはいないのなら、由里香に恐喝罪を適用するのも無理だ。おそらく本当だろうと爽子は思った。由里香は金銭に執着があるようには感じられなかった。

与えられた時間は今日を含めてあと二日。過ぎればアウトだ。得体の知れない勢力が黙ってはいないだろう。なにしろ刑事部長を動かしてくる連中が相手だ――。

午前十時になった。

「お待たせ……遅れたな」束の間の睡眠を取った藤島が歩いてきた。

いいえ、と壁にもたれていた爽子も身を起こしながら、答えた。偏頭痛がする。頭に手をやりながら歩きだそうとして、爽子は痺れて感覚のなくなった足を縺れさせた。藤島が咄嗟に支えた。

爽子の額が藤島のワイシャツの胸に触れた。鼻孔に、オーデコロンの匂いが差し込んだ。

「大丈夫か」

「ごめんなさい。ちょっと立ち眩み」爽子はふう、と息をした。「……いい匂いね」

藤島はすこし驚いた口調で返した。

「着替えても、匂うときがあるから。……カルバン・クラインだよ」

肩に置いて支えた藤島の右手に、週刊誌が握られてることに爽子は目を止めた。

「何か面白い記事でも載ってるの?」

「面白くはないが、事案のことが載ってる」

爽子は週刊誌を借り、ロビーででも読もうと歩き出した。エレベーターに行き着く前にお茶でも飲んで行こうかという気になり、地下駐車場には下りず、逆に最上階に近いティールームに行き窓際の席に座ると、ダージリンを注文してから、週刊誌を開いた。

見開きに〈都会の闇に潜む狂気〉と極太の文字が躍り、小見出しに「異常者の犯行？」と記事が続いている。

蔵前、麻布両管内の犯行状況が扇情的に述べられ、被害者二人は仮名になっていた。家族の談話も載っている。

傷心の家族にどんな顔をして記者は話を聞いたのだろうと考えつつ、読み進む。これまでのところ、一課長が定例記者会見で告げた内容の他は出ていない。次の〈混迷する捜査陣〉という文章に移る。

「そもそも、この事件では警察の対応には初動捜査から疑問を投げかけざるを得ない。躓きは第一犯行、A子さんの事件から見られている。当初、本部は動機を怨恨とし、有力な容疑者と見られた友人の男性の身柄を確保し、事情を聞いたものの、アリバイがあり捜査線上から外された。この男性の身柄確保については、一部の捜査員と捜査幹部にしか知らされず、事情を知らされていない現場の大多数の捜査員の間には一時停滞した雰囲気が流れたという。

また、第二犯行との関連も、被害者Bさんの遺体から採取した遺留物から判断されたというが、現場を見た時点で、経験豊富な捜査員達が本当に関連を判断できなかったのかという疑問は残る。むしろ何らかの理由で蔵前に知らされることはなかったと見る方が自然だ」

あんたはどこかで見てたのか、と爽子は思った。麻布との関連は、被害者の容姿が似ていることに目星をつけて捜査したからこそ、判ったのだ。おまけに〈この事件がはたして通り魔的なものか怨恨なのか、断定出来ずにいるのです〉（前出の捜査幹部談）と、捜査指揮官がいいそうにないコメントまでついている。

「つまり、捜査体制は一元化されたものの、二つの犯行が通り魔的犯行か怨恨か、動機を巡って内部で確執があるのではないか。本部内の不協和音がここまで聞こえてきそうな状況だ」と記者の煽(あお)るような文章には、溜息が出た。運ばれてきた紅茶を一口含み、さらに読み進める。次の小見出しは、〈第二犯行の被害者は女子大生売春に関わっていた〉——

「捜査当局は怨恨の線を捨てきれないようだが、本誌の取材によると、第二犯行の被害者Bさんは売春に関わっていたという証言がある。主に渋谷を範囲にしていたという。周囲の話では「ほとんど毎日」（友人談）その界隈に現れており、組織的な女子大生売春グループにも関わっていたという情報がある。当局はその事実に対して沈黙しているが、本誌の取材した売春グループの女子大生複数によると『あやしい男はいなかったかとか、訊かれたのはそれくらい。すぐに（捜査員は）帰った』と、捜査は行われているものの、通り一遍のもののようだ。売春関係の捜査はこれから本格化するとも考えられる。……ともあれ、亡くなった被害者のためにも、事件の早期解決を望まずにはいられない」

記事はそこで終わっていた。続きはないかと爽子は念のためもう一ページ捲ってみたが、精力増強剤の「貴方の〝男性〟が蘇る！」という広告を見て投げ出した。

最後の一口を飲み干しながら、爽子は怒りを抑えた。手前勝手な記事なのは確かだが、それ以上に被害者のプライバシーを暴いたことが許せなかった。警察官もマスコミも、被害者や残された家族への思いやりを忘れれば、単に他人の不幸を飯の種にする最低の人間になるというのが判らないのか。死んだ者、残された者に対する配慮がまるでない。

神戸の事件もそうだった。雑誌に、まだ被疑者段階の少年の調書までも掲載された。これは国民が目を通し、考えるべきものだからとある評論家はその雑誌に書いていた。

本気でそう思っているのなら楽観的すぎる、と爽子は思ったものだった。調書には被疑者の自己弁護、虚栄心が入り交じり、必ずしも事実とは重ならない部分も多い。何より、調書に全て事実が記されているなら、冤罪などおこらない。調書全文掲載は、自らの力で真実を掘り起こし社会に訴えるという、彼らの掲げる社会的使命を放棄したに等しい所行だと何故気づかないのか。

それだけではなく、調書の流出は模倣犯を生むだけだ、と爽子は思っている。

戦時中、爽子の両親の故郷、岡山県津山の一集落で、当時二十二歳の青年による世界犯罪史上類を見ない大量殺人が発生した。三十一人を殺害した後、青年は自殺したが、後の調べで当時日本を騒然とさせた情死事件、いわゆる阿部定事件の、流出し、地下出版された調書を熱心に読みふけっていたことが判明した。もちろんそれだけで凶行に及んだ訳ではないが、調書というのは被疑者が語った内容を粉飾なく文書にし、もちろん禁止用語の適用外なので異常な迫力を持つことも事実だ。異常な妄想に糧を与えてやる必要はない。

そういえば、と爽子はぼんやりと思った。神戸事件と津山事件では社会の反応がほとんど同じなのだ。当時から「社会がおかしくなっているから、個人もおかしくなっている」と論じた評論家はいたし、「要因はいろいろあっただろうが犯人の青年の性格、資質が根底にある」と考えた司法関係者もいた。そしてマスコミは原因は村社会における性的な乱れにあると書き立てた。

警察も含めてだれも何も判ってはいないのに、事件の原因を状況に当てはめ、たった一つに収斂させようとする。

自分はどうなのか。爽子は思いながら席を立ち、勘定を払って地下駐車場に下りた。

　藤島が爽子と交代して三十分ほどたっていた。ドアの鍵は客室係が入ると再び閉められた。

　その間、客室係が夜具の交換に部屋に入り、まだ出てきていなかった。終わったのか、シーツを重ねた台車を押して、中年女性の客室係がドアを押し開いて出てきた。胡散臭そうに見るので、藤島は精一杯の笑顔で、どうも、と軽く頭を下げたが、無視して女性は行ってしまった。藤島のことをストーカーかなにかだと思っているのかも知れなかった。

　藤島はふんと息を吐いただけで廊下に立ち続けた。

　やれやれ、と視線を戻すと、ドアはまだ完全には閉められず、細めに開いていた。由里香がまだ戸口にいる気配がしたので、藤島は口を開いた。

「やあ。よく眠れたかな？」

「……あの人は？」

　由里香の声がドアの隙間から流れ出た。

「うん、吉村巡査部長はいまちょっと外してる」

　ドアが少し揺れた。由里香が肩の力を抜いたらしい。

「藤島さんは？」顔は見せずに由里香がいう。

「え？」藤島は訊き返した。

ああ、階級のことかと藤島は気づいた。

「俺は巡査長。いっこ下」

「部下なんだ、あの人の」

「まあ、そうなるね」藤島は顎先を掻きながら答えた。

「あんな若い女と一緒じゃ、大変ね。……性格も悪そうだし」

遠慮のない声になって、由里香は言った。

そんなことはない、という前に藤島は思わず笑ってしまい、由里香もドアの陰で笑う気配がした。昨夜と違い、どこかこの子には憎めないところがあると思った。

「そうでもないんだ、ああ見えて。……優しいところもあるんだよ」

「あたしには、判らないけど」

藤島は姿の見えない由里香に、小さく笑いかけた。

「……お父さんが来られたら、また話を聞かせて貰えるかな」

「話すことはないっていったはずだけど」

藤島が口調を改めて告げると、由里香は冷ややかな口調に戻って答えた。

「ここは俺達が守ってる。安心して過ごして下さい」

「どうだか……。同じ巡査長でしょ、どこかの役所の長官みたいに撃たないでよね」

藤島は苦笑した。「ああ」

由里香はドアを静かに閉めようとしたが、ふと止まった。

「……どうしたの？」藤島は優しく訊いた。

「……昨日、お父さんに、あたしの全てを受け止めてあげて欲しい、っていってくれたの、ちょっと嬉しかったから」

「そっか……」

「それだけ」

ドアが閉じられ、施錠された。

閉じられる瞬間、ありがと、と聞こえたような気がしたのは、もちろん耳の錯覚だろうなと藤島は思った。

午後八時。三枝康三郎が姿を見せた。麹町の事務所からここに直行してきたらしく、鞄を手にしていた。爽子と藤島を無言で睨んで通り越し、ドアを叩いた。「私だ、父さんだよ」

鍵の外れる音がし、ドアが細めに開かれ、由里香の顔が覗き、入って、といった。

「……刑事さん達も」

康三郎がドアの内側に消え、爽子と藤島もドアに近づいた。

「こんばんは。入ってもいい？」

そう告げる爽子に、由里香は冷ややかにいった。

「嫌だっていっても、入るんでしょ」

爽子は首を振り、「そんなことはしないけど」

「どうだか。……どうぞ」

爽子と藤島が中に入ると、先に入っていた康三郎がコートも脱がず、鞄も置かないまま立ち尽くしていた。入ってきた二人を睨んだが、由里香とは視線を合わさずに、いった。

「無理な自白を強要されることはあったか？」

「ううん、なかった」

「……今日は隣に部屋をとったから。なにかあったら、携帯電話に連絡しなさい」

それだけ告げると、康三郎は部屋を出ていった。

爽子は自分達に都合がいいとはいえ、釈然としない気持ちだった。どうして取り調べに立ち会わないのだろう。昨日は娘の女の部分を見るのは耐えられないのかと思ったのだが……。

爽子は気を取り直し、由里香に勧められるまま、前回と同じ場所に座った。藤島も手帳を取り出して腰を下ろした。

「いっときますけど、あたしは売春なんかしてませんからね」

椅子につくなり由里香は切りだした。

「そう？　ならそういうことでもいい」

「どういうことですか？」

あっさり爽子が引き下がったことで、由里香は逆に警戒心を持った様子だった。同じくらいの好奇心も。

「昨日もいった通り、これはあなたの売春容疑に対しての捜査じゃない。二人の女性を殺害した犯人を逮捕するために、あなたが知ってることを聞きたいの。――あなたが殺された栗原智恵美さんと一緒に、渋谷のホテル前で男性と口論しているのを見た人がいるわ」

由里香は爽子を見つめている。

「あなたがそこにいた理由は、別に知りたくない。ただ、その男性のことを教えて欲しい。それだけよ」

ふっと由里香は微かに笑った。新しい悪戯を思いついた子供のように。

「ああ、そのことなら覚えています。あたしと栗原さんが偶然通りかかったとき、ちょっとぶつかっちゃったんです。謝ったんだけどしつこく絡んできて……。それだけのことなんです。これでいいですか？」

爽子は眉ひとつ動かさず、由里香の眼を見つめていた。

「嘘は――」爽子はゆっくりと口を開いた。「よくないし、聞きたくない」

「嘘なんかついてないんだけどな……」由里香が拗ねたようにいった。

「そう？」

爽子と由里香は互いの眼をじっと見つめ合った。もし視線で相手を凍らせることができるなら、二人とも凍りついたに違いない。

先に視線を逸らしたのは由里香だった。大袈裟な溜息をついてみせ、はぐらかすように微笑んだ。

「信じて貰えないんですね……。喉渇きません？　コーヒーでも飲みませんか？」

「お構いなく」

爽子はとりつく島もない口調で答えた。

自分も飲みたいから、と由里香は立ち上がり、内線でコーヒー四人分、ルームサービスを頼んだ。

「お父さんの分も頼んだの。優しいのね」

由里香が座ると、爽子は口を開いた。

「父親ですから」

「そのお父さんに、これ以上心配させていいの？」

「吉村さんが来るからでしょ。あたしは何も心配させるようなこと、してないもの」

由里香の声がわずかだが揺れた。

「心からそういえる？」

「ええ、もちろん。――そういうことというの、テレビの中だけかと思った。刑事ドラマの見過ぎじゃないんですか」

由里香は昂然といい放った。

ドアがノックされ、由里香は立ち上がった。伝票にサインし、隣にもひとつ届けて欲しいと係に頼み、三人分のコーヒーをトレイに載せて戻ってきた。

まず藤島の前に熱いから気をつけて、といいながら茶器を置き、爽子の前にはやや乱暴に置こうとした時、コーヒーがこぼれ、指先にかかった。

「よかったら、使って下さい」藤島がハンカチを取り出し、差し出した。

爽子は断るだろうな、と思ったが由里香は礼をいって素直に受け取り、手を拭くと藤島にきちんと畳んで返した。

「どうぞ、ご遠慮なく。あ、でもこれ、饗応（きょうおう）とかじゃありませんよ。……刑法一九七条だったっけ」

「詳しいのね」

「これでも一応、法学部ですから」

由里香はにこりともせず爽子に応じ、ブラックのまま一口、コーヒーを含んだ。

二人の眼前に置かれたコーヒーは、蔵前署で二人が立ち飲みする自販機の物より数段香りが上だったが、二人とも手をつけるつもりはなかった。

「はあ、美味しい。……でも、あたしお二人に少しだけ同情しちゃうな。あんな、ちょっとぶつかって絡まれたことを聞くために、ずっとここにいるなんて」

由里香は挑発するように身を乗り出し、続けた。

「仕事だから？　それとも正義感？　やっぱり……出世のため？」

爽子は静かに答えた。

「仕事だからでもあるし、正義感もあるけど、出世は関係ない。――この捜査にはたくさんの捜査員が関わってる。一人ひとりの捜査員の功績は何十分の一よ。でも私は、この被疑者だけは、許せないから」

「どうして？」

「性犯罪者だから」

「性犯罪者だから？」

由里香は興味をひかれたらしく、訊き返した。

「でも、そんな犯罪者なら世の中に一杯いるじゃない。どうしてこの事件の犯人にだけ拘るの？……聞きたいな、あたし」

爽子は黙っていた。

「……もし、もしもの話だけど……、あたしが何か知っていたら、吉村さんの話と交換に、教えてあげるかもしれないな……」

事件とは関係ないし、あなたの知ったことではないと爽子は思った。だが、手が自然にコーヒーカップをとり、その精緻な模様に見入りながら、気がつくと静かに口を開いていた。

「……私が十歳の頃だった。私は一人で遊んでいて、周りには誰もいなかった。すると、男が近づいてきた。ひと目見ただけで身体が竦んで動けなくなった。……声さえ出なかった。もっとも、たとえ声が出たとしても、誰にも聞こえなかったと思うけど」

由里香はまるで怯えたように爽子を見ていた。藤島も同じだった。メモを取っていた手が止まり爽子の横顔を息を詰めて見つめていた。

爽子は続けた。一切感情を交えない無表情な声だった。

「その男に物陰に連れて行かれて……何をされたかは、わかるでしょう？　惨めで悲しくて、お前には何もできないんだっていう恐怖を心の底から、嫌というほど思い知らされた。その時は泣くことも出来なかった。泣けば殺される……そう思った。結局、男は偶然通りかかった警官に取り押さえられた。その後は知らない。今でも時々、夢に見るわ。……その男の目を。どんなに逃げても、振り返ればその眼がじっと十歳に戻った私を見つめてる……。どんなに走っても、逃げ切れない」

爽子は一口コーヒーを飲んだ。

澱（おり）のような沈黙が、三人の間に落ちた。

「――作り話にしては、よくできてるけど……？」

由里香がその場の雰囲気をはぐらかすようにいった。

「作り話なんかじゃないけど……他人に判って貰えるとは思ってない。理解するには、おぞましすぎるわ。――でも、判ったでしょう？　何故私がこの犯人を逮捕したいか」

爽子は自分の由里香を見る眼が、蔑（さげす）むような眼になっているかも知れない、と思った。しかし、由里香は理解できないだろう。……金で身体を売る少女には。

「由里香さん、あなたの番よ。私はすべてを話した。今度はあなたが私達に教えてくれる番」

「……信じたの」由里香は視線を逸らした。「どういわれても、知らないものは知らない。吉村さんが犯人を憎む気持ちも、小さいときそんな……経験をしたのは可哀想だとは思うけど」

「——可哀想？」爽子は冷ややかにいった。「私は同情なんかして欲しい訳じゃない。あなたが栗原さんと一緒に関わった男性のことが知りたい、それだけよ」

怒りは不思議と起こらなかった。ただ由里香こそが哀れな存在に見えた。

由里香は爽子を見ようとはしなかった。

「出て行って」

由里香が吐き出した。

「出て行ってよ。……自分の不幸を他人に見せていうことを聞かせようなんて、卑怯じゃない」

「聞きたいといったのは、由里香さん、あなたよ」

由里香は聞く耳を持たなかった。

「いいから出て行ってよ。……父を呼んでもいいの？」

「判った……。でも、一つだけいい？」

由里香は爽子を見た。

「よく覚えていて欲しいの。あなたはこれまで周りの人間からちやほやされてきたかも知れない。でも、栗原さんを殺した犯人はあなたのいうことなんか、聞きはしない。——世の中には、あなたのいうことを聞く人間の方が少ないのよ」

由里香は初めて怒りの表情を浮かべ、何かいい返そうとした。が爽子は取り合わずに立ち上がり、一言礼をいうと、藤島とともに廊下に出た。

ドアを閉め、二人だけになっても、爽子と藤島はどちらも口を開かなかった。互いに視線を避けていた。

ああいう話をしたときの、男性の典型的な態度だと思った。何を話していいのか判らない。どう対応すればいいのか判らない。

隣の部屋のドアが開き、康三郎が出てきた。爽子と藤島は黙ってやり過ごした。康三郎は由里香の部屋に消えた。

「……あ——吉村さん」藤島が重い口を開いた。

その時、爽子のポケットベルが鳴った。「ちょっと待って」

液晶の小窓には、柳原から「シキュウ　レンラク　コウ」と表示されていた。

電話してくる、とだけ爽子は藤島に告げ、救われた気持ちでエレベーターに走り、ロビーまで下りると、ほっと息をしてから公衆電話の受話器をとった。柳原の携帯電話の番号を押す。一度の呼び出しで、柳原は出た。

「柳原警部、吉村です」

「吉村さん？　あなた一人でいい、すぐに臨場して。——若い女性が、また襲われた」

一瞬、頭の中が漂白されたように感じた。が、唾ひとつ飲み込んでから、口を開いた。

「——マル被は……まさか……」

「そのまさかよ、多分。とにかくすぐ来て。迎えの覆面パトカーが、そっちに向かってるから」

「判りました、場所は——？」

「江東区東砂、荒川堤防沿い。それじゃ、急いで」

「了解しました。すぐに向かいます」

爽子は受話器を置くと、ロビーをエレベーターに向けて走り出していた。

現場は江東区……といえば第七方面。東砂は深川署の管轄だ。

自分達が犯人を押さえるより早く、犯人は次の被害者を襲った。そしてそれは、予想されていた事態だった。だれが予想したのか。

他ならない自分だ。予想し得たにもかかわらず、犯人にはほとんど近づけていない。いや、犯人を知っていると思われる由里香に尋問しながら、具体的な情報を得られずにいるのは、この自分だ。みすみす被害者を増やしたのは自分の責任なのか。

——供述を聞き出していれば避けられたかもしれない犠牲者。

それは、いつも誤認逮捕だけはしてはならないという、自分自身の考えと同じではないか。

それがこの体たらくだ。

苦渋と悔恨、そして疲労が入り交じって胸が苦しくなり、エレベーターの中で爽子はほとんど吐き気さえ覚え、それに堪えなければならなかった。

エレベーターが十四階で止まると、爽子は自分を責めるように、走り出した。

「……三人目の犠牲者が出たそうよ」

藤島の前に行くと、爽子は乱れた呼吸のまま、そういった。

藤島の顔が強張った。

「何だって？　どこで！」

「江東区、深川管内。詳しいことはまだ判らないけど、とにかく私に臨場するように指示があったから——ここ、お願いね」

「あ、ああ。判った」

爽子がロビーに下り、正面玄関を飛び出し、あたりを見回すのと、ロータリーに白のギャランが滑り込んで来たのは、ほぼ同時だった。

見慣れている爽子には、それが捜査車両だとすぐに見分けがついた。停車した車内をロビーの明かりが照らすと、ダブルミラーなのが見て取れた。間違いない。

爽子は走り寄ると、助手席のサイドウインドーを叩いた。

「吉村巡査部長ですか」ウインドーが下げられ、運転手が尋ねると爽子は頷いた。

ロックが解除され、爽子はＰＡＴ――パトカー照会指令システムの端末で窮屈な助手席に乗り込んだ。

「柳原警部の命令で来ました。現場までお送りします」

蔵前署の借り上げ巡査はいった。

ホテルから離れると、覆面パトカーはルーフの反転式赤色灯を点け、一拍おいてサイレンを鳴らし、緊急走行した。

現場に到着するまでの間、爽子は一言も口を利かなかった。運転する巡査も、無言で運転している。

今は全ての後悔や苦衷を、心のどこかに埋めておかねばならなかった。被疑者を逮捕し、起訴して刑が確定してから、また改めてそれらの荷物を掘り出し、背負えばよいのだと思った。臨場しようという時、人間的な感情は余計だ。今はそれでいいし、それだけだ。

現場は荒川河川敷の、堤防に沿った段差に設けられた道路だった。

すでに所轄のパトカーを始め、機捜、鑑識、捜一の車両が到着しており、制服警官によってテープが張られ、二車線道路を封鎖している。蛍光ベストを着けた警官がニンジン――赤色指示灯で交通規制をしている。

爽子を乗せたパトカーは人垣の手前で停車し、爽子は「どうも」と運転してくれた警官に礼をいい、降り立った。

爽子はバッグから非常呼集に備えていつも携帯している捜査一課の腕章と木綿の白手袋を取り出して着けると、薄い人垣を押しのけて進んだ。そして、身分証を掲げ、張られたテープを潜り、内側に入った。

鑑識の支柱つきハロゲンライトがいくつも据えられ、昼間のように明るい。それでも光量不足なのか、鑑識課員達は手に手にライトを持ち、冷え切った路上にほとんど腹這いになって検索作業をしている。

AからCまでの黒いボードが路上に置かれ、路面の所々に白いチョークで書き込みがある。

捜査員たちもメモを片手に走り回っていた。爽子は柳原を探した。

「吉村さん！」

柳原が片手を上げ、爽子に小走りに近付いてきた。爽子も走り寄った。

「警部、遅れてすみません。吉村巡査部長、現着しました」

「こっちへ」柳原は道路の端、住宅街まで続く斜面のところまで爽子を誘った。

「警部、マル害は……」

「生きてるわ。幸い、命に別状はないそうよ」

爽子の胸に小さな安堵感が涌き、消えた。肩が少しだけ、軽くなる。

良かった、という安堵とともに、まだ被疑者が逮捕されていない以上早計だという思いと、はたして自分達の追う被疑者と同一犯なのかという疑問が涌いた。

「状況を説明するわね。――マル害は都内事務機メーカーに勤務してる岡部千春、二十三歳。これは所持していた社員証及び定期から確認された。現在は救急車で搬送中。目撃者の証言では――」

目撃したのは、近くに住む会社員だった。

日課である犬の散歩を兼ねたジョギングの途中、後ろから走ってきた車が目撃者と犬を追い越し、五十メートルほど走ったところで急にブレーキをかけ、助手席のドアが開かれ、当該の被害者が放り出されたのだという。

車が走り去るのを呆然と見送った後、犬の鳴き声で我に返り、慌てて路上に転がる女性に駆け寄り息のあることは確かめたものの、逃走した方向、ナンバーは覚えていないという。

車種は？　と捜査員が訊ねると、

――白のフェアレディZです、間違いありません。古い型でした。

と自信ありげに答えた。

捜査員が念を押すと、男は自分は中古車販売店に勤めているといい、同じ型の車は自分の勤める会社にもあり、見慣れているので間違いないと断言した。

「マル害の受傷状況は観察できた限りで、鋭器によると見られる切創が左手の平に約四センチ、顔面右頬に約六センチ。左側頭部に路上に落下した際のものと見られる内出血。――命に関わる傷はないけど、可哀想にマル害、よほど怖い思いをしたのね。救急隊が現着した時はほとんど錯乱状態で運ばれていったわ」

「柳原警部、模倣犯の可能性は。……週刊誌に、記事、出てました」

爽子の言葉に、柳原は頷いた。

「金曜発売のあれね。私も読んだわ。――累犯にせよ模倣犯にせよ、初動が終わるまでは、判断できない。でも可能性はある。だから、あなたを呼んだの」

それから、と柳原は爽子を促して少し歩き、鑑識のライトが照らしている路面に近づいた。

くっきりと、路面にはタイヤ痕が残されている。

「幸い、マル被は重要な痕跡を残していったわ。鑑識の話では、このパターンのタイヤ痕は、あまりみない型だそうよ」

何かが、違う。爽子の頭に、漠とした考えが浮かび始めていた。それが何か口にする前に、「捜査員集合！」という号令が響いてきた。

爽子と柳原が声のする方を見ると、捜一、一機捜、所轄深川の強行の捜査員らが集まって行く。爽子と柳原も話を中断し、走った。

集まった捜査員が自然に輪になり、大貫、吉川ら、連合本部の幹部達の姿も見られ、その中心に、平賀課長、佐久間、近藤管理官、そして第三強行犯捜査の三雲という管理官がいた。

「救急車に同乗した捜査員から連絡があった。当事案のマル被は、蔵前、麻布両管内で殺人事件を起こしたマル被と同一である可能性が高い」

佐久間が、険しい表情のまま、居並ぶ捜査員を見回し、いった。「管理官、確かですか」捜査員の質問が飛ぶ。

「……当該マル害は、我々がマスコミ媒体には伏せた事実を口にした」

深川以外の捜査員は皆、顔を見合わせたり、息をついたり、手帳に目をおとしたりした。

――ついに三人目の犠牲者。

犯人しか知り得ない事実か。爽子は柳原とともに、周囲を捜査員に挟まれた窮屈さに堪えながら思った。おそらく、それは短時間で判断されたことから見て物証ではなく自分の呼び名――〝ジャック・ナイト〟のことだと爽子は思った。

しかし、どういうことだろう。被疑者がそう名乗ったとして、一体いかなる意味があるというのか。新聞広告には偽名を使ったというのに。自分達警察官を嘲笑したいのか？　あり得ない。

それに、快楽殺人では犯行の周期が、回を重ねるうちに短くなるのが普通だ。これは殺人衝動が抑えられなくなるのと、警察が犯人を早期に逮捕できなければ警察の捜査能力を舐めてしまうからだ。これらの事実に反し、この〝ジャック・ナイト〟は第二犯行から十二日後に第三の犯行に踏み切った。そして、特殊なタイヤ痕。

全てに作為の臭いが感じられた。

三雲管理官と深川の刑事課長が後を引き取り、緊急配備の状況と自動車警邏隊の応援を仰ぎ、不審車両の検索に全力を挙げていることを説明した。そして地取りに限り、連合捜査本部の捜査員にも協力を仰ぎたいという依頼があり、平賀捜一課長は了承した。

捜査員らは行政地図で簡単な区割りをされると、白い息を吐きながら先を争って散っていった。その場に残ったのは、捜一の幹部連、大貫と吉川、そして爽子と柳原だった。

「是が非でも出したくなかった犠牲者だ」

平賀は苦々しい口を開いた。「吉村、この事案をどう解釈する」

「はい。これは、我々の被疑者の犯行であって、被疑者の犯行ではないと考えます」

爽子は静かに言った。

「どういうことだ」怪訝な顔の平賀の代わりに、佐久間が質した。

「あまりに先の二つの犯行とは状況が違いすぎます。これはマル被にとって殺人衝動に従った犯行ではなく、何らかの意図、捜査を攪乱する目的があるのではないでしょうか」

「確かにそれは認める。マル害にマル被本人が自称を告げたこと、特異なタイヤを使用したこと。しかし」と佐久間は続けた。「マル被の真意は攪乱なのか？　むしろ一連の犯行は〝さくら〟に関係ない動機で行われたのではないかな」

「そう判断するのは早い気がします」と、柳原。「マル害の身辺捜査が終了するまでは」

「しかし、第二マル害が〝さくら〟に関わっていたことを重要視し過ぎたかもしれん……。当該マル害の名は、リストにはあったか？」

「ありません。全員女子大生ですから」

「マル害の身辺に関係なく、この状況は不自然です」

と爽子も付け加えた。

大貫がぼそりと爽子に向かって口を開いた。

「この犯行が〝流し〟と見るのは不自然じゃないだろうが。前の二件の殺しに気をよくして油断した異常者が、単に馬脚を現しただけかも判らん」

「しかし、最初の犯行も〝流し〟でしたが、無意識の計画性は感じられるものでした。とすれば、この犯行にも当然何か意図があるはずです」

爽子は答えた。

「その意図とは何だ？　無作為に女性を拉致して危害あるいは殺害を企てただけかも知れない。今の時点で捜査を方向付けするようないい方は、どうかと思うけどね」

吉川がいう。

「しかし、新聞広告があります」

「あれも差出人不明なままだよ。あれを起点に考えるのはおかしいんじゃないか。――以前栗原智恵美に袖にされた奴が悪戯で出したのかも知れないし」

「お言葉ですが、当該マル害と共に、動機になり得る現場にいた三枝由里香が、広告が出て以後、不審な行動を取っているのは確かです」

「吉村君、自説に固執するなよ。もっと人の意見を聞け。素直になれ」

あんたなんかに素直になったら今度は何をいわれるか、と爽子は吉川の親切めかした発言を黙殺した。

「聴取は――いや、警護はどうなっている」

佐久間が平賀を気にするよう素振りを見せながら爽子に聞いた。

「異状はありませんが、……当該人の口からは、まだなにも……」

爽子が呟くように報告すると、大貫が白い息と共に罵声を吐きつけた。

「馬鹿野郎！　そんな様でよく大きな口叩けるな、お？　判ってるのか、三枝由里香聴取を押したのは、あんた自身なんだぞ、え？　得るもんなくて、なにいってやがるんだ！――ぶら下げるもん、ぶら下げてるんだろうな！」

爽子は冷ややかに大貫を見た。

「私、女ですよ。これでも」

「無駄な時間ばかり使った責任を取れといっとるんだ、ああ？」

「大貫警部。お言葉が過ぎます」柳原は静かにたしなめた。「〝警護〟が終わるまで結果は判りません。後一日、残っています」

「小娘ひとり吐かせるのに、まだ時間がいるのか、え？」

大貫は嘲笑した。青二才と公安崩れの相手はしていられないといった口調だった。

「信頼に足る〝言(げん)〟をとるには時間がかかるのです。違いますか、警部」

爽子は初めて柳原の激怒する顔を見た。おしなべて女は怒ると醜くなるが、柳原は違った。本当に怒らせて怖い女性というのは、怒れば怒るほど美しさが増す女性だ、と思った。

第一犯行時の誤認逮捕を明らかに皮肉った柳原の言葉に、大貫はぎょろりと目を剝き、睨(にら)みつけた。視線を受け止める柳原の顔は、爽子には気高く美しく、同時に絶対零度の温度を持っていると感じさせた。

「もういい、よさんか。ここは現場だぞ。言葉を慎め。……とにかく、マル被にとってどんな意図があるにせよ、全てを捜査しなければなんともいえんのだ。マル害の身辺、タイヤ痕」

佐久間の最後の言葉が、爽子の心に引っかかった。

――そうだ、警察は〝すべて〟を捜査する……。

平賀は捜査本部同士の連携を密に保つように指示し、本庁に戻った。佐久間と近藤も三雲と共に深川署に向かい、大貫と吉川もそれぞれの部下のもとに戻った。

「タヌキの奴、いってくれるわね」柳原が何事もなかったようにいった。

「車を使用した手口と鋭器を凶器に使った点から、模倣犯の線は薄いと思いますけど、断言はできません。何か……おかしいです」

「同感ね」

「……警部、一つ調べていただきたいことがあります」

柳原は爽子を見て、促した。

「蔵前の事案から今日まで、事件概要について詳しい報道があったか。具体的にいうと、栗原智恵美が〝さくら〟に関与していることを報道した媒体があったかどうかなんですが」

「どういうこと?」

「岡部千春が売春に関係なく、また同一犯と仮定してですけど、もしかすると、マル被は一連の犯行全てを〝流し〟と思わせようとしているのかも知れません」

「そういえばさっきいった週刊誌が発売されたのが昨日か……偶然の一致かも知れないけれど。判った、調べてみる」

柳原は手帳に書き付けた。「でも、その目的は?　売春に無関係だと思わせるだけとしたら、リスクが大きすぎる」

柳原が顔を上げた時、捜一の捜査員が柳原を呼んだ。

「今行きます！——ごめんなさい、リスト班ももう一度洗い直しが必要になったわ。そういえば、三枝由里香の方だけど、父親の様子は？」

「人権蹂躙（じゅうりん）だって息巻いてますけど、今のところは。……それに、私達の聴取には、立ち会わないんです。どういう訳か」

「娘が心配で駆けつけた父親にしては、変ね」柳原は考える顔になった。

離れた場所から捜査員が、もう一度苛だたし気な声で柳原を呼んだ。柳原もそれに答えてから、爽子を見た。

「とにかく、後一日しかないわ。頑張って」

「はい、警部」

柳原は捜査員らの方へ歩き去った。

爽子は一人になると、もう少し現場を見て行こうという気になり、鑑識課員の邪魔にならないように注意しながら、チョークで路上に強調されたタイヤ痕に屈み込んだ。

そっと凍（い）てついた路面に手袋をはめた細い指を当ててみる。爽子は現場の痕跡に最大限の注意を払うという、捜査員の常識とは別の心の部分で、タイヤ痕に手袋をとって触ってみたいという、ほとんど衝動に近いものを感じた。

だけど、と爽子は衝動を抑え込んでから思った。これまでにないお粗末な犯行と、逮捕時には決定的な証拠になりうるタイヤ痕という物証、そして避け得たのではないかとも思える目撃者。本当にマル被が精神に破綻（はたん）をきたしたのなら、何故、十二日後に犯行に及んだのか。

爽子は両手を払って立ち上がった。

判らなかった。確実な答えを得るには、多分逮捕するしかないのだろうが、それには捜査員を大量動員して、また一から洗い直すしかない。全ては調べがついてからだ。

――調べてみなければ？

爽子は顔を上げた。そうだ、〝我々は全てを調べるのだ〟……

現場に証拠が残れば、警察は限られた人員で虱潰（しらみつぶ）しに販売経路、所有者を当たってゆく他はない。物証は確実に犯人に繋がっているからだ。今時、そんなことは小学生でも知っている。

そしてそれは容易ではないことも、誰でも想像が付く。膨大な時間と捜査員が必要だということも。そして捜査陣は確かに、被害者が多いほど犯人の動機を図りかね、混乱する。

しかし、マル被が残した物証は、あまりに特徴的だ。時間はかかっても、経路を辿（たど）った末端に、被疑者は必ず存在するだろう。とすれば、一つの可能性に行き着く。

逮捕されるのは御免だが、警察の捜査線上にのるのは覚悟の上ということなのか。犯人の目的は、自分達との時間的な距離ではないのか。

連続殺人で、おそらく全国指名手配される覚悟まで持って時間を稼ぐ理由とは何か。無作為に選んだ女性を襲い、売春、というより栗原智恵美との関係から目を逸らそうとする、リスクが高いだけで稚拙な偽装を行った理由とは何か。

時間。すべては時間だ。

多分、被疑者の精神がほとんど破綻しているのも事実だろう。物証を残して捜査員の注意を集中させ、売春に煙幕を張る稚拙な奸計。こんな子供騙しの偽装を、効果を考えず行っていることからも、それがわかる。思惑通り売春から警察の目が逸れなければ――実際そうだが、単に証拠を残してしまうだけとは考えなかったのか。加虐性が理由を探して凶行を続けさせている。自らの思いつきを実行に移す凶暴な行動力は、確かに破綻している。

その破綻した精神の犯人が時間を得て、何をしようとするのか。逃亡は論外。よりリスクの高い次の犯行を目指している可能性が高い。とすれば……。

――まさか。

爽子は短く息を吸い込んだ。答えは不意に心に浮かんだ。

……この被疑者は、自分自身の先にある時間ではなく、我々警察との時間の狭間で、次の犯行を目論もうとしている。

爽子の胸は激しく動悸していた。戻らなくては、と思った。一刻も早く戻らなければ。被疑者は、女性全体に対する復讐の終止符を、三枝由里香で打つつもりなのだ。自分に一線を超えさせたという手前勝手な憎悪を三枝由里香に集約させて。

爽子は走り出した。鑑識課員の間をすり抜け、ロープをくぐり、立番の制服警官の怪訝な視線に見送られながら、野次馬を押しのけて走った。

途中タクシーを拾い、ホテルを目指す間も、爽子の胸は高鳴ったままだった。

三枝由里香はまんじりともしない夜を、ベッドの上で過ごしていた。

目を閉じても眠気はなく、ただ暗い天井を、仄かな照明に照らされながら見ていた。なぜだかやけに目が冴えていた。――あの女刑事の話を聞いたからだろうか、と思った。馬鹿馬鹿しい、あんなのは供述を引き出すための作り話だと心の中で否定してみても落ち着かず、それどころか寝苦しさが増すように思われた。

由里香は寝返りをうった。シーツを顎まで持ち上げる。

無意味な抵抗はやめよう、と思った。あの話は本当だろう。その場にいた恐怖、悲しみ、そして与えられた屈辱を言葉より眼で物語っていたから。

そして、供述を引き出したいにしろ、どうしてあたしにあんな話をしたのだろう、と思った。

きっと金で身体を売るあたしを軽蔑したのだ。話の終わった後、爽子の眼に浮かんだ表情を、由里香は見逃さなかった。

――どうして、あんたなんかにあんな眼で見られなければならないのよ。

由里香は思い、シーツを握りしめた。

――ちくしょう。馬鹿女。性悪。小役人。ポリ公。犬……！

由里香は呪詛のように呟いた。吐かれるそばから、呟きは心を掠めず虚空に消えてゆく。はっ、と息をつき、一人気持ちを昂ぶらせていることに気づき、苦笑し、それから……溜め息をついた。

――なにやってんだろう、あたし。

思わず心に浮かんだ言葉が、とても大切な疑問のような気がしたが、それは、いつも、男と一緒にベッドにいる時でさえ、ふと感じる疑問なのだった。

……男が荒い呼吸をしながら、まるで寝言のような口調で言葉を羅列してゆく。自分もそれに応えて身体と呼吸を合わせながら、由里香は心のどこかに、醒めて冷徹な、下半身から脊髄を駆け登ってくる本能の快感に左右されない自分がいることを意識していた。

性欲と支配欲で露骨に歪められた男の顔から目を逸らした。この男は、もうすぐだ。

〝果てた〟男の顔など、見たくもなかった。その時の顔は、男は皆同じだ。顔立ちの美醜や社会的な地位に関係なく、ただの獣だ。哀れで無様であり、女を金で買う男は、どんなに体格に恵まれていても、終わってしまえば貧相に見える。

おまけに、男どもは出してしまえば知性まで垂れ流したように、訊くのだ。よかったか、なあ、よかったのか？　どんな感じだ……。死んじまえ、という言葉を口にするのも億劫な気がし、目線を安っぽい内装で飾られた天井の隅の暗がりに投じて、互いに行為の余韻を残した荒い呼吸を聞くと、決まって過去に目撃した一場面が脳裏に閃くように現れるのだ。

それは、由里香が中学生になったばかりの頃の出来事だった。

夜遅くまで由里香は父、康三郎の帰りを待っていた。デパートで一緒に選んだ洋服が届けられ、それに初めて袖を通し、康三郎に見せたいと思ったのだった。母、美和はすでに亡く、そうやって父の帰りを待ち、出迎えと鞄を受け取るというのが、母が亡くなって以来、由里香自身で決めたしきたりなのだった。

康三郎が深夜、いつもより疲れた表情で帰宅すると、玄関でお帰りなさいといい、鞄を受け取りながら新しい洋服の感想をちょっとはにかんで尋ねようとした。すると、康三郎の帰りを待ち伏せていたように、数人の大人がいきなり入ってきた。

由里香の知らない者ばかりで、そのただならない雰囲気から、由里香は何もいえず、鞄を抱くようにして立ちすくんだ。

自宅にまで押しかけられては困ると康三郎は迷惑そうに言ったが、相手の大人達も、会社に訴えても取り合って貰えないと言い返し、話だけならという理由で、居間に通した。

長い間大人達は居間に籠もって話し合いをしている様子だったが、廊下で中の様子を窺っている由里香には、朧気にしか判らなかった。

それは、富岳商事の過労死に関する補償に関してだった。

会社側は仕事による過労死とは見なさず、あくまで家庭内に問題があったとして、責任を認めなかった。

同じ状態で仕事をしても、元気な社員はいる。お宅のご主人は別の理由で亡くなったのだ。康三郎はとりつく島のない口調で言い切った。それに対して遺族の側は、仕事にいわば殉じた者に、会社はあまりに冷たすぎると訴えた。

だが康三郎は、同じ文句を繰り返すだけだった。

一時間ほど過ぎた時、ドアの外で聞いた悲痛な叫びを、由里香は忘れない。

——この鬼！　人でなし！

由里香は耳を塞ぎ、その場に蹲った。

厳格で、世間の信用の篤かった父。人にいつも思いやりを持つようにと、由里香に諭し続けた父。そんな父、康三郎が、ひとからそんな言われ方をするのが信じられなかった。この言葉に、康三郎の答えは聞こえなかった。返答を、しなかったのかも知れない。肩を落とし、目にハンカチを当てながら、遺族達は帰っていった。

二階の自分の部屋にいた由里香は、そっと階段を下りた。服はもう寝間着に着替えていた。一言、父親の労をいたわってやりたいと思ったのだ。そして、あんなひどい言われ方をしながら、どうして言い返さなかったのかを。人にはそれぞれ言い分があるんだよ、そんな使い古された言葉でも聞けば、由里香は安心して眠れると思った。

居間のドアは開けっ放しになっていた。戸口に手を当て、中を覗いた。部屋の隅のスタンドの他は灯りの落とされた部屋で、康三郎は安楽椅子に座り、愛用のブライヤーをくゆらせていた。

まるで彫像のように動かなかった。由里香は目を凝らして康三郎の表情をうかがったが、規則正しく明滅するパイプの光が見えるばかりだった。

由里香は不意に確信した。康三郎の表情はよく見えないが、多分そこには哀しみも同情も、そして怒りさえ、およそ考えられる人間らしい表情はないと。ただ、得体の知れない暗夜のような表情の、由里香の知らない康三郎の顔があるだけだと。

——きっと、洞穴のような顔してる……。

背中に奔るものがあった。そんな父は嫌いだと思った。

由里香は初めて性器の使い方を知った少年のような衝撃と嫌悪を覚え、自分の部屋に逃げ帰ったのだった。

あの時から、自分は結局逃げ続けているのだ、と由里香は思った。何もいえなかった自分、父の真意を聞き出せなかった自分から。

そしてあたしは父を、父を取り巻く世界も信じることはなくなった。

一体自分は、何のために身体を売っていたのだろう。

得たのは汚れた金銭と、自分の中で歓喜と悲鳴を上げるもう一人の自分を意識したことだけ。

——あたしがしたことって結局……。

由里香は顔を半分枕に押しつけ、埋めながら思った。

——あたしはあたしを犯しただけなのか……馬鹿な男どもを使って。では、本当は何が欲しいの？

判らなかった。ただ、その問いの延長線上には、康三郎の薄い影が見えるような気がする。

お父さん。あたしのお父さん。

由里香は俯せになり、枕に顔全体を押しつけ、爽子には絶対に聞こえないようにと願いながら、すすり泣いた。

泣きながら由里香は、判っていた。冷たくそこだけ怜悧な脳の片隅が囁くのだ。……お前は別の記憶で煙幕を張っているだけ、決定的な〝あの時〟知った真実から逃げているだけだ、と。


グランドホテルのロータリーに着くと、爽子はよく確かめもせず紙幣を差し出し、ドアが開かれる前に自分で開け、タクシーを降りた。「お釣りは結構です」

「でもいいのかいお客さん、これ万札だよ」

親切な運転手が運転席から声をかけると、爽子は慌てて車内に身体を入れて、料金とは別に千円札を気持ちとして置き、タクシーを捨てた。

ロビーに入り、エレベーターで十四階に登ると、由里香の部屋に急いだ。

爽子の姿を見ると、藤島は壁から身を起こした。

「どうだった、現場は。やっぱり……？」

「ええ。状況から見てね。――由里香さん、ちょっとここ開けて。大事な話があるの」

爽子はドアをノックした。返事もなく、人が動く気配さえない。

「由里香さん。聞こえてないの？　聞こえてるでしょう、聞こえてるんなら、ここを開けて」

やはり、返事はない。

「どうしたんだ？　今日はもう無理だ。明日にしよう」

藤島がいうと爽子も諦め、あげていた拳を下ろした。

「——そうね」

「それより、犯行現場のこと聞かせて欲しい」

爽子は手帳にメモしたことを話して聞かせた。

「じゃあ、吉村さんの考えでは次の標的は、三枝由里香……」

「仮説に過ぎないけど」

「……それにしても」

藤島は再び手帳に視線を落とした。「……挑戦し始めたのかも知れないな」

「え？」

「そう感じられないか、本部が遺留品から追いつめるのが早いか、それともJ・N氏が目的を達するのが早いか。このマル被、多分挑戦してるんだ、俺達に」

「報道されて、事件が注目されてると感じて自分でタイムリミットを設けた訳ね……。なんて奴なの、ふざけてる」

「人の命で、ゲームでもしてるつもりでいやがるんだ、マル被は」

藤島は憤りを抑えた口調でいった。「ふざけやがって！」

ここで怒っても仕方がないことだと爽子は思った。

これ以上被疑者を野放しにしていれば、由里香はもちろん、世の女性すべてが危険に曝(さら)される。

それを防ぎ、犠牲になった二人の女性達に報いるには、爽子には由里香の口から知っていること全てを、どんな手段を使うにせよ聞き出す以外に方法はないのだった。

もう、回り道はしていられない。そうだ、と爽子は思った。どんな手段によってでも、聞き出さなければならない。

――どんな手段を使っても。

疲れと新たな犠牲者のために珍しく憂鬱(ゆううつ)そうな藤島の横顔をちらりと見た爽子の胸に、密かに期する決意があった。

二月一日。

蔵前署の会議室は、日曜の早朝にもかかわらず、捜査員達の人いきれでむせるようだった。

隣接署からの応援である特別指定捜査員の他にも、盗犯、暴力犯などの刑事課全体に刑事部長名で優先捜査、大量動員の指令が出され、捜査本部は百二十人体制の大所帯に膨れ上がっていた。

昨夜は結局、初動捜査の段階で被疑者確保は出来なかった。

警視庁管内で、初動捜査における検挙率は七十パーセントを超える。しかし、本庁通信指令室から警視庁管轄下の全所轄を動員する広域全体配備が発令され、捜査員の聞き込みや検索、制服警官の検問の網がかけられたにもかかわらず、被疑者は消えた。目撃者がいながら、ありうべからざる事態といえた。

連合本部にはもう一つ悪い報せがあった。それは、行確対象にまでなっていた二人の被疑者が捜査線上から外されたのだ。犯行時、二人の被疑者にはそれぞれ捜査員が張りついていた。アリバイを証明するのに、捜査員ほど確実な証人はいない。

喧噪（けんそう）の中、爽子は柳原の隣にぽつねんと座っていた。藤島はホテルで警護を続けている。柳原から爽子だけポケットベルで招集された時には、一瞬無念そうな表情になったが、それを抑え、ここはまかせろと頷いた。

騒然としていた。だが、忙(せわ)しく言葉を交わしているのは応援ばかりで、蔵前、麻布の両事案を担当してきた第二強行犯捜査三係及び四係の捜査員らは、言葉少なく席に座っていた。

管理職に至っては押し黙り、疲弊と焦燥を表情に刻んで、捜査員らの正面に置物のように着席していた。その中心には、苦衷(くちゅう)を通り越して無表情になった捜一課長、平賀警視正の顔もあった。

「全員注目！」佐久間が嗄(か)れた声を上げた。潮がひくように私語の止んだ会議室を見渡すと、傍らの平賀に声をかけた。

「捜一課長訓辞！」

平賀は、テーブルについた両手で身体を支えるようにして立ち上がった。

「全員ご苦労です。——残念ながら我々の努力の甲斐なく、三人目のマル害を出すことを許してしまった。だが幸い、当該の女性の命に別状はなかった」

休火山のように、捜査員らは平賀を見つめる。

「だが、これ以上マル被の跳梁(ちょうりょう)を許すわけにはいかん。罪なき若い命を奪い去り、さらに我々に対して挑戦するかのごとく犯行を繰り返したマル被は、我々がこの手で逮捕し、罪を背負わせなければならない。それが我々にできるただ一つのことであり、義務だ。

全員になお一層の努力を求めたい。——最善を尽くせ！　以上だ」

最後の他は、まったく淡々とした口調だった。硬い声に裏打ちされているのは顔の見えない犯人への怒りであり、捜査員達への叱咤だった。

佐久間も立ち上がった。平賀と違い、睡眠不足と憤激に膨れたような顔になっている。

「マル被は狡猾なだけでなく、尋常でない敏捷さも備えた危険人物だ。これ以上ホシに時間を与えるな！　被害者の無念を思え。なんとしても現行犯でなく、被害者を増やすことなく逮捕するんだ！」

佐久間は己自身にいい聞かせるような檄を飛ばした。

爽子を含め、居並ぶ捜査員らはその檄を受け止めた。犯罪者を追う生粋の猟犬どもが未だ士気盛んな証拠だった。

佐久間は昨夜の現場検証の報告を求めた。紺の活動服のままの本庁交通鑑識の主任が立ち上がった。夜明けまで続いた採証作業から直行してきたに違いなく、係長は事案発生場所を管轄する深川署に出向いたのだ。主任は真田と名乗り、説明を始めた。

「まずお手元の資料をご覧下さい。最初にタイヤ痕から説明します。

痕跡が鮮明であることから摩耗は少なく、かなり新しい物です。パターンは非対称でかなり特徴が見受けられ、セミスリックです。幅は２２５ミリで、日産フェアレディＺＳ30

系であるという目撃者の証言は、痕跡の輪距及び軸距から間違いないことが確認されており、とすればサイズは225／45と考えられます。

また、現場で採取したゴム片を科警研第一化学に鑑定を依頼したところ、当該ゴム片にはコンパウンドが多く含有されているという結果です。

以上のことからこのタイヤがかなり特殊な、たとえばジムカーナ等のレースで使用されることを前提に製造されたと見て、間違いないと思われます」

爽子は資料に目を通しながら説明に聞き入っていたが、正直さっぱり理解出来なかった。爽子もドライバーの一人ではあったが、世間一般の女性と同じく、機械には疎(うと)かった。また、交通課の経験もなかった。あんた達、本当に理解してるのかといった目で周りを見ると、皆頷きながら聞いており、隣の柳原も、赤ボールペンで下線を引いている。とりあえず判ったような顔をしておく。

「製造メーカー、製品名の特定は」

大貫が手にしていたシャープペンシルを鑑識課員に向けて質した。鑑識課員は視線を下げ、口ごもった。

「それが……、自動車タイヤ諸元表を当たっておりますが、まだ……」

「これだけ判っていながら、まだ特定できんのか！　コンピューターにかければ一発だろ

う が、おお！」

大貫は声を荒らげ、鑑識課員を睨んだ。まるで被疑者が特殊なタイヤを使ったのは貴様のせいだぞ、とでもいうような激しい口調だった。

「おっしゃる通りですが……、申し訳ないが、今少し時間を戴きたい」

「判った。ご苦労でした、引き続きタイヤの特定を大至急やってもらいたい。しかし、犯行に使用されたのはフェアレディZに間違いないのだな」

佐久間が幹部席から割って入り、念を押した。

「はい、それは間違いありません」

鑑識課員は佐久間でなく、大貫を見ながら確信をもって答えた。

「よし。……だが第二犯行とは違う車両を使用したというのはどういうことだ」

どちらの車両がより被疑者に近いかで、捜査員の配分が違ってくる。もっとも、フェアレディは深川のシマだったが。車両が目撃された第二犯行を担当する四係の吉川が口を開いた。

「現時点ではなんともいえませんが、特殊なタイヤを装着した車を偶然入手し、犯行に使用したというのは、出来過ぎのような気がします。とすれば、第二犯行時使用したのは知人から借り出したか、盗難車、あるいはレンタカーかも知れません」

「しかし、特殊なタイヤを装着していたからこそ目をつけ、貸与あるいは盗み出して使用したとも考えられる」

佐久間は机を指先で叩いた。

――タイヤだけ、盗んだか取り替えたのか。

爽子は考えたが、知らずに声に出していたらしく、となりの柳原が「そうかも知れないわね」と呟き返した。

「よし。蔵前の事案には目撃者がいたな。当該の証言もスポーツタイプの車両だったはずだ。至急、同型車の写真を撮り、目撃者に確認してもらいたい」

佐久間は一呼吸置いた。

「マル害、岡部千春、二十三歳についてだが――。救急車で搬送中、何度もマル被の自称を叫んだらしい。これは、搬送中に録音した物だ。用意を頼む」

おそらく最初に現着したのが機捜隊員だったのだろう。機捜隊員の中には車両が事件に関わっていると知った時点で、現着する間にすれ違った車両全てをカセットレコーダーに吹き込む者もいるのだ。頭部に傷を負っていたので、一刻も早く搬送する必要があったのかもしれない。

テーブルの上に置かれたカセットテープを佐久間は取り上げ、捜査員の用意したカセットデッキにセットし、再生ボタンを押した。音量は大きくはなかったが、静まり返った会議室に、それは響いた。

警察とは違う消防のサイレンの音、道を空けるようにスピーカーで怒鳴る運転手の声、機器の触れ合う金属音がまるでノイズだ。

〝しっかりして、もう安心だから〟優しいが緊張した消防官の声。

〝痛い、顔、顔が痛いよ！　痛い、早く……！　手も、手も痛い〟弱々しいが、必死に痛みを訴えようとする岡部千春の声。

〝顔と手が痛いんだね。他に痛いところあるかな〟

〝頭、頭が痛い！　割れそう……！〟

〝頭が痛いんだね。判った。もう大丈夫だよ。すぐに病院に着くよ。君をこんな目に遭わせた奴のこと、覚えてる？　答えられることでいいから、教えてくれるかな？〟

岡部千春の息づかいだけが聞こえる。唐突に声が入る。

〝ああ、あいつ、あいつだよ！　自分でいってた、お前は三人目だって！　殺してやるって！〟

〝三人目？　自分でそう言ったんだね？〟

〝そうだよ、そう言ったんだよ、あいつが、あいつがあっ！〟

〝判った、落ち着いて、もうすぐ病院だからね〟

〝あいつがっ！　あいつがそういったのよぅ！　ジャックジャックジャック……！〟

岡部千春の声が抑制を失った詠唱のように繰り返される。暴れているのか器具の出す音が大きくなる。

〝ジャック！――〟

唐突に、岡部千春の声が消えた。サイレンの音だけが耳につく。

〝いかん、過換気を起こしてる！　沢口、急げ！　それから本部に九五五（傷病者）にあっては意識レベル二に低下と状況報告しろ！〟

〝了解。――こちら深川救急……〟

テープはそこで止まった。

「……聞いてもらった通り、一連の犯行と同一犯の可能性が高い」

カセットデッキが片づけられると、佐久間は口を開いた。「大貫警部、報告を頼む」

「あー、マル害の事情聴取に関してですが……当該マル害は現場近くの自宅に帰る途中、狙われたようです。詳しい状況は、まだ深川の方でも把握出来ていません。何しろ今聞いての通り、極度の興奮状態で、筋の通った供述を採るのは現段階では難しいですな、以上」

被疑者からは〝まとまった供述〟が採れる癖に、と爽子は思った。

やむを得ないという表情で、佐久間は頷いた。

「判った。二特捜、何か意見は」

爽子は立ち上がった。

「はい。この事案が同一犯とすると、腑に落ちないことがいくつかあります。それは事案発生が昨日で第二犯行から日数が経ちすぎていること、マル害の受傷及び状況です。

通常この種の犯罪は犯行の周期が短くなります。そしてこのマル被は秩序型で、今回のような目撃者と物証両方を残すという不手際を起こすとは考えにくいです。まして目撃者は避け得た筈で、物証とマル害の証言に至っては意図的に残したとしか思えません。これらから考えられるのは、マル被が何らかの理由で時間を必要とし、本当の動機から我々の目を逸らすために行ったのではないかという可能性です」

「何だ、そりゃ」本庁の捜査員らしい声が尋ねた。

「一つは、金曜日発売の週刊誌に載った記事です。これには我々が連続犯行の動機を図りかねており、また栗原智恵美が〝さくら〟に関与しているがあまりそのことを重視していないのではないか、と書かれていました。……マル被はそのことに着目したと思われます。〝さくら〟と関係ないマル害を襲うことによって、第一犯行の坂口晴代と同じく、第二犯行栗原智恵美殺害を〝流し〟と思わせたいのではないでしょうか」

爽子は、はっと息をつき、続けた。

「次に、マル害の受傷状態を見ても、殺害する意図があったとは考えにくいです。まして――」

「それはどこかへ連れ去る途中だったからじゃないのか？　殺害する気がなかったと、どうしていえる」

大貫が質した。爽子は大貫の後頭部に目を移し、いった。

「これまでの犯行で、車内で負傷したと見られる傷は、マル害にはありませんでした。まして、自分の自称をマル害に告げ、さらに目撃者の前で、謀ったように突き落としたのは自分の犯行だと我々に認知させるつもりだったのではないでしょうか。……不謹慎な話になりますが、もし自分の犯行だということを知らせるためだけだとしたら、マル害を殺害し、遺体に署名すればいいはずです。それをしなかった、いえ、する必要も衝動もマル被にとって感じられなかったのは、マル害を確実なメッセンジャーに仕立てたかったからではないでしょうか」

「つけ加えます。栗原智恵美が〝さくら〟に関わっていたこと、及び捜査方針に迷いがあると報じた媒体は当該週刊誌以外にはありません」

柳原が補足した。

「吉村君、君のいうことには矛盾がある。時間を稼ぎたいマル被がどうして、特殊なタイヤを使用するんだ。おかしいじゃないか」

吉川が君子面をして見せた。

「ですがこれを使用すれば、マル害と共に確実に我々の注意を引くことが出来ます。大量に捜査員が動員され、栗原智恵美や売春関連の捜査が手薄になると考えたのではないでしょうか」

佐久間が口を挟んだ。

「捜査状況を知り得ないマル被が、どうしてわざわざ足のつくものを残し、捜査の目を逸らそうとする？」

「当該週刊誌の記事が曖昧(あいまい)だからです。我々が売春関係の捜査を行っていないとは、書いていません。売春関係を調べれば、ナシワリより早く自分が浮かぶと判っているからこそ、無差別にマル害を拉致した上、特殊なタイヤを使用し、それ一本に捜査を絞らせたいのではないでしょうか」

「それで、吉村。マル被の本当の目的は何だ」

佐久間はテーブルに肘をつき、手を組み合わせていった。まっすぐな視線が爽子に注がれ、爽子も佐久間を見つめた。

「……第二犯行のマル害、栗原智恵美と一連の犯行の動機になりうる現場に居合わせた女性です」

「どうしてそういい切れる？　マル害の背後関係は不明、本当に〝流し〟という可能性も否定できない現状だ。おまけにあんたのいう人物がマル被だという証拠もねえ」

大貫が吐き捨てた。

応援に出向した捜査員を中心に騒がしくなり始めた本部で爽子は立ち尽くし、平賀は酢でも含んだような口許で見つめ、佐久間は「もういい」の一言で爽子を座らせると、声を上げて静かにするように求めた。

「とにかく、現状では情報が不足している。各班にあっては再度の洗い直しと見落としがないか検討願いたい。なお深川とは連携を密にし、互いに捜査の進捗状況を指揮担当者を通じて交換することとする。いいか、事ここに至っては当事案は警視庁の面目に関わる重大事件だ。係、個人間でネタの出し惜しみはなし、総力戦で捜査にあたれ。

……それから吉村、確信があるならそれを証明してみせろ」

以上散会！　と佐久間が号令をかけると、全員一斉に立ち上がり、火砕流のように出口に向かって流れ出した。

「行きましょうか」柳原は立ち上がった。

廊下に出ると、溶岩のような捜査員の流れの中で柳原は傍らの爽子にいった。

「ホテルまで送って行くわ。……その前に、マル害に会って行く？　今なら少し落ち着いているかも知れないから」

「ええ、ぜひそうしたいです」

爽子は立ち止まった。

「どうしたの」

「あの……警部。私、ちょっとお手洗いに寄ってから……」

「そう」柳原の目が、同性を見る目になった。「だったら駐車場で先に待ってるから」

「すみません」爽子は頭を下げた。

柳原が立ち去り、捜査員の姿も見えなくなると、爽子は足早に廊下を会議室の前まで戻った。

会議室のドアの前で辺りを見回し、そっとノブを回して入った。

無人だった。幹部達も本庁に向かったらしく不在で、事務職員もいない。先程まであった人間の体温の残滓が空中にあるだけだ。爽子は部屋に踏み込み、テーブルの間を抜けて、あるものを探した。

それはあった。幹部席の隅に積まれていた。――捜査資料だ。

通常ロッカーに保管されているそれがあるということは、爽子にとって幸運だった。黒い表紙には「持ち出し禁止　部外秘」とマジックで黒々と書かれている。

爽子はもう一度辺りを見回した。誰もいない。爽子は唾を飲み込んだ。もう一度表紙を見つめる。

ぐずぐずしてはいられない。幸運を確実なものにするためには事務職員が戻る前に持ち出し、複写しなければならない。爽子は動悸と分厚い資料をコートの下に隠し、部屋を出た。

この資料を三枝由里香にぶつけてみるつもりだった。

あの狡猾な弁護士の娘から話を聞き出すには、自分の身の回りで何が起こっているのか正確に教えてやる他はないと考えたのだった。

爽子は賭けに出ようとしていた。

資料を隠したまま刑事課のコピー室に潜り込んだ。誰もいないのを確認してから、坂口晴代、栗原智恵美の現場で検証の際、撮影した写真をカラーで拡大し、何枚か複写した。

コピー機から吐き出された悪夢を、棚の上にあった書類封筒を拝借して、中に納めた。

この写真を見て三枝由里香がはたして心を動かされるだろうかと思いつつ、爽子はジャケットの下にたくしこんだ。

それから資料を脱いだコートで包み、コピー室を出ようとドアを開けた。そこにいた人物を見て、思わずびくっと身体が震えた。

吉川警部補が立っていた。

「ここにいたのか」吉川の方から口を開いた。

「……何か御用でしょうか」

爽子は動揺を見透かされまいと、小声で尋ねた。

吉川は茶封筒を差し出した。

「これを渡そうと思ったんだ」

「何ですか」爽子は怪訝な表情で受け取り、中身を取り出した。

入っていたのはスタンダードサイズのモノクロ写真だった。被写体は……三枝由里香と、四十代前半の眼鏡をかけた男が腕を組んでどこかラブホテルと思しい建物から出てくる場面だった。

神奈川で逮捕された前里が所持していたというネガを現像した物に違いない。

「三枝由里香の聴取には、必要だと思ってね」

「――ええ、それは。……でも」

爽子は吉川を見つめた。

何か魂胆があってのことだろうか？　私を陥れるための。

爽子は勘ぐったが、吉川の顔には人を陥れようとする者の、不必要な愛想の良さは微塵もなかった。

「要らないのか？　要らないんだったら、それでもいいよ」

「何故、私にこれを？」爽子は思い切って訊いた。「吉川警部補も、三枝由里香が何らかの関係があるとお思いですか」

吉川は鼻先で笑った。

「思っちゃいないよ、そんなこと。ただな、証明が欲しいんだ」

「なんの証明ですか」

「三枝由里香が何も知らないっていう、な」

「理由になってません」

爽子は封筒に写真を戻し、吉川に突き出した。吉川は周りに視線をやり、爽子の腕をとってコピー室に入り、ドアを閉めた。

「いいかよく聞け、吉村。お前さんが主張したことは全て、仮定の話だろ。どのみち、マル被を逮捕しなければ確かめようがない。会議では黙ってたがな、タイヤに関するお前さんの主張は筋が通ってない。思い出してほしいが蔵前の事件では、同一車両を使用しながら、接触した場所からも犯行現場からもタイヤ痕は出なかったんだぞ？　ということは、最初からあのタイヤを装着していたが、痕跡が残らなかっただけの可能性もある、ってことだ」

吉川は声を低めて続けた。

「ということはだ、俺達にも少なくとも追う権利は主張できるってことだ。物証は確実にマル被に繋がってるし、どういわれようと、捜査ってのはそういうもんだ。違うかな？

──だが、そうは出来ない問題があるんだ」

爽子は黙って聞いていた。

「わかるだろう、三枝由里香だよ」吉川は唇を舌で湿した。

「幹部連中は三枝由里香のことで頭を抱えてる。それは俺にもわかるよ。なるだけ本部の外には出したくない。だがそうなれば深川と完全な情報の共有なんてのはお題目だ。一つ何か隠せばあっちも疑心暗鬼になるだろ。他にも何か隠してるんじゃないかって、な。だから俺のいいたいことは、三枝由里香が〝何も知らない〟という証明をしてもらいたいということだ。確認済みとなれば、深川の連中に報せる必要はなくなるだろ。全てスムーズにことは運ぶ。俺達もナシワリに食い込めるってことだ」

「同一車両を使用したと見られる、蔵前の車両の割り出しは大貫警部の担当だと思いますけど」

吉川は冷笑した。

「大貫係長は、あの調子だからな。車両特定班は、いずれ増強されるさ。その中にどれだけ俺達が食い込めるかが問題なんだ。佐久間管理官がいったろ、総力戦なんだ」

詭弁（きべん）か、それとも自分を小娘と思って舐めてるのか。

捜査一課内で個人、係同士が情報を分け合うということは、たとえどんなに幹部達が先程の佐久間と同じように〝縄張り撤廃〟を連呼しようと無理な話であるということは、爽子も経験から学んでいる。

よそに有利になる情報を他の係、個人が入手しても、決して伝達されることはない。事件解決が遅れることになろうとも、伏せられ、抱え込まれるのだ。

ここが一般企業と違うところだ。利益至上主義の企業では、目に見える収益こそが、人間関係など一顧だにせず優先される。警察は潰れないが、企業は倒産するからだ。しかし警察は不可解な人事に代表されるように、人間関係、縄張り意識が大きく業務に影響する。個人や部課の面子といった要素が重んじられるからだ。

それは警察社会の病根である反面、強い連帯と士気の高さを生み出した。

もっとも、その連帯感や士気の高さも、限られた仲間以外に向けられれば牙になりうる。

そして爽子は、吉川の申し出を〝牙〟なのかどうか測りかねていた。

単純に見るなら、罠(わな)だ。

だが――この写真は三枚由里香を追いつめるのに、極めて効果的な筈だった。これまでは証拠がなかった。そのために供述を引き出せず、今日まで来た。

それが第三の犠牲者を出す時間を被疑者に与えてしまった。

由里香は売春そのものへの関与を否定している。それを認めさせなければ、昨夜と同じように逃げられるのが落ちだ。

どう考えても、この写真は必要だった。

爽子は逡巡(しゅんじゅん)したあと、茶封筒に視線を落とし、それから吉川を見上げ、口を開いた。

「……お預かりします。すいません」

吉川は頷くとコピー室を出て行った。爽子の目の前で、ドアは閉じられた。

もし何かあっても、自分に写真を渡した吉川も同罪だと、ともすればコピー室を飛び出して吉川に駆け寄り、写真を突き返したくなる気持ちを、無理矢理納得させた。

爽子は意を決してドアを開け、廊下に出た。吉川の姿はなかった。

爽子を乗せると、柳原の運転するキャバリエは蔵前署の駐車場から走り出した。

途中、爽子はいく度となく柳原の横顔を窺い、膝に置いたバッグに目を落とした。良くないと判っていながら視線を寄せてしまう、注視行動だった。

「もうすぐだから」爽子の行動を焦りととったのか、柳原はいった。

昨夜岡部千春が収容された病院は、江東区の旧中川を望む場所にあった。駐車場に車を停め、やや古びた病棟に入る。途端に、病院独特の消毒液の臭いが、つんと鼻に差し込んだ。

一階の受付で来意と身分を告げ、岡部千春の病室を聞き出すとエレベーターに乗り、六階で爽子と柳原は降りた。

エレベーターホールに近いナース・ステーションでもう一度身分を明かし、部屋の位置を聞き出すと、二人の女性警官はパジャマ姿の入院患者に気をつけながら廊下を歩いた。教えられたドアの前には、さり気なく私服の警官が立番に当たっていた。爽子と柳原が手帳を取り出し、身分証を見せると黙礼し、一旦ドアをノックし、返事を待って開けた。

病室は狭いながらも個室だった。陽当たりはよく、清潔なシーツが白く光っているが、やや起こされたベッドには、岡部千春の頭部を半ば包帯で包まれた痛々しい姿があった。シーツの上に伸ばした腕にも、包帯が巻かれている。

ベッドの傍らの丸椅子で、雑誌を開いたまま膝に置いた中年の女性警官が、爽子と柳原を見ると立ち上がった。

「ご苦労様です、何か御用ですか」

護衛の女性警官は、静かな硬い声で尋ねた。

「ご苦労様です。私は本庁捜一、二特捜四係主任で、蔵前に出向している柳原警部です。これは――」

「吉村爽子巡査部長です」

二人は改めて身分証を見せた。

「ご苦労様です。深川署刑事課の三上克江警部補です」

そういうと、ようやく表情を和らげた。眼鏡をかけた四十歳代の、小太りのおばさんふうの女性だった。

「岡部千春さんの容態はどうですか？」

しっ、と三上警部補は人差し指を唇に当てた。

「……いま、やっと眠ったところよ。可哀想に、よほど怖い目にあったのね。一時は暴れて、大変だったのよ。眠ったかと思ったら何度も痙攣（けいれん）を起こして目を覚ましたり。でも、今はこうして眠ってるわ」

そういって岡部千春を見る三上の口調には、いたわりが籠もっていた。

「昨夜は聴取が出来なかったと聞きました」

柳原の言葉に、三上は「あの警部さんね」と顔をしかめた。

「男が四人でいきなり病室に入ってきて話を聞かせて貰いたいなんて、被害者への配慮に欠けてるわよ」

爽子と柳原は顔を見合わせた。

「申し訳ありませんでした」爽子は心から頭を下げた。

「こんな状態の子に、どんな話が聞けると思ったのかしらね」

「そちらの本部の聴取は――?」

「何も。私が〝出て行けっ〟て追い払ったから」

三上は息を吐いた。「……私だって被疑者確保は一刻を争うのは承知してるけれどね、こんな状態で聞き出したことを元にしても、確実な情報が得られる訳がないわ」

こういった事件が発生した場合、通常なら無理に事情を聞き出すような真似はしない。三上のいう通り、被害者が恐怖のために誤った情報を告げる危険があるからだ。

被疑者検挙は時間との勝負だ。また事件が事件だけにおそらく焦った捜査員の勇み足だ。

爽子は当然の配慮を怠った捜査員に対してというより、社会の大部分を占める意識的な何かに憤りを感じた。

「お話、お聞かせ願うわけにはいかないでしょうね」

柳原は包帯に包まれた岡部千春を見ながら三上に尋ねた。

「――いま、ようやく眠ったところなの」

爽子は柳原を見た。そっと首を振る。

「……そうですね。落ち着いたら、こちらの本部にもお知らせ下さい」

柳原はいい、名刺を取り出すと本部の直通電話の番号を走り書きし、三上に渡した。

「ええ、必ず」

柳原は静かにベッドに歩み寄り、包帯からわずかに覗いた指先を撫でた。岡部千春は眠りつづけている。

爽子も柳原に倣い、ベッドに近づくと、乱れたシーツの端をなおしてやろうと屈み込んだ。小柄な爽子の胸に、岡部千春の顔が触れそうになる。

岡部千春の顔がベッドの上で微かに動いた。そして、次の瞬間には口を開け、絞り出すような悲鳴を上げていた。

「こ、来ないでっ！　来ないでぇ！……いや、いやぁ！」

悲鳴というより、金切り声、絶叫といった方が適切な叫びだった。表情が包帯でほとんど見えないにもかかわらず、頬の筋肉が引きつり、恐怖の表情を浮かべているのが三人には見て取れた。

三上は慌てて二人をベッドのわきからどかせると、岡部千春の肩を揺すっていった。

「大丈夫、大丈夫よ。安心して。この人達は何でもないの。ほら、私はここにいるでしょう？」

必死な三上は声をかけてなだめるが、逆に火に油を注いだかのように、ベッドの上で身を捩り、跳ねるようにして暴れた。

ドアの外にいた警官も、何事かと顔を覗かせた。

「ちょっと！　吉村さん、外に出て、早く！」

肩を押さえながら、立ち尽くしている爽子に三上が怒鳴った。

柳原は爽子の背中を押すように病室の外に出た。入れ違いに、女医と看護婦が走り込んで来た。

「どうしました？」

女医の声が病室から聞こえた。柳原はそっとドアを閉めた。

爽子と柳原はそのまま廊下で待った。女医とともに病室に入った看護婦がドアを開き病室から飛び出し、廊下の向こうに一旦消え、手に注射器と薬液の入ったアンプルを入れたトレーを手に戻り、再び病室に入るとドアは閉じられた。

患者達はこんなことは日常茶飯事なのか、それとも暗黙のルールなのか、立ち止まることなく通り過ぎて行く。

やがて病室から岡部千春の声は聞こえなくなり、ドアが開き、女医が聴診器を首にかけながら出てきた。

「主治医の長崎です。何があったんですか」

知的な顔立ちに化粧気はないが、白衣の似合う聡明そうな印象の女性で、詰問するような口調だった。

「たぶん、PTSD（外傷後ストレス症候群）のフラッシュバックを起こしたんだと思います」

爽子は答えた。長崎医師は爽子を見つめた。

「失礼ですけど、あなた方は」

二人は名乗った。

「薬を使われたんですね」

「鎮静剤を投与し、抑制帯を使いました。眠っています」

柳原の問いに、長崎ははっきりと答えた。

「聴取はしばらく出来なくなりますね」

「ええ、私は医師としてしなければならないことをしただけです」

柳原の言葉が冷淡に聞こえたのか、当然だという口調だった。

「わかります。責めている訳ではありません」柳原は柔らかい口調で答えた。

「長崎先生。マル害……いえ、岡部さんが救急搬送中にもパニックを起こしたことはご存じですね」

爽子は長崎医師を見た。

「それは消防の方から聞いてます。——何度も加害者らしい人物のことを叫んだとか」

「それについてですが、搬送中、岡部さんは過換気を起こしていたそうですね。とすれば、脳も極度の酸欠状態にあって幻覚をみた可能性は」

爽子は確認したいという気持ちを抑えきれなかった。爽子の、今回の犯行は売春に対する煙幕であり、最終目的は三枝由里香という考えは同一犯——〝ジャック・ナイト〟の仕業ということを前提にしている。そして何より、重大な服務規程違反を犯してでも由里香から聞き出したいのは、三人目の犠牲者を出してしまった自責の念に堪えきれないからだ。もし岡部千春の事件が発生しなければ、こんな手段は考えなかっただろう。

「それは……その場に居合わせなかったものですから、わかりません。でも、どうしてそんなことを」

「すこしお時間を頂けますか？　出来れば人目のないところで」

微妙な話題になることを察知し、柳原が提案した。

場所をナース・ステーションの奥、資料室兼休憩室に移した。

簡単なソファセットで、小さなテーブルを囲むと、爽子は口を開いた。

「先程お尋ねした幻覚現象は、夜間に危険にあった人や出産中の女性にも起こります。これは脳が酸素欠乏状態になるとある種の物質が分泌されて――」

「グルタミン酸塩が過剰分泌されてＮＤＥや変容体験を起こす。知ってます」

長崎は白衣のポケットから煙草とライターを取り出し、火を点け、それから慌てて灰皿をテーブルの下から取り出した。口紅のついた吸い殻が詰まっている。

「ＮＤＥ？」柳原が小声で爽子に尋ねた。「臨死体験です」と爽子は教えた。

「どうかしら。あ、煙草吸われるんでしたらどうぞ。――確かにその可能性はなくはないと思うけど」

「私がこんなことをいうのは、岡部さんがいった犯人の自称が〝ジャック〟だけだということです。ご存じだと思いますけど、〝切り裂きジャック〟の事件は広く知られていて、それが岡部さんの記憶にもあり、また、自分を襲った人物が報道されている女性ばかり狙う被疑者だと信じたことによる幻覚の可能性はないでしょうか」

　この疑問は第一犯行時、強行三係の一人から出た疑問でもあった。

「正直にいうとわからないとしか……。でも、ＮＤＥの場合、宗教的か民間伝承的な幻覚が多いけど、彼女の場合はそれがないし。もっとも今の日本人には信仰心はあまりないけど」

　長崎は一息煙草を吸い、吐き出した。

「でもね、昨夜私は当直で、ずっと彼女を治療してるけど、何度か発作があったのね。その時聞いた中に、犯人の名前があったのかも」

「教えて下さい」

「ジャック……何だったかな。ジャック……」

「〝ジャック・ナイト〟ですか」

　柳原が尋ねると、長崎は大きく頷いた。

「ええ、それよ。ジャック・ナイト、最初は凶器のことかと思ってたけど」

　模倣犯の可能性がないとは思っていたが、これで確定的になった。なにしろ〝ジャック・ナイト〟という自称は公表されていないのだ。

　加えて、あえてマル被がそう告げたということは、喘息を起こしていた坂口晴代、売春の客と思い接触した栗原智恵美と違い、無作為に拉致したマル害から抵抗され、殺害できても署名を残す時間的余裕がない可能性も考慮したか、最悪、逃亡されてもいいと考えての行動かも知れない。どちらにせよ殺害する意志はなかったと見るのが自然だ。

とすれば、たとえ岡部千春の精神状態が安定しても人着の特定は難航するだろう、と爽子は思った。逃亡を考慮に入れているなら顔を隠し、着衣も使い捨てだろうからだ。それに、レイプ被害者もそうだが、被疑者を大きく見てしまう傾向があり、身長さえあてには出来ない。

「わかりました。お時間をとらせてしまって。それから長崎先生、いまお話ししたことは内密に願います、よろしいですね」

「はい。患者さんのプライバシーでもありますから」

「よろしく」

爽子と柳原は腰を上げた。病室に戻り、三上に入り口から暇を告げ、そこを後にした。

廊下を歩きながら爽子は隣の柳原にいった。

「……警官の立場で、こんなことをいってはいけないのでしょうけど」

「なに？」

「岡部千春さん、いい人達に守られてよかったと思います」

それはいつもはどこかにしまい込んでいる良心が爽子にいわせた言葉かも知れなかった。

柳原は前を向いたまま頷いた。

「そうね。いい人達に囲まれてるんだもの、きっとよくなるわ」

結果として爽子が手にしたのは良心の疼きと密かな安堵、そしてフラッシュバックはなぜ起こったのかという疑問だけだった。

その原因は何か。パニックに導いた因子は何だったのか。柳原と共に車に乗り込んでからも、爽子にはわからなかった。


京浜グランドに着いた。

爽子はロータリーでキャバリエから降りた。

「今日で最後ね。頑張って」

「はい、警部」

爽子がドアを閉めると、柳原のキャバリエは走り去った。

爽子が十四階に上がると、藤島は朝と変わらず由里香の部屋の前に立っていた。

「動きは?」爽子が先に口を開いた。

「いや。康三郎さんも格別……それより、本部の方はどう？　何か新しい動きは?」

爽子は辺りに人がいないことを確認して、手短に鑑識結果を伝えた。「かなり特殊なタイヤだってことは間違いない。そんな物、どうして……」

「説明してくれる？」首を傾げる藤島に、爽子は尋ねた。

「たとえばコンパウンドっていうのゴムに混ぜる薬品なんだけど、路面への食いつきをよくする効果がある。それとセミスリックの組み合わせといえば、純粋にレース仕様じゃないかな。なにしろセミスリックは溝が少ないせいでグリップがよくなる反面、公道で使うには摩滅が激しすぎる。それから扁平率がそれだけあるってことは、サイドウォールも……つまり厚みがほとんどなく、普通のドライバーが使うには乗り心地を犠牲にしすぎる。それに値段も高いし、道路が乾いているときしか使えないこんなタイヤを持っている人がそんなにいるとは思えないな」

特殊なタイヤということは、どうにか爽子にもわかった。

「他には？」

「……もう一つ教えて欲しいの」爽子は大判の書類封筒を取り出した。「これを使うべきかどうか」

書類封筒を受け取り、中身を半ば出したところで、藤島は爽子に振り向いた。

「——現場写真か」

「藤島さんが駄目だというなら、使わない」

　写真のコピーに視線を戻した藤島に、爽子は茶封筒のモノクロ写真を渡した。藤島は中身を見るなり絶句した。

「……これは誰から」

　ようやく一言吐いた藤島に、爽子は囁き返した。「吉川警部補」

「——罠じゃないのか。あの人はどうも信じられない」

「私もよ。でもあの子の口から真実を聞き出すには、必要だと思ったから」

「でもどうしてこれを吉村さんに？」

　爽子は吉川が話したことを繰り返した。

「本当かね……。でももし罠だったら？　それに……由里香が本当になにも知らなかったら？　無駄になるよ、全部」

「その時は、私がすべて責任を取ればいい。主任や藤島さんには関係ない。事実、私の独断だし」

「そうはいかない」藤島は床に目を落としていった。

　爽子と藤島の間に、沈黙だけが落ちた。

「……三枝由里香に張り付いて、もう六日か」

藤島が小声でいった。そして、爽子を見た。「手ぶらでは、帰れないね」

爽子は頷いた。そして、

「こんなこと、私と一緒にしろなんて強制はできない。ここで待っていてくれていてもいい」

藤島は答えずただ一言、自分にいい聞かせるように呟いた。

「——賭けてみよう」

爽子はささやかな笑みを口許に浮かべるのが精一杯だった。

「……藤島さん、いつも巻き込んで悪いと思ってる」

藤島も微笑んだ。

「らしくないよ、そんな台詞は。俺はただ、吉村さんが正しいと思ってるし、マル被を捕まえたいだけだ」

爽子は俯き加減で「ありがと」といった。

二人はドアに向き直った。

爽子は表情を引き締め、ドアを強くノックした。

「由里香さん、ここを開けて。由里香さん」

爽子はドアが開かれるまで、執拗にノックし続けた。五分以上してようやくそれは開かれた。不承不承という感じだった。

「これからお話ししたいんだけど、いい？」

迷惑顔の由里香が口を開く前に爽子は先手を打った。

「……父を呼んでもいいですか」

いつになく硬い声の爽子から何か感じ取ったのか、由里香はドアを出、爽子と藤島の間を抜けて隣の康三郎のドアの前に行き、ノックしようとした。今日は日曜日だ。

「お父様がいるところではしたくないの。……あなたのためにも」

爽子は由里香の部屋のドアの前から、由里香にいった。

由里香は爽子を見、そして上げられた手がゆっくりと下りた。

昨夜と同じ場所に座ると、爽子は書類封筒をテーブルの上に置いた。

「なんですか、それ」由里香は無表情にいった。

「その前に、もう一度確認しておきたいことがあるの」

「なにをですか？」

「あなたは売春していないのね？」

「はい」

「あなたと栗原さんが口論した男性にも、面識はない」

「はい」

はい、をいいえに置き換えれば、ポリグラフ試験のような問答だった。

「……本当ね？」

「もういい加減にしてよ！」

由里香が爽子に叫んだ。「ずっとそういってるでしょう？」

これまでにない由里香の表情だと爽子は思った。自分の感情を隠さず自分に投げつけ、睨(にら)んでいる。

「そう。じゃあこれを見て貰おうかな」

爽子は封筒から写真の拡大コピーを取り出し、テーブルに一枚一枚広げていった。狂った欲望の結果を並べながら、爽子は簡単な説明をつけた。

由里香の目は見開かれ、写真に釘付けになっていた。魅入られたように、視線を外せなくなっている。

爽子はその様子をしばらく眺め、それからゆっくりと書類封筒に戻した。

「どう思う？　写真を見て」

「……ひどい」

由里香は口に手を当て、顔を背けてからいった。

「そうね、私もそう思う」

「まだ捕まらないの、犯人」

「いずれは捕まるわ。でも、あと何人か被害者を出すかも知れない。……まだ報道されていないけど、昨夜、また一人襲われたわ」

「――死んだの、その人」

由里香はか細い声で尋ねた。

「幸い、命には別状なかった」

爽子の落ち着いた話し方が気に障ったのか、由里香は尖った声を出した。

「あたしなんかと話してる暇があったら、犯人の方を追ったらどうなの？」

「捕まえるのは、私達の仕事。――でも、あなたに出来ることが一つだけある」

「…………」

由里香は無言だった。そして、もとの彫像の表情に戻ることに成功した。

「あなたと栗原さんが関わった男性のことを教えて」

「だから、ちょっとぶつかっただけ……」

「そういい張るつもりなのね？」

爽子は溜息をついた。由里香は黙って見返した。

「そうね、確かにあなた達は巧くやっていたようだから、売春に関して証拠がないと思ってるんでしょう？　ここで男性のことを話せば、当該の男性が被疑者だった場合、裁判で証言を求められることになるかも知れない。あなたはそれを恐れてる」

裁判で証言を求められれば、拒否することはできない。出廷を拒めば拘引状が発行されて強制的に出廷させられるし、証言を拒めば証言拒否罪となる。

「でも、よく考えてみて。あなたが将来の心配ができるのは、あなたが生きているからよ。二人の女性は殺された。未来を奪われたのよ」

由里香は答えない。

「……一人目の被害者は、保母さんの資格を取るための学校に通っていた。子供達にも、きっと好かれてたでしょうね。でも何の罪もないのに、写真にあったように無惨な手口で殺されて路上に転がされてた。二人目の栗原さんは知ってるわね？　売春はとても罪はないとはいえないけど、殺されるほどの理由にはならない。説明した通り、手口は見せしめに近いものだった。誰に対してだと思う？」

「あたしだっていいたいの？」

「多分。でも、これは女性全体に向けられた可能性があると思う。とすれば、これから犠牲者はさらに増えるかも知れない」

「この事件は、あたしのせいだって言いたいの？」

由里香は噛みつくようにいった。

「そうじゃないわ。この犯人は、おそらく精神に以前から重い障害を抱えてる。それはあなたのせいじゃない。……でもこれ以上犯行が続いて被害者が出れば、私はあなたを許せなくなるかも知れない」

「だからあたしに売春を認めろっていうの？」

「勇気を……だしてくれない？　あなたの知っていることが、私達には必要なの」

はっ、と由里香は嗤った。

「ごめんよ、人の犠牲になるなんて。あたしにはあたしの立場があるもの。人にはそれぞれ立場があって、それを守らなきゃならない。——あたし、司法試験受けて、弁護士になるの。きっと合格すると思う。でも、売春してた……してないけど、もしそういう噂でも立てば一体誰が弁護依頼に来るわけ？」

「それであなたは満足なの？　本当に」

爽子の視線を由里香は嘲笑うように続けた。

「へえ、今度は陳腐な泣き落とし？　前にもいったけど、ドラマの見過ぎじゃないの。人情に訴えたって駄目よ、見損なわないで」

「一月の十九日、何してたの」

爽子は質問の矛先を変えた。

「一月の十九日?……ああ、あの日は身体の具合が悪いから学校終わったら、すぐに帰って寝たわ。それがどうしたの、お手伝いの人が父が帰るまでいてくれたから、確かめれば」

確認する必要はなかった。だからこそ、由里香が殺されず栗原智恵美が殺されたのだ。

「自分の身代わりになったとは、思わないの?」

「え?」

「あの夜、連絡がつけば殺されていたのは、由里香さん、あなたかも知れない」

必ずしもそうではないなと思い返しながら、爽子は由里香を見つめた。坂口晴代は栗原智恵美に似ていたから殺された。つまり由里香が栗原智恵美と共に恨みを買っていたにせよ、栗原智恵美の方が被疑者の憎悪が深かった筈だ。しかし、由里香にそれを教えてやる必要はなかった。あくまで自分が殺されていたかもしれない、と思わせていた方がいい。

「わたしは売春なんかしてないんだから、関係ない」

由里香は態度を変えない。爽子は切り札を出す潮時と判断した。

「こんなことは、したくなかったけど」

爽子は前置きし、おもむろにジャケットの内ポケットから封筒を取り出し、写真を出してテーブルに置くと由里香の前に押しやった。

「これに写ってるのは、あなたね」

由里香は視線を落としたまま答えない。顔から血の気が引き始めている。

「答えてくれない？　これはあなたね」

「どこから、誰が……こんな……」

ようやく掠れた声を絞り出した。

「いいから答えてくれる？」

しばらく由里香は、写真を手に取るでもなく、身じろぎもせずにそれに見入っていた。

「——これがなんの証拠になるの。男の人とホテルから出てきたら、売春になるの」

「一緒に写ってる男性は、あなたに金を渡したことを認めたわ」

「あたしは認めない。絶対」

「時間の無駄よ」

爽子は由里香から眼を離さなかった。

藤島が口を開いた。

「君は、お父さんを傷つけたくないんだね」

やさしく穏やかな、歳の離れた姪に語りかけるような口調だった。

由里香が藤島を見ると、藤島は小さく頷いた。

「でも、君が真実を言わなければ、結局お父さんも傷つくよ。……もし由里香さんがここで話すことによって、お父さんの期待を裏切ったように見えても、それは本当に裏切ったことにはならない。本当に裏切るというのは、君のしていたことを隠し続けること。何故そういうことをしたのか話し合わないことだと、俺は思う。お父さんにとっては、信頼していないといわれたのと同じだから」

藤島は続けた。由里香も聞き続けた。

「話せば君も傷つくと思う。でも、そこから出発しなくちゃ。傷ついた人間だからこそ信じられる、って思うから。それに——人を裏切れば、裏切られたよりも傷つく人もいる」

由里香は目を閉じた。

「由里香さん——」爽子が穏やかに言おうとした。

「やめてよ」ぴしゃりと由里香は遮った。そして目を開け、きつい視線を爽子に注いだ。

「あたし、あんた嫌いよ」

由里香の棘のある言葉に、爽子は表情を変えず、そう、と答えた。その態度に神経を逆撫でされたように、由里香は堰を切ったように話し始めた。

「なによ、あたしと歳が同じくらいの癖に威張って、傲慢なのに猫撫で声なんか出して……エリート面して。何もかも判ったような顔で、きっと自分以外の人間はみんな不純だと思ってるんでしょ？　自分だけは特別で、汚い他人に汚されたくないと思ってるんだ。自分より不幸な人間はいないとタカをくくって。違う？」

由里香は息をつき、爽子を睨んだ。

「何様のつもり？　あんたって人は、お前は本当は捨て子よって親に叱られて、めそめそ泣きつづける餓鬼と同じよ。それも、本当に悲しいから泣くんじゃない。大人にお前は捨て子じゃないよ、家の子だよっていわれたいからなんだ。——馬鹿みたいじゃない。そういう人生って楽しい？」

爽子は怒りもせず由里香に顔を向けていた。その顔には淡い微笑さえ浮かべていた。いちいちもっともだと思ったのだった。

「弁護士より、心理学者になったらどう？……その通りの人間よ、私」

でも、と爽子は続けた。

「あなた自身はどうなの？　私にはあなたが、過去にとても傷ついた経験を持っているように見える。そしてそのことと、現実の折り合いをつけるために、わざと自分を貶めているように感じられるの。……心の中の大切なものを守るために。けれど、あなたが大切なものを守るために、他の人や無関係な女性の命が奪われるのは、許されることじゃないわ。

違う？」

固く結ばれた由里香の唇から、答えはなかった。

「殺された二人にも、これからの一生で事件の記憶を背負っていかなければならない被害者も、大切なものは持っていた筈よ」

「……だったら？」

「――一人は入院中で、とても話は聞けないし、二人は殺されてしまった。生きている私達にできることは、犯人を一刻も早く逮捕して、罪を贖わせることだけよ」

由里香の顔に、初めて迷いの表情が浮かんだ。様々な感情や現実的な計算が目まぐるしく去来し、渦を巻いている。その中に逡巡や躊躇があることを、爽子は見逃さなかった。

そして、爽子は同性ながら由里香の表情に、自分が見とれているのにふと気づいた。迷い、悩みながら、自分なりの答えを求める表情の、とても美しいひとがいる。思い悩む時、自分の表情はただ醜悪でしかないと思いこんでいる爽子は、いつもそんなひとが羨ましいと思った。今の由里香の顔がそうだった。藤島は、爽子と由里香の顔を不思議そうに見比べていた。

「法律には、時効があるわ。でも、人の良心に時効はないと思う。……心が負ってしまった罪も傷も、そう簡単には消えない。新しい自分を見付けるために、先であなたが傷つかないために」

爽子はテーブルの上にある写真に手を伸ばし、ジャケットのポケットに仕舞った。

由里香は肩を小刻みに震わせていた。

一時間後、「外で待っているから」と言い置き、爽子は藤島を促して部屋を出た。


「駄目だったな」

藤島が書類に書き込むようにいった。

「待ちましょう」爽子は答えた。「あの子の決心がつくまで」

果たして由里香の答えを聞かぬまま、部屋を出たのが正解か、爽子には判らない。これが取り調べなら、退出せず精神的に押し続けただろう。しかし爽子は由里香には時間が必要だと思った。

一人で自分を見つめ、考える時間が。

「――まったく、吉村さんは変な人だな」

苦笑混じりに藤島がいった。

「どうして？」

「向こう見ずなところがあると思えば、こんなふうに慎重なときもある。不思議な人だよ」

爽子もくすっと笑みを返した。

「そういう私と組んでる藤島さんも、相当変わってると思うけど」

「俺は常識人だよ。……いや、〝だった〟のかな？」

「お互い様ね」

茶化してはいるが、二人とも判っていた。今日が由里香の口から聞き出す最後の好機だということを。

時間はやはり、ここでも被疑者に味方しているのだった。

由里香は二人が出ていった後、電話の前でじっと佇（たたず）んでいた。思い出したように受話器を取っては、また戻す。その繰り返しだった。

由里香は迷っていた。

康三郎に電話をかけ、あの二人の刑事を処分して貰うように告げるのだ。それが最善の策だ。

わかりきっていることなのに、由里香は受話器を耳に当て、電話が繋がっていることを示す電子音を聞くと、思い直したように置いてしまうのだった。自分はどうして迷うのか、その必要などないにもかかわらず。

もう、何もかも時間の問題だと思った。――証拠が出てきたのだから。

あの写真の男は、ある有名な政治家の息子だと、智恵美がいっていた。由里香にはどうでもよいことだったが、金払いがいいので仲間内では人気があった。

――ねえ、あいつってさ、政治家の息子で、今、秘書やってんだって。奥さんや子供もいるんだってさ。

新聞もテレビ欄しか読まない智恵美のいうことなので、半信半疑だった。だが、由里香はテレビのニュースで、国会の赤絨毯を老人に近い年齢の政治家が、報道陣や取り巻きに囲まれながら歩くのを見たとき、人垣の中にその男をはっきりと見つけた。ベッドの中とは正反対に、謹厳実直な顔を装っていたのが醜かった。

政界関係者なら、警察は手を出しにくい筈だ。

第一、あの写真は誰が撮った物なのだろう。警察か？　もしそうなら自分は警察に連行されていただろう。あの男も金を払ったと証言しているのだから。

それに、客はあの男だけではなかった。あの刑事の様子では、写真の他に証拠はないようだった。売春は現行犯逮捕が原則だ。

自分達には捜査は行われていなかったのだ。だから、他の客の証言もなく、あの写真が自分を追い込む決め手だったのだ。

それにしては、どうして今頃になって持ち出してきたのか。もっと早く、ここに持ってきてもよかったはずだし、現に証拠がなかったからこそ否定し続けることが出来たのだ。自分が頑強に否定したからだろうか。……それもあるだろうが、それだけではない。

加えて、あの写真が簡単に持ち出せる物とは、思えなかった。

警察が政治家に弱いことは、誰でも知っている。その警察があの写真を参考人とはいえ外部の人間に見せるとは考えにくい……。

由里香の脳裏に、考えがまとまりつつあった。

——あの写真は、あたしの身近にいる人間が撮った物だ。そしてあの写真は、あの女刑事が独断で持ち出した物ではないか？

とすれば、あの忌々しい吉村という女刑事を捜査から外す、十分な理由になるのではないか。

そこまで考えても、由里香の心は決まらなかった。

それどころか自分の胸の中で無闇と苛立ち、微かに痛むような感情の風が、砂漠の丘の形を変えてしまう偏西風のように心のかたちを変えて吹き渡ってゆく。飛ばされてゆく砂塵の一粒一粒は、由里香の過去と願いのかけらだった。それが、見たこともない風紋を描きながら広がってゆく。心許なく、新たなかたちを定めないままに。

由里香は堪えかねたように一旦電話から離れ、爽子達と対面した椅子に座り込んだ。胸が疼き、なぜかわからないが四肢が痺れるような、緩く気怠い快感を感じた。形を変えても本質は変わらない自分の心。心は水に似ている、と由里香は思った。〝入れ物〟の形や大きさが変わっても、水であることには変わりがない。透明さにそれぞれ違いはあるとしても。

椅子の背もたれにのせた頭を転がすようにドアに向け、それから藤島、爽子と話したテーブルを薄目を開けて見た。

康三郎に助けを求めるにしても、結局は自分のしてきたことに触れざるを得なくなり、長い時間、話をすることになるだろう。いや、康三郎の態度から察して、もう承知しているかも知れないのだから。それも良いかも知れない。これ以上、苦しむよりは。

――教えてあげようか……。

思いがけない、けれどたいして意外でもないことを心で呟き、由里香は腕に力を入れ、のろのろと立ち上がろうとして、止まった。

藤島が座っていたソファをじっと見る。

「藤島、さんか」

由里香が心を動かされたのは、藤島の言葉からだった。厳しい表情の中に、温かみのある人だな、と思った。爽子と違い、自分を相対する対象としてではなく、対等の人間として見てくれていた気がする。

藤島はほとんど口を開かなかったが、いつも力づけるような視線を、爽子に送っていた。あのサド女は、それに気づいていない様子だったが、あたしは見ていた。とても優しい顔だった。

――刑事の、いや〝同僚〟の顔ではなかった……。

互いに言葉が不要な信頼関係があらわれていた。

――あんな、自分の不幸を押し売りする女に……。

突然、激しい感情が由里香の胸の内を吹き荒れた。怒りとも違う、狼狽(ろうばい)するほどの切なさを伴っている。

――何だろう、この気持ち……。

自問しなくても、判っている。由里香が内に持つ、もっとも激しい感情。

嫉妬。

――藤島さん……。

由里香が呟いたとき、脳裏に現れた爽子が嘲った。あんたはこんな相手とは、絶対に出会えないわ。当然でしょ？　由里香の中の爽子は口を歪めた。……私がめそめそ泣く子供なら、あんたは汚らしい女だからよ。……違う？　あんただって、〝人のこといえないでしょう？〟

由里香は幻聴でも聞いたように顔を上げ、震える息を吐き出した。

――違う、違う、違う！

由里香は引き裂かれるように心で絶叫した。

――あたしは汚らしい女なんかじゃない！

仮想の中の爽子は、由里香自身の空虚さの反動と自己処罰の象徴であることに、由里香は気づかなかった。

――あたしには誰もいない、信頼できる人も信頼したい人も……。

――それなのに！　それなのに！

――どうしてあんな女にはいて、あたしにはいないの？

どうして？

いや、信頼したい人ならいる。――いたはずだった。

父、三枝康三郎。

由里香は父を尊敬していた。この世のだれより尊敬し、敬愛していた。思春期にも、同い年の少年達など、眼に入らなかった。康三郎に比べれば、若さを持て余した浅はかな連中としか思えず、どんなに付き合って欲しいといわれても、関心が持てなかった。

——あたしの血液型が、両親から生まれるはずのないことを知るまでは……。

由里香は高校一年の頃、学級で血液占いが流行り、両親と自分の血液型を軽い気持ちで調べたときそのことを知った。

そのことはずっと隠してゆこうと思った。確かに衝撃が身体を奔(はし)ったが、知らない振りをしていればそれでいいと思った。

しかし、そのことは思いがけない時、口から漏れた。

血液型を調べてから由里香が時々ぼんやりすることを見かねた友人が、ある時、学校の帰りに盛り場に誘った。映画を観、ゲームセンターに初めて足を運んだ。喧噪にまみれた、自分とは縁遠い世界だと由里香は思ったが、気だけは紛れた。

帰宅すると九時を過ぎていた。玄関を開けると、康三郎が待ち受けていた。

——こんな時間まで、何をしていた。

——……御免なさい。

どこで何をしていたんだ、と康三郎は土間に立ったままの由里香にいった。

——お友達と、映画観て、それだけ。

本当か、と質す康三郎の声は厳しかった。

——信用、出来ないの。

由里香は呟いた。

——そうよね、あたし、お父さんの子じゃないものね。

——な、なにをいい出す……。

——だってそうなんでしょう？

上げられた由里香の顔めがけ、康三郎の手が空を切っていた。

由里香は張られた頬を押さえ、靴を脱ぎ捨てると康三郎の脇をすり抜けて二階の自室に駆け込んでいた。

由里香の心の時間は、あの時から止まっていた。偶像を失ってしまった由里香が、上辺は父親との口論を一過性の思いつきのように装いながら、その実、何の嫌悪も躊躇いもなく身体を売るようになるまで、時間はかからなかった。

金さえ貰えば、どんな男とでも寝た。金額は問題ではなかった。

自分には金を払う価値があると確認することだけが重要だった。そして、ベッドの中で自分を支配しているような気になっている馬鹿な男どもを嘲笑った。

由里香は無意識に康三郎と客の男を比べていた。無意味なことだと時々意識しながら、それでもそうしてしまうのだった。

由里香は男に、人間に愛情が持てなくなっていた。それを哀しいとは思わなかった。どこまでも堕ちてゆく自分さえ嗤っていた。だから、爽子について喋ったことは全て、自分自身のことなのだ。

由里香は自分でも気づかぬうちに、康三郎の心の暗部を体現しようとしていた。そうすることによって、康三郎と同じ場所に立ちたいと願った。

——父とあたしはもう、永遠に同じ場所に立つことは出来ない。……なぜならもう、あたしは父から見て汚れすぎてしまった。だから、父も家に帰ってこいとはいわなかった。……言葉に出してはいったけれど、それは本心からではなかった。それに、そう告げた時のあの眼は……。

由里香は顔を両手で覆った。救って欲しい、と思った。

——でも、あたしが本当に求めた人は、いつも〝向こう側〟にいる……。超えられない、ガラスの壁の向こう側……。

今の自分では、どうにもできない、ガラスの壁。砕けば無数の破片が自分を切り刻むだろう。

いや、と由里香は思った。そろそろと両手を顔から下ろし、目を上げた。砕けそうなガラスはある。

吉村爽子。あの小賢しい女だ。

「バラバラにしてやる、砕いてやる。……なにも知らない癖に、人の心に土足で踏み込んだから……」

客観的に見れば、吉村爽子は綺麗な女だ。最初口にした言葉も、偽りではない。だから砕けて舞い散る時も、きっと美しいに違いない。あんたの破片でなら、あたしはどんなに血を流しても構わない。

由里香は恍惚(こうこつ)とした残忍な笑みを浮かべながら立ち上がり、受話器を手に取ると、迷うことなく番号を押した。あれだけ想った藤島を巻き込むことも眼中になかった。

相手が出ると、「もしもし……」と囁(ささや)いた。

# 第五章　堕ちた迷宮

耳が聞こえない、と岸龍一は思った。

だがそれはいつもの錯覚で、現実にはスカイラインＧＴ－Ｒが搭載するＲＢ２６ＤＥＴＴエンジンの凄まじいノイズと風切り音が、岸の鼓膜を激しく振動させていた。

この種のＧＴマシンは排気圧を下げるためにマフラーを交換している。実際激しい爆音を響かせており、聞こえないというのは視野狭窄（きょうさく）に似た心理作用だった。

茨城県、筑波サーキット。

様々なレースが催されるサーキットで、岸はこの日たった一台でコースを周回していた。

だがその走り方はまるで、他に相手がいるかのように路面を攻め立てていた。

アクセルを踏み込む右足首にはすでに感覚はなく、石膏で固められたような感じだった。

首の筋肉も強張り、少し動かすだけで、骨が鳴るのがわかった。音は聞こえない。

腕の筋肉も痙攣（けいれん）するように震えていた。二百キロを超えれば、まず普通のドライバーがマシンを制御するのは困難を極める。わずかな段差、小石をタイヤが噛んだだけで、ステアリングには速力も加わり、まるでドライバーの腕をもぎ離そうとするように動く。左手でギアチェンジするだけでも、相当な技術を要することになる。とても公道の比ではない。

岸の視界の隅に捉えられているニスモのスピードメーターの針は二百六十キロを震えながら指し示している。

ヘルメットの下に着けた難燃性眼だしマスクが、汗を吸ってじっとり濡れているのを気にしながら、岸は右足にさらに力を込めた。

ツナギのドライバースーツ、両手にはグローブを着けた身体が火照るように熱い。エアコンは最初から搭載されていない。身体を冷ます手段はなかった。

——あと、一周だ……。

コースを囲む観客席がぐんぐん迫ってくる。観客席下に設けられたピットのピスト前で、白いツナギの作業服とヘッドセットを着けた男がフラッグを振り、最終回であることを教えている。その姿は眼精疲労で焦点が合いにくくなった瞳が捉えたが、一瞬で通り過ぎ、ミラーの中の小さな点になった。

関節がギプスを着けたように固くなった右足に、さらに力を入れる。

コーナーで浅い段差にタイヤをとられそうになりながら、確実にポイントを通過した。

――ファイナル・ゲートだ。

一周して最後の直線にさしかかり、胸の内でそう呟いた時、突然、女性の性器がフラッシュバックした。

かっ、と頭に血が上り、エンジンブレーキをかけるために力を抜きかけた右足に、再び力がかかる。

岸は眼を見開いていた。フルフェイスのヘルメットのしたで、荒い呼吸を繰り返す。

一旦減速した後の急加速は、岸の身体をバケットシートに押しつけた。

岸の奔馬のような激情はすぐに静まり、荒い息を吐き、ブレーキを踏んだ。

速度が落ちるごとに、岸は現実感を取り戻して行くようだった。

ピットの前まで来たときには、スカイラインは徐行していた。ピストに入り、停車した。

メンテナンス・スタッフが走ってくる。

疾走している間は、早く終わらないかと思う。だが走りきってしまえば物足りないと思う。いつもの不思議な感覚をおぼえながら、岸はエンジンを切り、ヘルメットをとり、汗を吸って肌に張りついた眼だしマスクを頭からむしりながら、スカイラインを降りた。真冬の乾燥した寒気が、一瞬だが心地よく感じた。

手に密着したグローブを苦労しながら外す。岸は小さく罵った。

無言で車を後にし、ピットに向かった。スタッフの間を抜けて行く。言葉少なく声をかける者はいても、親しげに振る舞う者はいない。岸は黙ったままやり過ごす。気にする様子もなかった。岸は専属ドライバーではなく、人間関係に気を使う必要はない。もっとも、チームに属していた時も、気を使った記憶など皆無だったが。

奥のパイプ椅子に、どさりと腰を下ろす。

「岸さん。ご苦労さまっす」

ついさっき、フラッグを振って最終回であることを教えた青年だった。熱いコーヒーを紙コップで差し出す。

岸は礼を言うでもなく、ああ、とだけ答えて受け取った。

「いい走りでしたね。見とれました」

「そうか」

心からの賞賛に、岸は無味乾燥な返事を寄こした。しかし、青年は気にする様子もなく、さらに熱の入った口調で続けた。

「とくに最終ラップはすごかったですね。さすがF－3ドライバー……」

と、青年――秋田が言いかけたとき、岸は突然形相を変えて「おい」と怒気を含んだ声で遮った。

「その話はするな。いいか。わかったな？　二度とだぞ」

岸が他のスタッフから敬遠される理由がこれだった。気に入らないことがあると、どんな相手であろうと自分の意志を押しつける。それらスタッフの中にあって、ただ一人、秋田だけが岸に好意を持っていた。それはつい二年前までは、新進のレーサーとして知る人ぞ知る存在だった岸に対しての崇拝に近い。

秋田は申し訳なさそうに俯いた。そういう秋田を時々煩わしく思う時があったが、悪い気はしなかった。だが反面、それだけの感情しかなかった。

しばらく秋田は、コーヒーを啜る岸の横顔を窺っていたが、ちょっと辺りに視線を走らせると、小声で岸にいった。

「あの、岸さん。……昨日のことなんですが」

「なんだ」

「はあ、保管係のおっさんが、例のタイヤを持ち出した時、見てたらしくて、どうしたんだって訊かれたんです」

「……それで？」

岸は紙コップを置き、目を吊り上げるようにして整備士の資格を持つ秋田を見た。

「ええ、その場で適当に答えときましたけど」

「ばれたのか」

「いえ。それはないと思います。巧く言っときましたから」

「そうか。ならいい」

岸は平然といい、パイプ椅子の上で身体を伸ばし、頭の後ろで手を組んだ。

「──岸さん。どうしてあのタイヤ着けたかったんですか」

岸は組んでいた手を外し、面倒くさ気にテーブルのコーヒーに腕を伸ばした。

「……日本で一度も日の目を見なかったタイヤを着けて走りたかった。ただそれだけだ」

タイヤの交換は単にハブボルトからナットを外し、タイヤを着け替えればいいというものではない。四輪がバランス良く設定されているかどうか確かめるには専門の整備士の手助けが必要だ。とくに、高速道路をより速く走り去るには。

「それだけ……すか?」

「なにか不服か?」

なおも窺うように訊く秋田の眼に、キリを揉み込むような視線を返す。

秋田は身長一七五センチほどで岸の身長とかわりないが、筋肉が盛り上がるような体格の岸に比べると痩せていた。岸に睨まれて、身をすぼませると、ますます対照的な構図になった。

「いえ……」辛うじて聞き取れる声で秋田は答えた。

ピットの外から秋田を呼ぶ声がした。秋田は幸いとばかりにそそくさと立ち去った。

岸はフリーのテストドライバーだった。

高校を出ると千葉のプロドライバー養成校に入り、卒業してライセンスを得た。そしてしばらくはあるチームの専属ドライバーとして所属していたが、今は離れている。

そのチームでもフリーランスとして渡り歩いたどの職場でも、岸に友人とも仲間とも呼べる人間はいなかった。

人が自分を嫌うなら別に構わない。自分がどうして人に合わせなければならないのか。むしろ世間が自分に合わせなければならない筈だ。

岸は孤独が苦痛にならなかったし、自分で自分の性格を矯正しようなどとは絶対に思わなかった。自己内省などしたこともない。

だが想像力が欠落している訳ではなかった。むしろ常人以上に発達していた。そしてそれは専ら淫靡な夢想に耽るのに費やされていた。

岸の好んだビジョンは、力ずくで女を犯し、何度も気を失う女を張り手で覚醒させ、意識があることを確かめながら性器にゆっくりナイフを挿入することだった。

夢想の中で流れ出す女の血は岸自身の生きている証明であり、女の苦痛は純粋に快感だった。

休みにはアパートで終日、精神はビジョンの世界を彷徨し、身体は喘ぎ、射精した。

実際、大振りなジャックナイフも購入していた。買ったときは想像を助ける小道具のつもりだった。性器にあてると、それだけで射精出来そうな気さえした。

愉快だった。レーサーだった頃は順位を狩ることしか眼中になかったが、女を殺すという行為こそが本来の自分の生きるべきフィールドだと思った。そして岸は実際に生き物を殺すという実験を〝再開〟した。もう十数年前に、祖父母の家に一時、身を寄せていた頃以来だった。

流れる血も、時が経つにつれて弱くなってゆく呼吸も、冷たくなっていく身体も、人間ではないが本物だった。

動物をただの肉塊——生ゴミと化させながら、岸は自慰行為にふけった。ただ空想するより、とてつもなく心が広がって行くのがわかった。はち切れそうになった時、射精する。

だが、嫌なことが一つだけあった。

それは岸の耳にだけ響く女の悲鳴だった。誰か、昔とても身近にいた女の声だと思った。

——うるせえ、黙れ！　何度、心の中で叫んだことか。

そしてついにその声の正体が判ったとき、岸は今度はこの悲鳴を聞きながら女の幻影を殺害することが快感になった。

悲鳴の女。ヒステリックに叫び、自分をことあるごとに非難し、かつては絶対的な影響力のもとに幼い岸を置いた声。

母親の声だった。

いつも岸はこの声を沈黙させるたびに、優越感に浸るのだった。

だが現実にこの声の主を殺すことは、もう出来ない。死んでしまったからだ。三年前、病気でだった。息を引き取った際、岸は病院のベッドの枕元に少ない親戚と共に立っていたが、もちろん悲しくなどなかった。自分に与えた苦痛や圧力に比べれば、随分安楽な死に方だなと思ったくらいだ。

岸に今必要なのは、生きている若い女だった。正確にいえば〝あの女〟なのだ。見た目は清潔だが、寝てみれば不潔極まりない媚態をした雌(めす)だ。殺したかった。泣き叫び、命乞いをする姿が見たかった。

だが今は我慢しなければならなかった。ほんの偶然から空想を現実にかえ、歓喜とともにゲームの実行に着手すると、次に〝あの女〟の仲間から住所を聞き出し、さて本命に取りかかるかという時、これでは面白くないな、と頭にひょいと考えがよぎったのが間違いのもとだった。

〝あの女〟は姿を消し、動物を調達する日々が続く羽目になった。が、岸は満足だった。当初懸念した邪魔者どもは見当違いの方向を探っているようだし、然るべき手も打っておいた。

すべて順調だ。まるで出来レースだな……。

ふっと岸は思わず笑みを浮かべていた。

「どうした、岸よ。何かいいことでもあったか」

豪快な声が、岸の夢想の扉を閉じさせ、無表情にさせた。いつもの感情のうかがえない眼に戻り、声の主を見た。

ツナギを着、キャップを被ったチーフの島田だった。顔は濃い髭とサングラスに隠されているが、その下はいつも底抜けの笑顔を浮かべているに違いない男だ。

「……いや、別に」

「そういや最近、香水濃いな。これか？」

島田は髭から白い歯を覗かせ、小指を立てた。

「いや」岸は顔を横に向けながら答えた。

「隠すなよ。いい歳なんだからさ。ここんとこ、やけに嬉しそうだしな。どんな子だ」

さらにいい募る島田に、岸は吐き捨てた。

「違うっていってんだろうが」

「怒るなよ、おい」

島田はわずかに身を引いた。それから、ふん、と息を吐いて、手にしていたクリップボードの紙を捲(めく)り、事務的な口調で告げた。

「休日出勤、ご苦労だな。今回のテストは明日まで続ける。メーカーの担当がうるさくせっついてきやがる。次の仕事は水曜、カウリングのテストでどうだ？」

「こっちは構わねえ」

フリーの浮き草稼業に、それほど選択肢がある訳ではなく、岸は答えた。

「そうか。じゃあそういうことでよろしくな」

「ああ」岸は自前のヘルメットにグローブを放り込んで立ち上がった。「俺は行くぜ」

「じゃあ水曜日に、ここで」

岸は立ち上がり、歩きだそうとして、ふと足を止めた。

「あんたら、まだ仕事か。……大変だな」

「そうだよ。しばらくは休めんさ。本当は俺達も火曜は休むつもりだったんだが、無理いって使わせて貰うんだ。こっちも中小企業だからな」

島田は少し意外な口振りで答えた。岸はほとんど最小限のことしか喋(しゃべ)らないからだ。

「じゃあな」

「おう、お疲れ。彼女によろしくな」

岸は再び立ち止まり、振り返った。その顔には不気味なほど表情がなかった。そのまま島田の顔を見つめている。

島田は岸の、富士の風穴のような実体のない表情の気味悪さに堪えきれず、冗談だ、悪かったと謝ろうとした。

怒ったかに見えた岸の口から、意外な言葉が漏れた。

「……ああ、伝えとくよ」

岸はきびすを返し、手にヘルメットをぶら下げてピットのそとに向かった。

ひどく愉快な気持ちになった。

〝あの女〟を殺るとき、

――おい、あんたを俺の彼女だといった馬鹿がいたぜ。

と告げてやろうと思ったからだ。

岸は笑みを浮かべてピットから出た。

その笑みは、蔵前の路地から歩き出した男、〝ジャック・ナイト〟が浮かべていたのと変わらぬ笑みだった。

爽子の腰に着けたポケットベルが鳴った。

午後八時になろうとするところだった。定時連絡にはまだ早い、と思いながら、爽子は液晶を見た。「ケイゴ　ヲ　チュウシ　モドレ」と簡潔に告げていた。

タイムリミット、というところだった。

由里香と康三郎の部屋、それぞれにノックし、声をかけたがどちらからも返事はなかった。

爽子と藤島は溜息をつき、地下駐車場に下りると、蔵前署に向かった。

蔵前署の会議室には、捜査員らが戻りつつあった。

手近な椅子に座った爽子と藤島を、他の捜査員らが通り過ぎながら冷ややかな眼で一瞥し、席についてからも、二人の方を窺いながらひそひそと話をしている。その多くは本庁組だ。

落ち着かない気持ちの爽子の肩を、ぽんと叩いた者がいた。見上げると、柳原だった。

「吉村さん。ご苦労様、どうだった？」

爽子は目を落とし、首を振った。「――申し訳ありません。警部」

「そう。……駄目だったのね」

柳原は呟き、もう一度爽子の肩を叩き、藤島にも労をねぎらってから椅子に着いた。

やがて佐久間、近藤、両管理官が姿を見せて幹部席に座った。それから間もなく、立ったままの応援の顔が揃っているのを確かめると、捜査会議は始まった。

地取り、鑑取りにも目立った進展は認められず、第一犯行時目撃された車両が、写真による確認で第三犯行のものと同一の可能性が高い、と報告された程度だった。

各班の報告が終わると、近藤は佐久間に何事か話しかけ、それから全員に告げた。

「全員、ご苦労さまでした。本庁、所轄の強行以外の捜査員は、散会して結構です」

立ち見の捜査員が、ぞろぞろと出て行く。増強組が出て行くと、近藤が再び口を開いた。

「吉村巡査部長、藤島巡査長。すこしお訊きしたいことがあります」

「……なんでしょうか」

爽子は立ち上がった。全員の注目が集まるのが肌に感じられた。

「実は本日、本庁訟務課に弁護士会から抗議がありました。内容は、当本部の捜査員によって、所属している弁護士の子女が不当な精神的苦痛に曝されたとのことです。また軽犯罪法違反、職権濫用、証拠のない罪状に対する自白の強要も認められ、これは犯罪捜査規範二条の二及び三条、四条に抵触し、場合によっては法的手段をとるとのことです」

近藤はひとり悦に入った、芝居がかった淀みない口調で言い、一旦言葉を切ると続けた。

「吉村巡査部長。それから藤島巡査長。誰のことかは、判りますよね」

爽子は一瞬躊躇(ためら)ってから答えた。

「――判ります」

「近藤管理官、お話の途中ですが、今は捜査会議です。その話は――」

柳原が言葉を挟んだが、近藤は冷然とした口調を返した。

「私はいま聞く必要を認めるからお訊きしてるだけですし、あなたにはお訊きしていませんが、警部」

近藤は〝警部〟を強調し、露骨に柳原を押さえつける口調だった。以前、会議で受けた意趣がえしを今ここでしてやる、という嫌な口調だった。

爽子はここにいたってようやく察しがついた。

すでに三枝由里香の存在を知っている捜査員を観客とした茶番、いや、軍法会議だ。この間の刑事部長の〝御前会議〟では柳原が弁護人となってくれた。しかし今回は柳原さえ俎上(そじょう)に載ろうとしている。つまり本当に弁護人がいない、軍法会議なのだ。

「弁護士会の訴えは事実なのですか？」

「……確かに、行き過ぎのところはあったかも知れません」

「それだけですか？」

全ての事情を把握しながら、相手を辱めるためだけになされる、意地の悪い質問だった。

爽子は答えに窮した。現場写真はともかく、封印された写真を由里香に見せたといえる道理がなかった。

「ここで注目すべきは証拠のない罪状に対する自白の強要、というところです。吉村巡査部長、君は当該の人物に対してどのような質問を行いました？」

「栗原智恵美との関係について聴取しました」

「売春組織については？」

「聞きました」

「どのように？」

「栗原智恵美が売春に関与していたことの確認、などをです」

「当該の女性が売春に関わっていたかどうか、質問しましたか？」

多くの視線が、霙の礫のように爽子を打った。

「……はい、しました」

「どのような根拠で？」

「……客の証言がある、と」

「それだけですか？」

近藤は爽子を見つめたままいった。近藤という人間は、相手が弱いという確かな証拠があれば、どこまでもいたぶるのを止めない人間に違いないと、爽子は脇の下に冷たい汗を感じながら思った。

「何か、相手に説得力のある証拠を提示したのではないですか？」

爽子は、顔の骨と皮膚の間が急に薄くなり、そのまま張りつくのではないかと思った。顔から血の気が引いてゆくのがわかる。

「………」とても答えられなかった。

「どうなんです。答えてください」

近藤は執拗な声で続けたが、答えを期待しているのではないらしく、自分でいった。

「君は無断で押収したネガを現像して、持参した。そうなんでしょう？」

爽子はその場では立ちすくむことしか知らなかった。

「どこから入手したんですか？」

「──それは」

爽子は答え、近藤のいる幹部席の前、最前列の席に座り、身体をねじ向けるように事態を見ていた吉川に目を向けた。

　吉川は爽子と視線が合うと、自分には関係ないとばかりにそそくさと前に向き直った。

吉川の背の向こうで近藤は口を開いた。

「写真のネガが一時紛失していたことは、報告を受けています」

　近藤の楽しげともいえる言葉を聞きながら、爽子は頭の中が沸騰するような怒りと喪失感を同時に感じ、ほとんど眩暈を起こすところだった。

　爽子は自分の甘さを呪った。そして、投げられた餌に浅ましく食いついた自分を恥じた。なぜ吉川などという策士気取りの男を信じてしまったのか。誰も信じてはいけないという教訓を、自分はこの男から学んだのではなかったのか。

　学びながらそれを結局生かせないのは、つまるところ自分が愚かだということだ。その事実が、爽子を打ちのめした。

「……私が、全部――」

「近藤管理官、待って下さい！　あの写真は」

　藤島が椅子の音を立てて立ち上がり、爽子の呟くような答えに割って入った。

　しかし、それは途中で終わった。

　佐久間が「いいたいことがあるのなら、後で聞く」とキャリアの若輩に仕切られた不快感を滲ませ、散会を告げたからだった。

後には嘲笑、冷笑、そして侮蔑をあからさまに表情に出した捜査員達が、浜辺にうち捨てられた玩具を洗ってひいてゆく波のように、爽子と藤島の側から廊下に流れ、去っていった。

爽子と藤島は会議室に残り、幹部席についたままの佐久間、近藤の前に立っていた。

爽子はその場でネガを写真にして持ち出したのは自分の独断であり、藤島も柳原も関知していないと主張した。

前半はもちろん嘘だったが、それは吉川のことを考えたのでは無論なかった。あの写真は幹部の手引きなしには持ち出すことは愚か、現像することも不可能だ。吉川はおそらく、誰かから自分に手渡すように教唆されたのだ。

勝ち目のない抗弁をするより、ここは藤島と柳原に累が及ばないようになんとしてもしなければならない。

「……そうです。私が独断で現像し、持ち出しました。柳原警部も藤島巡査長も知りません。知れば反対されると思ったからです」

爽子は強硬にいい張った。

「何故、三枝由里香に見せる必要があった？」

「当該人は相馬良子の証言、つまり栗原智恵美と共に男性から暴行を受けたと認めました。しかしそれは、売春行為とは無関係であり、通りがかりの全く面識のない人物と主張しました。相馬良子の証言から、当該男性とのトラブルは売春行為中に発生したことは明らかで、売春に関与したことを認めさせなくては真実は聞き出せないと思ったからです」

「上司である我々の許可を得ようとは思わなかったのか」

神奈川で確保された前里の証言がありながら、由里香の任意同行さえ首を縦に振らなかった幹部が何をいうのかと爽子は思った。いうだけ無駄なことだが、いわずにはいられなかった。

「……お願いすれば、許可して頂けたのですか」

「検討は、しただろうな」

佐久間はテーブルの上で手を組んだまま、背もたれにもたれた。

爽子は佐久間と近藤の顔を等分に見ながら息をついた。

検討か。おそらく被疑者が逮捕されるまで検討する気だったのだろう。いや、検討する前に近藤の注進の方が先に飛ぶ。

「私は心理応用特別捜査官です。性的な問題を持つ異常犯罪者の、その動機に深く関わっていると考えられる人物から聴取するのは、私の職務であり、義務です」

「君は一度ならず二度も職務の逸脱行為を犯し、あまつさえ三枝由里香から何の情報も聞き出せなかったではないか！　なんの反省もないのか！」

爽子の言葉を開き直りと受け取ったのか、佐久間は再び身を乗り出すと怒鳴った。

「――申し訳ありません」

爽子が答えると、矛先は藤島に向かった。

「藤島、君はどう考える」

「軽率な行為だったとは思います。しかし、やむを得ない面もあったと思います」

言下に答えた藤島に、爽子はよして、と視線を送った。

藤島は自分が巻き込んだのだ。これ以上、自分の巻き添えになることはない。爽子はそう伝えたかった。

「やむを得ない、とはどういうことかね？」

佐久間が質した。

「本部内で、自分や吉村巡査部長の捜査が生かされていないと思ったからです」

藤島は爽子の視線を感じ取ってはいたが、構わなかった。

「報告書には目を通している。それをもとに、方針を決定しているのだ」

「そうでしょうか？」

「何だと？」佐久間は顔色を変えた。

「これは通常考えられる被疑者の犯行ではありません。しかし、それに我々が的確な対応がとれていたといえるでしょうか？」

「貴様、巡査の分際で指図する気か！」

佐久間は怒鳴った。「大体、君はどうしてその場にいながら止めなかった。写真まで突きつけ、三枝由里香が嘘をついているという確証はあったのか」

「売春への関与そのものを否定していることから、信じられないと判断しました」

藤島は冷静な声を崩さずにいった。

「藤島巡査長。もう一度聞きますが、吉村巡査部長が写真を持ち出したことに君は本当に関与していないのですね」

近藤が口を開いた。

「知ってはいました」

藤島は明言した。

「止めさせようとは？」

「思いませんでした。見せることにも同意しました」

近藤は手にしていたボールペンを置き、手を組んだ。

「君は捜査員としての経験はこれからだが、なかなか優秀だと身上書には書いてあった。……吉村巡査部長に、もっと適切な助言ができたと思うのですが」

笑止千万だな、と藤島は思った。目の前のキャリア様は、自分で自分のいっている矛盾にお気づきではないらしい。階級だけに拠って仕事をするキャリアが、自分の階級より上の人間に助言しろとは。どんな突き上げにも聞く耳持たないキャリア様のいうことか？

「ご期待に添えず、残念です」

藤島は内心をおくびにも出さず、確か一つ年下の警視に答えた。

人を苛めて愉しむような人間は、他人の皮肉にも敏感になる。近藤は藤島がそれとなく忍ばせた響きに気づいた。表情こそ変えなかったが、目にはありありと湿度を含んだ怒りが浮かんだ。

「処分しなければならんな。……そのまえにいっておくことがある」

佐久間は抑揚のない声で告げた。

「君らが接触した酒井奈緒子に関してだ。君ら二人が接触してから酒井奈緒子は姿を消したそうだ。現在の所在は不明。繋がりがあったという医者も動きを止めたそうだ。生活安全部薬物対策課から厳重な抗議があった」

「いつですか？」

「君らの知るべきことではない」

爽子の問いに、佐久間は上司の威厳を発散させて答えた。

薬物事犯でもっとも嫌われるのは泳がせている対象者が内偵に気づいて証拠を処分したり、他の仲間との接触を見合わせることだ。姿を消すのは、無論最悪といえた。

そうなると泳がせている意味がなくなるので、把握している罪状で末端の、いわば〝枝〟を逮捕し、速攻で〝幹〟であるところの主犯に、〝枝〟の逮捕を知られる前に捜査の手を伸ばさなければならない。そうでなければ全ての証拠は始末されるからだ。

この場合、〝枝〟は大学内で睡眠薬を流していた酒井奈緒子であり、〝幹〟は病院から持ち出していた医者だ。

「聞き込みが不可抗力でも、あちらは文書による謝罪と捜査員の処分を求めている」

いいがかりだ、と爽子は思った。

聞き込みは確かに警戒心を持たせたかも知れないが、行方をくらます本当の理由になったのかは疑問だ。

前歴及び犯歴を照会し、上司に報告し、接触を禁止されればそれに従った。これ以上どうすればよかったというのか。

これが他の捜査活動中なら、捜査に手落ちがなかったか検討され、結果、悪くても始末書の提出で片がつく程度の話だ。非は情報を取り込んでいた薬物対策課にもあるのだから。

そうか、と爽子は思った。生活安全部も含めて、誰もが泥を被らない方策を幹部連中は考えたということか。

三枝由里香を追っていた自分達が捜査を降ろされたと外部に知られるのはまずい。知られれば写真のことも勘づかれる。だから、生活安全部の失態の責任を自分達に押しつけ、外部にはそう思わせるつもりだ。そして捜査本部内には、自分達を見せしめとして由里香の線を封印する気だ。三枝由里香に近づけば、こうなるぞ、と。

――ああ、あの二人か。ちょっとまずい相手に聞き込み中に接触してね。他の部との絡みもあって、外れて貰っただけだから。

馬鹿な自分を罠にはめただけではなく、手回し良く外部への体面も保つ手段を用意する。どんな抗弁も無駄だ。すでにシナリオは誰かによって書かれ、結末は決まっている。

これは魔女狩りだと、爽子は思った。

中世ヨーロッパで横行した魔女狩り――異端審問では、〝魔女は苦痛を感じない〟という迷信からあらゆる拷問が編み出されたが、その実、故意に苦痛が感じられない道具を用い、あらかじめきめておいた人間を魔女に仕立て上げたこともあったという。

爽子には、目の前の上司が異端審問官に見えた。

「――どうすればいいとおっしゃるんですか」

「君と藤島君の司法警察員としての職務権限を停止する。追って指示があるまで謹慎したまえ。――それで話はつける」

佐久間は爽子と藤島の顔を交互に見た。

「帰っていい。連絡先ははっきりさせておくように」

爽子と藤島は無表情に一礼し、退室した。

会議室を出ても、二人は口を開かなかった。爽子は地に足を着けている感覚がなく、心の虚脱感が身体の重みを感じさせるだけだった。

廊下の寒々として侘びしい空気が、爽子に鬱勃とした怒りと屈辱感をいまさらのように与えた。それは、なんの配慮もなく近藤に他の捜査員の面前で辱められたことではなく、すべては藤島を巻き込んでしまった自分自身の甘さに収斂するやり切れない気持ちだった。

「――どうだったの」

爽子は声のした方を向いた。暗がりに柳原が立っていた。

「指示があるまで、謹慎せよ、と」

爽子はとても柳原の目を直視する勇気は持てず、申し訳ないと思いながら、顔を伏せたまま答えた。

「……そう」柳原の声は疲れていた。「あなた達の方法は間違っていたかも知れない。でも、目標は正しかったと思う」

「――申し訳……ありません」

爽子は絞るようにいった。

「二人とも、帰ってよく休みなさい。そして何が正しくて、どこが間違っていたのか、よく考えて」

「すいませんでした、警部」

「藤島さん。吉村が迷惑かけたわね。――これは私の責任ね」

長身を縮めるように頭を下げた藤島に、柳原は言った。

「手帳、預かるわ」

爽子は無言で警察手帳を取り出し、ジャケットから紐をはずし、手帳にぐるぐる巻きにすると、差し出された柳原の手に置いた。

この瞬間、爽子は警察官でもなく市民でもない、中途半端な人間になった。

「それじゃ、……吉村巡査部長、藤島巡査長、ご苦労様」

柳原明日香は背筋を伸ばし、観閲式でしか見られないような見事な挙手の礼を爽子と藤島に残し、今度は自分が事情を聴かれるため、二人が出てきた会議室のドアを開け、中に消えた。

爽子は一線を超えてしまった自分達を、まだ警察官と認めてくれる人間がいることに気づき、ふと救われた気持ちになった。

「……行こうか」藤島が呟くように、爽子にいった。

「送って行くわ。いい？」

爽子は藤島を見上げた。

「ああ、助かるよ。……荷物を取ってくる」

藤島が立ち去ると、爽子はトイレに向かった。用を足すためではなく、束の間でもいいから一人で、感情を整理したいと思ったからだった。

洗面台で顔を洗った。冷たい水で拭き、鏡で自分の顔を見た。

他人と思いたいほど、無様な顔を蛍光灯の白々しい灯りの下に晒していた。爽子は息をつき、目を逸らしてトイレから出た。

出た途端、「吉村巡査部長！」と、蔵前の捜査員が駆けてきた。

「なにか？」

「藤島が、吉川警部補と……！」

爽子は走り出していた。

廊下を曲がると、道場の入り口の前で藤島と吉川の激しくいい合っている声が集まった人垣の中央から聞こえた。一瞬爽子は立ち止まったが、気を取り直して走り寄り、人垣をかき分けた。

「あんたが吉村に写真を渡したんでしょう！」

「そこをどけ、なにいってるんだ」

吉川が泥酔者にまとわりつかれたように、うるさ気にいい捨てると、歩きだそうとした。

「待って下さい！　本当のことを教えて下さい、どうなんです」

藤島は一歩踏み出した。吉川も立ち止まり、藤島を正面から見た。

「しつこいぞ、あんな馬鹿のしたことを俺が知るか」

藤島の顔が怒りで歪んだ。

「知らない筈がない、確かにあんたからと聞いた」

吉川は小さな咳払いをし、周囲の捜査員にちらりと視線を走らせてから、いった。

「写真のことなんか俺は知らないし、それに――それに、あくまで仮の話だぞ、渡したとしてもだ、見せたのは君らの判断だろうが。人に因縁つけるまえに、自分達が馬鹿だったと反省するのが先じゃないか?」

　吉川は、今度は低めた声で続けた。

「お前らがどんな馬鹿なことをしでかそうと構わん。勝手にやれ。だが、俺まで巻き込むのはやめろ。おまえらと一緒の本部にいるだけで、こっちまで同じに見られるのは我慢できん」

　いうと、吉川は軽蔑しきったように藤島を見た。「わかったか、馬鹿」

「貴様……!」藤島が拳を握りしめ、殴りかかろうとした。

　何もいえずただ見守るだけだった爽子は、咄嗟(とっさ)に藤島と吉川の間に割って入り、小柄な身体全体で、藤島を抱くように押しとどめた。

「離せ、離してくれ!　こいつ……!」

「やめて、藤島さん!　お願いだから……」

　防衛本能が突如めざめた番犬種(ロットワイラー)のように猛り狂う藤島を押しもどそうとするうちに、爽子の目に涙が滲んできた。

　全ては自分のせいだ。誰が悪いのでもない。悪いのは罠にかかった自分だ。それなのに、藤島は吉川を殴ろうとしている。自分は殴りかかることも出来ず、ただ藤島にこれ以上傷がつかないように、押しとどめることしかできない。愚かな上に、何もできない無力すぎる自分がいる。

「お願いだから……もう、やめて」

藤島も、自分を胸元から見上げる爽子の目に涙が溢れそうになっているのに気づくと、急に戦意を喪失し、吉川を摑んで引き寄せようと空を掻いていた腕を、力なく下ろした。

「……わかったよ。——すまなかった」

藤島は爽子にいった。爽子は藤島をそのまま背に庇うようにして、吉川に向き直った。

「すいません、警部補。私が悪いんです。……すみませんでした」

爽子は唇を噛み締めながら、頭を下げた。涙が、廊下に落ちた。すべての屈辱から藤島を守れるのなら、どうなってもいいと思った。

「もう少し、考えろよな」

吉川は藤島を睨みながら吐き捨て、上着を直しながら道場に入っていった。集まった捜査員も散って行き、その場には爽子と藤島しか残っていなかった。道場の扉が閉まる。

「——行きましょう」

爽子は払い落とすように涙を拭き、鼻を一つ啜ると、足下に転がっていた藤島のボストンバッグを持ち上げ、歩き出した。藤島も無言で歩き出す。

一歩署外に出ると、冬の夜風はただ冷たかった。赤色灯を回転させたパトカーが慌ただしく出て行くかと思えば、確保した被疑者を乗せたパトカーが乗りつけられ、爽子と藤島の横を警官が被疑者を連行してゆく。そのすべてが、今の爽子には無縁で、無関心な光景に映った。爽子は今、かつてないほど自分自身に無関心になっていると思った。

駐車場に停めたワークスの後部ハッチを開き、藤島の荷物を積むと、二人は乗り込んだ。シートに座ったまま、爽子と藤島は一時ぼんやりとした。寒さに我に返ると、爽子はエンジンをかけた。

エンジンが暖まるのを待つ。

「な。……何か食べに行かないか」

藤島が唐突に口を開いた。

「――悪いけど……、今はなにも食べたくない。ゆっくり、手足を伸ばして寝たいだけ。……ごめんなさい」

「そうか？　ここのところ、ろくな物を食べなかっただろ。まともな物、食べたくないか？」

爽子は事の原因が自分にあることを忘れ、不機嫌な声を返した。

「こんな時、よく食欲がわくわね。――あんなことがあったばかりなのに」

「こういうときだって、腹は空くさ。それに何も食べないと、余計に眠れない」

「それは、そうだけど」

それでも爽子は、食物が喉を通りそうになかった。

「とにかく、腹に何か入れよう。いいだろう？」

一刻もはやく自分のアパートの部屋に帰り、入浴し、一人になりたいというのが爽子の本心だった。何もかも忘れることができるのは、眠りの中だけだと思った。

しかし反面で、藤島に対する負い目があるのも事実なのだった。

警察ではどんな些細なミスでも人事記録として残される。今度のことで、藤島の経歴にはかなりの傷がついたのは確かだ。

藤島が望むなら、一緒にいてあげたいと思いなおした。

「わかった。……私なんかと一緒でいいんなら。それで、どこへ行くの？」

「よし、じゃあとりあえず、車を出して」

ふと、爽子は藤島が自分の身体を求めるかも知れないと思った。どうしようもない感情を、自分の身体にぶつけたいと思っているとしたら。

だからどうなのか、と爽子は駐車場から道路にワークスを出しながら、冷たく思った。

恐怖も嫌悪も持たない自分、これまでになく自己に無関心な自分が心に溶けこみ、別の色が混じった絵の具のように、心の色彩を変えていた。期待さえしているかも知れない、見知らぬ自分が本能のどこかで息づき始めているのか。

「学生時代、よく行った店があるんだ。そこへ」

案内されてついた場所は、新宿駅近くの小さなビストロだった。

ビルの地下にあり、白かったであろう壁は年代を映してクリーム色になっている。四十畳ほどの店内には、テーブルクロスをかけた丸テーブルが適当な間隔で配置されている。

仕事帰りらしい若い女性やカップルが目立つ中、爽子と藤島は空いていた、やや奥まったテーブルに席を占めた。

使い込まれているが、よく洗濯されたテーブルクロス。若い女性の笑い声、食器の触れ合う音。温かい食物の匂い。それらは半月以上の間、捜査に携わってからずっと無縁だった安らぎを感じさせた。

「いいお店ね。清潔そうで」

爽子はテーブルに肘をつき、指を絡ませて顎をのせると藤島を見た。

「ここのローストビーフは旨いんだ。値段もそれほどでもないし、学生時代、バイトの給料が入ったら直行してたんだ」

藤島は妙に嬉しそうに言った。

「なんのバイトしてたの？」

「警備員」藤島はメニューを開き、爽子の前に出しながら答えた。

爽子はくすっと小さな笑みを漏らした。

「なにか、おかしいかな」

爽子は微笑みを残しながら、首を振った。

「ううん。ただ何となく藤島さんらしいな、と思っただけ。ごめんなさい」

「親父も警官だからね、その姿を見てて何となく自分も警官になろうと思ってた。だから、バイトも警官に似たのを選んだんだ」

爽子の顔から笑みが消え、俯いた。そして、

「ごめんなさいね」

ぽつりといった。

「なにが？」

煙草を取り出して銜え、火を点けようとしていた藤島は動作を止めて、聞き返した。

「私のせいで、こんなことに……。お父さんにも……」

「気にするなよ。親父も拝命した時は喜んだが、出世は望んじゃいなかった。それに親父

は地元の県警だし、未だに階級は俺と同じだ」

「でも、私のせいで」

　爽子の言葉を藤島は押しとどめた。

「いいんだ、そのことは。――それより、明日からのことだ」

「……明日からのこと？」

　ウェイターが注文を取りに歩み寄ってきた。二人はローストビーフを注文した。ウェイターがテーブルを離れると、爽子は口を開いた。

「藤島さん、明日からのことって？」

「食べてからだな、それは」

　料理が運ばれてくると、二人は食事に専念した。

「――このままで、すませたくない、いや、すませられない」

　ローストビーフは美味しかった。皿が下げられ、食後のコーヒーが運ばれると、藤島はいった。

「藤島さん……」爽子はコーヒーカップをソーサーに置いた。

「捜査は虱潰し（しらみつぶし）が原則の筈だ。俺達の捜査を握りつぶして、時間のかかる被疑車両の特定やナシワリ、地取りばかりに重点が置かれている。おかしいじゃないか、上は何を隠してるんだ？」

「だけど、私達にはいま、何の権限もないわ。出来ることは祈ることくらいしか……」

「どう処分されようと、俺達は警察官だ。違うかな？」

「そうだけど……」

「もう、時間がない。俺達警察にも、マル被にも。あの子も危ない。それに、大事なのは生きてる人間ばかりじゃあない。――奴を捕まえるのは、今の本部では難しい」

今度は、爽子が躊躇い、迷う番だった。

藤島は独自の捜査を持ちかけている。

謹慎中の自分達が仮に何か摑めたとしても、本部は聞く耳を持ってくれるとは思えないし、露見すれば戒告、免職に限りなく近い減給二十分の一、それどころか最悪、査問会で懲戒免職を言い渡される可能性がある。

「出身、どこだっけ」

爽子は思わず全く関係ないことを口にしていた。

「埼玉だ」

藤島は爽子の目を見つめたまま、無意味な質問にぼそりと答えた。「そう……」

藤島は煙草に火を点け、深く煙を吸い、吐き出してから続けた。

「――誰かが俺達を潰しにかかっている。だけどそれは、警察内部の事情だ。そんな理由で被疑者を取り逃がすことになったら……」

「………」

「俺はもう、警察官としての自分に誇りが持てないかも知れない」

爽子と藤島の間に、店内のざわめきだけが割りこんだ。

今の自分達に、何が出来るというのだろう、と爽子は思った。

出来はしない。むしろしなければならないのは自重し、これ以上傷口を広げることなく、大人しく処分を待つことだ。

しかし、藤島は一歩踏みだし、しなければならないことがあるといっている。したいといっている。

出来ることは、限られている。でも、信じることはできるかも知れない。爽子は思った。

――信じること。

藤島は自分を信じてくれた。その藤島があらゆるものを賭けて行動を起こそうというとき、自分は何をすべきで、何をすべきではないのか。

すべきでないことは……多分沈黙することだ、と爽子は思った。

そして、しなければならないのは、蔵前署の会議室で初めて会った時から藤島が自分にしてくれたように、相手を信じ抜くことだけだ。

他人を嘲弄(ちょうろう)して人生を埋めて行く人がいる。他人を欺くことで人生を埋める人もいる。爽子はあの二人のようにはなりたくなかった。そして、全てを諦観する——柳原のようにも、今はなりたくないと正直に思った。

本当に出来るのか、後悔はしないのか？

爽子は自問した。

自分達は今、警察官としてのすべての権限を失った。しかし、まだ出来ることはある。あるはずだ。

あって欲しい、と爽子は思った。犯行を続ける被疑者に後ろは見せられない。警察官として、捜査員として、何より女として。

「いまの捜査本部の状況では、奴を追い詰められるのは、君しかいない」

藤島が答えを促すようにいった。

「私、だけじゃなくて、私達……よ」爽子は視線を下げたまま小声でいい、それから顔を上げ、藤島の目を見た。「——やるわ、私も」

まっすぐな視線を返しながらはっきりした口調で告げた。藤島は嬉しそうに頷いた。

職務権限がなくても、警察手帳がなくてもいい。

私の武器は、それだけじゃない。——武器は、相棒とこの頭脳だ。

部屋の中は真っ暗だった。

柳原明日香は、自宅のマンションの一室にただ一人でいた。

サイドボードの上に置いた電話機を探す。そっと受話器を取り上げると、プッシュボタンが闇に浮かんだ。

もう忘れているだろうか、と思ったが、指先は忘れてはいなかった。そんな自分が不思議だった。……番号を押したことは何度もある。しかし、相手が出るまで待っていたことはない番号だった。

受話器を耳に当てると、呼び出し音が耳朶に響く。相手が出てくれるだろうか、と思う。……数年前には、電話を取る者は彼自身しかいないと思っていた。しかし実際には、それよりずっと前から、彼には愛する家族がいた。

そう。知らないのは私一人だった。

コールが続く間、柳原は失笑した。自分に。

柳原にとっては幸運なことに、相手には不幸なことだが、当人が出た。

「もしもし、……お久しぶり。私よ、柳原明日香です。お元気だった……？」

相手は最初絶句し、それから動揺した声が続き、電話の向こうで周りを見回す気配がした。柳原はそれを楽しむように、言葉を継いだ。

「職場の方に電話しようと思ったけど、それじゃ御迷惑でしょ？　それに、もう帰宅されてると思って」

相手の男は、くぐもった声で、用件を訊いた。

「あなたに調べて欲しいことがあるの」

柳原は状況と用件を手短に話した。

「私には、あなた以外にこんなことを頼める人はいないの。できるでしょ、あなたなら」

なぜそんなことを自分がしなければならないのか、と相手は吐き出すようにいった。

「頼れるのは、あなたの他にはいないの」

柳原は一人芝居のように続けた。笑いさえ含んだ口調だった。

自分と君とは、もうなんの関係もない。相手はそういい張った。

「そんなこといわないで」

幼児でもあやすように、囁くと、ふふっと笑った。

「私、あなたと過ごした夜のこと、忘れたことはなかったわ」

脅迫する気か、と男の怒気が電話線を伝わってくる。

柳原の目が闇の中で、すっと細く冷たくなった。

「脅迫？　脅迫してるつもりなんかないわ。丁重に御願いしてるだけよ」

相手の声はしばらく受話器からせず、空電音だけが聞こえた。

やがて、返答があった。

わかった……いつ報せればいい？

「早い方がいいわ、できるだけ」

交渉が成立し、相手が受話器を置く前に、柳原はとどめの一言を口にした。それは、無邪気な口調を装った呪詛だった。

「それじゃ、おやすみなさい。――私の夢をみてね」

相手の受話器が、電話機に叩きつけられる音がした。柳原も、受話器を置いた。

自分のためになら、柳原は絶対にこんな手段を取ることはなかった。過去に自分を欺き、捨てた男を利用するなどということは。しかし柳原は、大した罪悪感を男にも、また自分自身にも感じることなく電話していた。

――私は復讐の口実を見つけただけなのだろうか……。

柳原は、自分に男を近づけ、情報を収集するという二課の行為が、組織的で計画的なものであったことを、後に親しい同僚から聞いた。男の家には、柳原との通話のためだけに、専用の回線が設けてあったと。

いつも決まった時間に男と電話で話していた自分を、庁舎や仕事を離れて一人の女として男と逢っている自分を、連中は嘲笑い、憐憫さえ覚えながら視ていたのか。

そう思うといまだに、柳原の自尊心は音を立てて引き裂かれる気がする。

対象の動向を徹底的に監視し、故意に接触させた異性との情事の現場まで写真に収める公安の視察、〝作業〟という名の工作。任務に当たっている捜査員の心にあるのは義務感と同じくらいの、公務として窃視しているという倒錯した快感だ。

そしてその快感は、かつて柳原が取り込まれていた快感でもあった。

今にして思えば、視察対象になっていたのではないかと感じられる点はいくつかある。

けれど、と柳原は思った。……私は本当に気づいていなかったのか。

公安を含め情報の世界で男女関係について叩き込まれる第一は「理想的な異性はいない」ということだ。人は何かしら欠点を持っている。そういう点では、男は柳原にとって理想に適いすぎていた。

自分は同僚とはいえ、疑問を持たなかったのか。一人の男への想いが、自分の目をくらませていたのか……。

――いや、違う。私は……、自分が監視されていると知っていた。察知していた。

ではどうして男と逢瀬を重ねた？　疑わしい点がひとつでも感じられた場合、どんな相手であれ接触を見合わせるのは常識だった世界で。

──むしろ、私は……視られていたから。

柳原は闇の中で、卒然と顔をあげた。

──視られていたから、燃えたのか？

柳原は心底からおののき、震える息をついた。そして、両手で両肘を抱くようにして得体の知れない自分の心さえ抱きすくめるように身を竦ませた。

──一人の男に抱かれながら、同時に多くの視線を集めることが判っていたから、私は……。

自分の中には、淫蕩で見知らぬもう一人の自分が、鏡に映る顔とは別の顔をして棲んでいる。

──どいつもこいつも、覗き見趣味の変態ばかり。……でも、一番おかしいのは、他ならない私自身だったなんて……。

その倒錯したもう一人の自分が、かつての特殊な職場で生まれたのか、生を受けた瞬間から共生していたのか、判らない。

ただわかるのは、かつての自分がたくさんの情欲を弄び、それを淫靡な炎に薪をくべるように投じて愉しんだことだけだ。

柳原は歯を食いしばった。薄い桃色の唇から覗いた白い前歯が窓からのわずかな灯りを受けて、小さな、清潔な光を反射した。

でも、私は〝帰ってきた〟と思った。

公安時代、柳原は何度か内ゲバの写真を目にし、実際の犯行現場に臨場した。しかし、それらがどんなに惨状を呈していても、被害者が哀れだとは思わなかった。自分達が守るべきは国家という巨大な存在だと思っていたし、なにより極左組織は警察官を標的にテロ行為を実行する。そんな組織の構成員の命が失われたところで国家を背負う自分達から見れば些細なことに見え、また警察官の命を奪うことを考えれば尚更だった。

公安を追われ、刑事部に移ってからも同僚を守りたいという気持ちには変わりはない。だが公安にいた頃に比べて決定的に変わったのは被害者への気持ちだった。

刑事捜査の現場では、命の一つ一つは貴重であり、どんな被害者であれ死は無惨だった。情報のための情報を取るのに奔走していた公安時代より、かつてはあれほど泥臭く、無駄ばかりだと見下していた刑事の現場を経験することが、警察官という道を選んだ時の自分に戻してくれた気がする。

そこには左翼理論も政治的配慮もない。ただ、様々な理由で人生を断ち切られた被害者と、様々な動機で人を手にかけた被疑者、そして泣き叫び、立ちすくむ遺族達しかいなかった。

いまここで上層部の圧力に屈することは、かつての自分に戻ってしまうことだと柳原は思った。

そしてなにより柳原は、爽子にかつての自分の影を見ていた。暗く、すべてを色分けしなければ生きて行けない、といわんばかりの爽子の目は、かつての柳原の目だったし、そうかと思えばふとした弾みに活き活きとした、優しい表情を浮かべる爽子の目も、柳原は自分にもあることを知っていた。

――爽子と、藤島を守る。なんとしても。

そう決意した柳原の母性の隣で、倒錯した快感が疼いていることに、柳原自身、気づいてはいなかった。

藤島を警察寮まで送ると、爽子は警視庁に寄ることにした。

謹慎がどれだけ続くか判らず、それどころか免職の可能性さえある明日の行動を決意した以上、身辺を整理しておきたかった。

警備の機動隊員に緑と赤の文字で所属、階級が記された立ち入り許可証を提示し、駐車場にワークスを停めた。

一階のタイル張りのロビーはひっそりとしている。爽子は自分の足音の響くホールを抜けると、エレベーターで六階の刑事部まで昇った。エレベーターを降りる。廊下も静かだった。照明はほとんど落とされ、非常口表示の緑色の光が、薄暗い廊下で奇妙に心の騒ぐ光を放っている。

爽子が捜査一課のドアまで来て足を止めると、まるで天の邪鬼との問答のように、足音も止んだ。ドアを開け、中に入る。ほとんど暗闇だった。

給湯室と特設現場資料班の仕切り部屋に挟まれた通路を進む。朧気な視界が開ける。窓から入った夜の街の灯りを受け、広い大部屋に二百数十並ぶ捜査員の机のいくつかが、安っぽい光を反射していた。机の一つ一つはきちんと片づけられている。これは、捜査員が几帳面なためではない。在庁する時間があまりにも少ないから、散らかりようがないだけの話だ。

そのまままっすぐ進めば特殊犯捜査の仕切り部屋に辿り着くが、施錠されているので宿直者に開けて貰わなければならない。爽子は神棚下の宿直室に向かった。そしてドアを叩こうとした手を止め、何気なく顔を上げると、まじまじと神棚を見た。

昔、警視庁旧庁舎――通称を〝赤煉瓦〟あるいは上空から見た形から〝A庁舎〟と呼ばれた時代には、当時の建築技術では現在のような大部屋は造れず、係ごとに部屋が与えられていた。今でも警部補、あるいはベテランの巡査部長を部屋長と呼ぶのは、その名残だ。現在は大部屋にこれ一つだけだが、当時は係の部屋ごとに神棚があった。

爽子は気を取り直すと、ノックし、返事があったのでドアを開いた。

「宿直中申し訳ありません。二特捜の吉村ですけど、ちょっと入って構いませんか」

煎餅布団がすでに敷かれ、その枕元には同報スピーカーが置かれている。布団の上にあぐらを掻いて、缶ジュースと煙草で雑談していた二人の捜査員が振り向いた。六係の捜査員だった。

「こんな時間に、どうした？」

「ええ、ちょっと。……用事があって」爽子は言葉を濁した。

紙と硯のいる用事だと、内心でつけ加えた。

ひとりの捜査員が気軽に立ち上がり、壁に据え付けられた鍵の保管箱から鍵を取り出し、爽子と共に足を運び、鍵を開けてくれた。

「大変そうだな」爽子が何か資料を調べようとするとでも思ったのか、捜査員は声をかけた。「今、どこの本部なんだ？」

「蔵前です」

「蔵前……」四十代の温厚そうな捜査員は、ああ、と頷いた。「連合か。難しいって聞いてるが」

「ええ」爽子は目を逸らし、灯りのスイッチを押しながら答えた。「長くかかるのか」と本部の捜査でなく、爽子の用事にかかる時間をさして、捜査員は尋ねた。

「時間はかからないと思いますけど……判りません」

辞表を書くのに、それほど時間はいらない。しかし、明日が来るのが怖くて、独りアパートで悩み苦しむのが怖くて、席を立てなくなるかも知れない。朝まで居続けるかも知れない。それが爽子の本心だった。藤島と二人でいた時にあれほど強く感じていた高揚感や使命感も、ひとりになってしまうと酔いが醒めたようにしぼんでしまう。そして反動のように強い不安が繰り返し、心に押し寄せてくる。

「悪いことはいわない、用がすんだら早く帰って寝ろ。……夜遅くここで仕事して悩んでも、疲れた頭じゃどうしようもない。遅くまでやればすごく仕事をしたような気になるが、そりゃ錯覚なんだ」

「そうですね。……ありがとうございます」

捜査員の経験による裏づけと、何より温かみのある言葉に、爽子は本心から礼をいった。

「それに悩みがあるなら、相方に半分背負わせちまえばいい」

言って捜査員はにっ、と笑った。爽子もくすっと笑い返した。

帰るときは声をかけてくれ、といい残し、六係の捜査員は宿直室に戻った。

爽子は一人きりになると、まず机のわずかな私物をあり合わせの紙袋に放り込み、片付けた。そして、筆ペンで辞表をしたためた。理由は一身上の都合で、とだけ書いた。

あっけないほど早く終わった。

候補生時代を含めれば五年間に及ぶ警官生活は、たった紙切れ一枚で終止符が打たれるようなものだったのか。爽子は安堵とも落胆ともつかない思いを味わい、息をついた。藤島と共に行動すると決めたとき、何か大切でかけ替えのない存在が、自分の内から流れ出して消えて行くような大きな喪失感——、いや正確にいうと喪失する予感がしたものだったが。

柳原が公安時代、辞表を出すよう求められた際、それを思い止まったと柳原自身から聞いたことを思い出した。

何が柳原を思い止まらせたのだろう。

——きっと、何もかも、支えと呼べるもの全てを失うからだ。

男に裏切られ捨てられ、警察官という職さえも失えば、柳原には自分自身を保つ術が他になかったのだろう。

——私には、あるというのか……。

警察官を辞めてからなお、自分が存在してもいい理由。

——藤島、さん……？

ふと浮かんだ考えに、爽子は頭を振った。

藤島直人のことを真剣に、突き詰めて考えることは、自分に禁じた。たとえその答えが自明で、薄々、判っていることだとしても。

追われた負け犬同士、傷を舐め合って生きて行くなど爽子は御免だった。藤島も望みはしない筈だ。

爽子は辞職願いを一番上の引き出しに入れてから立ち上がり、紙袋一つ抱えると電灯を消して宿直室に行き、礼を述べてからドアを閉めた。

爽子は廊下を歩きながら思った。

藤島のいう通り、自分はまだ警察官なのだ。処分されるか辞職願いが受理されるまで、自分は失われた命と、なにより自分自身のために、闘いを続けよう。そう決めた。

私は、刑事なのだ。

# 第六章 収斂（しゅうれん）

二月二日。

その朝、爽子（さわこ）はいつもより早く、練馬のアパートで目覚めた。

日の出からまだいくらも経っていないらしく、六畳一間の部屋には薄い闇のベールがおりている。ベッドで横たわったまま、暖かい布団の中であることを肩口から入ってくる寒気で意識する。ようやく暗さに慣れた目で、傍らに置いた目覚まし時計を見ると、午前七時十分前だ。

爽子は思い切って布団をはねのけ、上半身を起こした。寒さがすぐに身体を包み、身震いした。しかし、ぐずぐずしてはいられないのだ。

――今日は大切な日だ。

もう一度、賭けに出る日。そしておそらく、最後のチャンスになる。

爽子はもう一度身震いした。寒さのせいではなかった。

昨夜、寝る前に予約セットしておいた床の上のヒーターが、温風を出しているが、あまり効果はない。

ベッドから下ろした足でスリッパをさぐると、それを爪先に引っかけユニットバスの洗面台に向かう。湯の出る蛇口をひねったまま歯を入念に磨き、金気臭さがわずかに味蕾を刺激する生ぬるい水で、何度もすすいだ。それから、ようやく出始めた湯で顔を洗った。手さぐりでタオルをさがし、顔をよく拭いた。タオルを下げたとき、鏡の中の自分と視線が合った。唇の両端を上げて笑顔に似た表情をつくってみる。眼だけが寝不足を物語ってぼんやりしている。あまり可愛くはないなと自己採点し、深呼吸ひとつして真顔に戻り、部屋に戻る。

夜着を脱ぎ、ベッドの上に畳んで置いた。

そしてブラウスとスラックスを着け、小さなドレッサーに向かい、髪を整え、いつもよりきつめに結ぶ。そして、かるく化粧をほどこすと申し訳程度にルージュをさした。

鏡の中の自分を、手をとめて、見た。いつもと変わらない。

だが爽子はその〝いつも〟がいつをさすのかは、判らなかった。

牛乳を冷蔵庫から取り出し、グラスに注いで飲んだ。喉を過ぎ、胃を縮ませる冷たさが、体の中で最もはっきりした感覚になる。そしてグラスをシンクで軽くすすぐと、食器立てに戻した。

ふうと息をついた。一つ一つの動作を正確にしなければ気がすまない。私の心のどこかが怯え、まだためらっているのだろうか。

爽子は頭を軽く振り、いつも持ち歩くバッグを持ち、ハンガーからコートを取るとアパートを出、近くに借りている駐車場に向かう。少し歩いたところに、フェンスで囲まれた駐車場があり、爽子はワークスに乗り込むとエンジンをかけ、暖気して霜が消えるのを待ち、発進した。

藤島は独身寮の近くで拾うことになっている。

今日は格別冷えるが、風もなく穏やかな朝だった。道行く人達は皆、やや俯き加減にそれぞれの職場や学校に向かっている。その何でもない日常の風景が、爽子の心をすこしだけ楽にした。

途中、信号で止まった際につけたラジオが、この冬一番の寒気の到来を告げていた。穏やかなのは午前中一杯らしい。

歩道を歩く女子高生の連なりを視界の端に捉えたとき、爽子は学生時代、冬という季節が決して嫌いではなかったことを思い出した。それは孤独な少女が唯一、目立たない季節だからだ。言葉を交わす相手もなく、ただ黙々と歩く少女も、この季節なら目立たない。

冬という季節は群衆そのものも孤独にし、個人の抱える寂しさを薄めてくれる。だが、今の爽子は春の来るのを、心から望んでいた。

独身寮近くのポストで、藤島は待っていた。

ワークスを寄せ、停車すると、藤島は乗り込んだ。

「おはよう。誰かに見られなかった?」

爽子はウインカーを点滅させてワークスを出しながら、藤島にいった。

「おはよう。大丈夫、見つかってないと思う。……眠れたか?」

「ええ、まあ、少しは」

「強いんだな」藤島は口許だけで笑った。

「そんなことはないけど……」爽子は言葉を切った。そして、続けた。「――藤島さんもいるし」

藤島は何もいわず、前を向いたまま微笑んだだけだった。

それから、二人は口を開かなかった。爽子は運転に集中し、藤島は左手で頬杖をして風景を見ていた。

運転しながら爽子は、自分の心がこれまでになく穏やかなのに気づいた。これからしようとしていることは巧くいってもいかなくても、自分と藤島の立場は悪くなりこそすれ、よくはならないだろう。それなのに今、心にはさざ波一つ立つわけでもない……。昨夜眠りに落ちるまで続いた煩悶(はんもん)の迷路からは、全く正反対の心境だった。

どうしてだろう、と思う。そしてそれが、由里香のもとへ急ぐ理由にあると悟った。三枝由里香のもとに行く目的はもちろん、事実を聞き出すことだが、理由あるいは動機が上層部に一矢報いてやりたいという意地でもなく、汚い策を弄(ろう)した連中への抜け駆けによる復讐でもなく、もちろん功名心などではなかった。

それは多分、願いなのだろう、と爽子は思った。

爽子と藤島の願い。由里香の口から得た証言でもたらされる真実、それが起こす変化。だが、願うだけでは何も起こらない。食物が欲しいと望むだけでは、だれも与えてはくれない。人は、願いながら田畑を耕さなければならないのだ。

全ての行動は、そうやって願った結果ではないか。善行も、悪行も。どんなに他者に薦められ、あるいは唆(そそのか)されたように見えても、最後に実行するのは自分自身なのだ。

――そうだ、だから最初の夫婦は知恵の実を食べることを選び、善悪を知った……。神になることを夢見た訳でなく、ただ、人であろうとして。

人が人であるためには、分別を持たねばならない。それが、人が人であってよい唯一の理由のように、爽子には思えた。

人は善悪を知って楽園を追放された訳ではない。他者の善意や悪意を知ったことによって、今までいた場所が必ずしも楽園ではないと気づいただけなのだ。いや、人が他にいなかったから、夫婦は自分達を囲む環境――あるいは森羅万象に善意も悪意も存在しないことに気づいたのかも知れない。

地球とその周りに楽園はないだろうが、少なくとも分別を持ちながら最善を尽くせる場所、あるいは隙間くらいは、どこかに残されているだろう……。これも願いだった。

爽子はステアリングを握ったまま、くすっと笑った。

「――どうした？」藤島が爽子を見た。

「いいえ、何でもないの。ごめんなさい」

何もかも信じて傷つくより、疑いながらでも信じられるものを探した方がいい。いつかの藤島の言葉を思い出したのだった。

自分も藤島も楽園は求めない。ただ真実を望む人間であることを、爽子は嬉しく思った。

京浜グランドホテルに着く。地下駐車場にワークスを停めると爽子と藤島はロビーに上がった。まずカウンターに向かい、由里香の在室を確かめようとした。もし警護の人間が配されていれば由里香の口調から察することが出来る。

「御用でしたら、もうすぐチェックアウトですので、お見えになると思いますが」

部屋番号と由里香の名前を告げると、係員は答えた。

爽子と藤島は顔を見合わせた。自宅に戻る気か、それともホテルを換えるのか。いずれにしても、由里香は二人の手の届かない場所に行く気だ。

爽子と藤島は礼をいい、ロビーの隅に、目立たない場所に移動した。

「これが本当に最後のチャンスだ」

藤島の言葉に、爽子は頷いた。

「私はあの子を、〝黒い羊〟のままにしたくない」

「黒い羊？」

〝黒い羊〟とは、米国の心理学者が提唱した〝黒い羊の仮説〟のことだった。この仮説は社会的地位や人望もある立派な両親から、時として素行不良な子供が育つことを説明する。概してそういった子供が育つ背景には親の放任がある。なぜ放任するのかといえば、親の心の中の暗黒面を子の行為に投射し、自分達に出来なかったことをさせて代理満足を得ようとしているのではないか、という考えだ。

「……あの子は、でもそれだけじゃない。自分を貶めることで、むしろ誰かに近づいて、繋がりを深くしようとしているような気がする」

「――父親だろう、もしそうだとしたら」

あまりに哀しい優しさの表現だ、と藤島は思った。

エレベーターの扉が開いた。

荷物を手にした客に混じり、ボストンバッグを手にした由里香の姿もあった。

フロントでキーを返還し、料金を精算したところで、爽子と藤島は動き出した。

警護の人間はいないようだ。現場を知らない上層部は、おそらく第一犯行と第三犯行の状況と、二人の被害者が売春に関わっていなかったことから、被疑者が売春、何より三枝由里香とも関わっていないと判断したのだろう。そしてだからこそ、由里香が移動するのも看過する気なのだ。

由里香が足下に置いていたボストンバッグを持ち上げ、カウンターを離れたとき、爽子と藤島は出口を背に由里香を待っていた。

立ち尽くした由里香の口から「どうして……」という呟きが漏れた。が、それも一瞬で、すぐに立ち直ると勝ち気な表情をつくり、足を進めた。爽子と藤島の前で立ち止まり、微笑すると言った。

「おはようございます」

爽子はおはよう、と静かに返しながら、由里香の表情に小さな影があることを感じ取った。表情が暗いわけではない。ただ、自分を見つめる眼の光の奥にあるもの……由里香の意志や行動を決め促す光源の変化だ。心理学的にいえば深層心理につけられた引っ掻き傷の落とす影だ、と。

昨夜何があったのか、知る由もない。でもそれは、由里香を追いつめた自分達に対する憎悪だけではない、と爽子は思った。

不意に爽子は、由里香を皮肉ではなく桜の花にたとえたくなった。それは一面に空を覆わんばかりに淡い色で咲き誇る桜ではなかった。

あれは、本庁勤務になった最初の春に、皇居の堀端で見た、長雨に濡れそぼった桜。

――本庁勤務になったといっても、特異事案を扱う二特捜、爽子の分析が必要とされるような事案は、なかなか起こらなかった。爽子は出勤すると過去の事件資料を捲って過ごす日々が続いた。新しい職場の雰囲気にも、溶け込めていなかった。柳原とも、挨拶はするがそれ以上の会話はなかったし、なによりあのころはまだ、柳原の風評ばかり耳に入り、難解な人だという気持ちばかりが強く、敬遠していた。ほとんどだれとも会話のない毎日が続き、爽子はその鬱陶しさから逃れるように春の長雨に煙る皇居の堀端に足を向けたのだった。

平日、しかも昼休みが終わったばかりの時間帯、そこに人影はまばらだった。爽子は傘の柄を肩口に当て、濡れた砂利を踏みながら歩き、そして桜の木を見上げ、佇んだ。

桜の花は開いてからずっと雨滴に晒され、淡い色も洗われたように白くなり、薄い靄の中にとけ込もうとしていた。

何とも寂しげな風情だと普通なら思ったかも知れないが、爽子にはその時、桜の花がひどく可憐で、美しく感じられた。

——まるで、雨に洗われるたび、純潔さをましてゆくような……。

その胸をつかれる記憶が何故、今になり由里香に対して持つ印象と重なるのか、爽子自身判らない。そして、由里香にとって〝雨〟は何なのかということは、もっと判らないことだった。

「何の御用ですか?」その由里香が、口を開いた。

「もう来ないと思ってた?」

爽子は何気ない口調でいった。

「別に。どうしてですか?」

由里香も負けてはいなかった。

「もう一度、話を聞かせて貰いたくてね。いいかな?」

藤島がいった。

「あたしもう、話すことなんかないし……」

　由里香は藤島から目を逸らした。

「……それに父から、そのことは警察に申し入れて貰った筈だけど」

　爽子は真っ直ぐ由里香の横顔を見据えた。

「そのことは判ってる。でも由里香さん、あなたは本当のことをいってない。違う？」

「まだそんなことといってる。どうして信じてくれないの」

「信じてあげたいと思ってる」爽子は頷いた。「……思ってるけど、鵜呑みにすることはできないわ」

「それじゃ、どうすればいいっていうの」

　由里香は苛立ちを含んだ、うんざりした口調で言った。

「もう一度、話してくれない？」

　爽子の声は強硬だった。由里香も爽子に視線を据えた。

「……しつこいオバサンね」

「それだけが、取り柄だから」

　二人の女は、互いの視線を逸らさなかった。

　先に目を逸らしたのは、由里香だった。はっ、と捨て台詞のように息を吐き、持っていたボストンバッグを藤島の胸に押しつけると、先に立って歩き始めた。

由里香を一旦藤島とともに車寄せで待たせ、爽子はワークスを地下駐車場から出して二人をそこで拾うと、走り出した。

運転しながらどこで話そうか、と考えた。

ルームミラーを見上げると、由里香が冷ややかな強い眼差しを自分に向けているのが見えた。爽子は視線を前に戻した。

売春組織を仕切り、組織の女性達から恐れられていたのは、あの眼差しだろう。

大した考えもなく三十分後、行き着いたのは上野動物園だった。

平日の、しかも午前中の動物園は空いていた。駐車場は三割ほど埋まっているだけだった。

サイドブレーキを引き、エンジンをかけたままキーを抜く。ドアをそれぞれ開けて踏み出した爽子と藤島に、後部座席の由里香が座ったまま、冷たくいった。

「なに、ここ」

「どこか他に行きたいところがある？」

爽子の言葉に、由里香は仕方なくワークスを降りた。三人肩を並べ、入り口に歩いた。

爽子は窓口で入場券をまとめて三人分買い、暇そうにしている係員の前を通って、門をくぐった。

案の定、人影はまばらだった。いても暇つぶしらしい人間か、スケッチブックを抱えた若者が多かったが、子供連れもいた。爽子と藤島は由里香とともに客を避け、檻の間を抜けるようにして奥へ奥へと進んだ。

暖かい陽光が、空中に漂っていた薄い靄に光り、動物達の臭いや子供の歓声を聞くうち、由里香の表情から次第に険しさが和らいでゆくのを、爽子は見て取った。

動物園に、家族と訪れたことがあり、その記憶が蘇っているのだろうか。促したのは臭覚だろうか。臭覚は、最も感情や記憶とつながりやすい感覚の一つなのだ。それに、十日以上、都内を怯えながら転々とし、自分達が張りついていた三日間というもの外出はおろか、部屋に閉じこもりきりだった。

陽の光と冷たいが柔らかな風は、何より嬉しいだろう。それが知らないうちに表情に出ている。そんな感じだ。

三人は猿山のところで足を止めた。小さな野球場くらいの広さで円形に五メートルほど掘り下げられ、岩をコンクリートで積み上げ、固定してある。三人はコンクリートの手摺に寄りかかった。ニホンザル達がめいめいの場所に固まり、互いの毛づくろいやひなたぼっこをしていた。

小猿同士がじゃれて、飛び回っている。

「あ、可愛い」

由里香は手摺から身を乗り出すようにしていうと、爽子と藤島のほうに向いた。

爽子はコートのポケットに手を入れたまま、そうね、とだけ答えた。由里香の顔から、表情が消えた。

「そんな露骨に、つまらない顔しなくてもいいじゃない」

そういわれて爽子も大人げない、と思い直し、微笑んだ。

「ごめんなさい」

「……最初に一つ教えて貰えます？　どういう権利や資格があって、あたしをこうして連れ回して話をさせるんですか。警察官としてではないんでしょ」

憤懣(ふんまん)をぶつけるような由里香の言葉に、自分達の処分を知っているということは、やはり由里香の差し金か、と爽子は思った。

「確かに……、いま私達の司法警察員としての職務権限は停止されてる。だけど、私達は警察官としてではなく、この事件の真実が知りたいの」

「答えになってませんね。それにそんな個人的興味であたしの人権を侵害されるなんてまっぴらなんだけど」

「人権ね……。それなら殺された二人にもあったわ。命を奪われる以上に、人権の侵害なんてない」

「そんなこと、犯人にいえばいいでしょ。殺されるよりましだから、売春でも何でも認めろって言うの？」

またホテルの一室での聴取の繰り返しになりそうな気がし、爽子は猿山の方に顔を向け、話題を逸らした。

「どうして弁護士になりたいの？」

「…………」

「お父様が、そうだから？」

「あたし、〝普通〟は嫌なの」

由里香は答えた。

「そう。じゃ、〝普通〟ってどういうこと？」

由里香は口を閉ざした。これまで爽子が接し、同じ質問をした由里香と同年齢の人間と同じ反応だった。

「この街では、あなたくらいの人達はみんなそう思ってる。〝普通が嫌だと思っている〟

大多数の、当たり前の人達と同じね」

「またお説教なの？」

爽子はいいえ、とかぶりを振った。

「でも、個性とか自分らしさって何だろうって、私も考えることがある。ただ他人と違うっていうだけでは、本当の個性とはいえないと思うの。それは、ただの特異な性格というだけだと思う」

爽子は続けた。

「本当の個性って、自分と他人の違いを認めてどこが違うのか、考えることだと思う。でもそのためには他人の考えや社会全体のルールをしっかり知ることが大切なことだと思う。――あなたは考えてみた？」

「そんなこと……」

「人を見下すのでもなく、支配することでもなくて、自分の身の回りを見渡したことがある？　周りの人は、あなた……三枝由里香という人を映す鏡なの。そして、あなたは売春という行為で、社会のルールを破った」

「だからあたし知らないって……！」

爽子は由里香の抗弁に取り合わず、続けた。

「あなたのしていたことは、援助交際とか名前を変えても、法律で裁かれる。そして、あなたはあなたを買った男と関係して何を得たの？　お金、それとも優越感？——でもあなたはどちらも必要としていない。違う？

あなたは自分自身をわざと歪んだ鏡に映そうとしている。ただそれだけが目的じゃない？　本当の自分を見て」

爽子は由里香の横顔を見た。

「……自分に嘘をつき続ければ、心の中がどんどん空虚になって行く。誰も信じられなくなる。そして、いつか自分自身も信じられなくなってゆく。それから、また同じことを繰り返す……」

「あたしそんな、馬鹿じゃない」

「馬鹿じゃなくても、繰り返してしまうのが人間かも知れないわ。自分を信じられなくなる以上に、哀しいことなんかない。それは自分自身への裏切りだから。人をたとえ裏切っても、先で和解があるかも知れない。でも自分自身は、誰が赦すの？　生半可な言い訳は、一層自分を苦しめる。自分が悪いと確認するだけよ。……罪が風化するのを待つためだけの人生は空しすぎるわ」

「面白い考えですね」由里香は乾いた声でいった。「でも、あたしは後悔なんかしない。

赦して欲しいとも思わない。あたしはこのまま、変わらないの」

「どうしてそういえるの」爽子は問い返した。「私達の心も身体も、いつだって生と死の間で揺れ動いている。変化を繰り返してるの。生きてるってことは、動態であること。私達を明日に向かわせるものってなんだと思う？」

「……さあ」

「生きているということと、希望だと思う」

「生きていなきゃ、何も起こらない。それは判ります。……でも、希望っていうのは、随分抽象的ですね？」

「自分のことを信じるっていい換えてもいいわ。精一杯傷ついて、悲しんで、それでも歩き出すこと。傷つくのを恐れて、そこに立ち尽くしてはだめ。傷ついても汚れても自分を見失わないことが、本当の大人になることだと思う。……寂しさから求めたものは結局、最後はすべて失うことになるのよ」

「どういわれても」由里香は静かにいった。「もしあたしが認めれば、周りの人みんなが後ろ指をさす。あたしは、そんなの嫌」

「私はそんなことしない」爽子は答えた。「そして、あなたの優しさと勇気を忘れない。他の人がどう言おうと、あなたは私にとって希望の一つだから」

爽子はふっと息をついた。「犯人が捕まろうと……いえ、あなたがこのままなにも話してくれなくても、それは変わらないと思う」

由里香は答えず、爽子もこれ以上つけ足す言葉もなく、ただ猿山を見ていた。猿山は、爽子にとって俗世から切り離された世界に見えた。私は本心から由里香に語りかけただろうか、と思った。少なくとも偽りは口にしていない、と思った。

ふと気づくと、藤島の姿が消えていた。見回すと、発泡スチロールのカップを三つ抱えて戻ってくるところだった。

ほら、とまず由里香に熱いコーヒーの入ったカップを手渡した。由里香は一瞬、藤島を見上げたが、すぐに地面に眼を落とした。

三人は、しばらく思い思いの格好でコーヒーを啜（すす）った。

やがて眼下の鉄の扉が開き、餌の時間なのか飼育係が大きなバケツを両手に下げて現れた。猿達は一斉にそれまでの行動をやめて、突進してゆく。

餌がまかれ、猿が先を争い入り乱れて群がるのを、爽子と藤島、そして由里香も、見るともなしに見ていた。

あれ、と由里香は声を漏らした。

「どうしてあの猿、独りぼっちなんだろう……」

「どの猿？」

由里香が指さす方を見ると、群から一頭だけ離れた老齢らしい猿が、餌を食べていた。

「ああ、あれか」藤島が口を開いた。「……昔のボス猿は引退すると、決して群に交わらない。死ぬまでの間、ああして一頭だけで過ごすそうだ」

由里香はじっとその老齢の猿に視線を注いだまま、「そうなの……」と呟いた。

由里香の呟きを吹き消すように、北風が吹いた。枯れ葉や小さなゴミを散らせてゆく。

由里香は突然頬を張られたように、首を竦めた。

爽子が空を見上げると、いつの間にか鉛色の雲が低く垂れ込めていた。どうやら天気予報が伝えていた寒冷前線が到来したようだった。

「――寒い」

由里香はコートの襟元を掻き合わせるようにして、左手で押さえた。

もう子供達の声も、穏やかな陽の光もない。ただ冷たい北風の音だけが、三人の間を通り過ぎてゆく。

「あの時一緒にいたのは、……キシって奴よ。乱暴でしつこくて、最低な奴」

由里香は一匹の猿から眼を離さないまま、手の中のカップを弄ぶように動かしながら、唐突に言った。どこか遠くの風鳴りのような、捕らえどころのない声だった。

「どういう……男だったの。名前、間違いない？」

爽子は平静を装い、尋ねた。

「あの日までに何度か呼ばれたことあったし、ジャケットの縫い取りを見たから。身長は一七五くらいで、……火傷のあとがある」

「火傷？　どこに、どんなふうな？」

「目立つところじゃないわ、右腕の関節から下半分、手の甲まで。皮膚を移植したっていってた」

由里香は、ふっと息をはいた。「……どういえばいいのかな」

「そんなに、ひどい痕だったの？」

由里香は、口許に、どこか無知な人間を憐れむ微笑を浮かべ、爽子に頬を向けた。

「――あたしはたいていの子よりは、男の身体をたくさん見てるの。……どんな傷跡や肌でも、なんとも思わない。表面が綺麗でも、中身とは関係ないもの。身体になにかあっても、どうしてあたしたちなんか呼ぶのかな、って思う人はいっぱいいたから。……そんなことじゃなくて、あいつの傷跡はおかしかった」

「どういうふうに？」

「引きつるのよ、そこだけが。――あの時や、怒ったときに。まるで、別の生き物みたいに」

由里香の手の中で、中身のないコップがつぶれた。

「いつだったかな、どうしたのって訊いたことがあったけど、事故のせいだっていってた。でも、普通の事故じゃなくて、自動車のレース中だって、逆に自慢してた。いまも故郷でレーサーしてるって」

爽子と藤島は身構えることもなく、ただ耳を傾けていた。

「それで、あの日もあいつあたしを指名してセックスしようとしたけど、駄目だった。肝腎なときはいつも、起たないのよ、あいつ。……事故から、ずっとそうだったらしいけど。なのに、あいつがあんまりしつこいから、あたしいい加減にしてっていった。他にも待ってるのがいるって。……そしたら急に顔を引きつらせて〝馬鹿にしてんのか〟って怒鳴ってね、火傷のあとが、赤くなってぶるぶる痙攣してた。あたしも頭にきて〝起たない奴の相手なんかできない、他に探せば。二度と呼ばないで〟ってホテルを出た」

「『ルール・ブルー』ってホテルね。……それで」

「あいつ、外まで追いかけてきた。腕を摑まれて、逃げようとしたら顔を叩かれた」

「そこに、他の客と別れた栗原智恵美さんが通りかかったのね？」

「そう」由里香は一瞬目を閉じ、続けた。

「智恵美は、あいつのことを〝役立たずの化け物〟っていった。あたしはいい過ぎだって思ったけど……でも、そのときは本当にあいつ不気味で、怖かった」

「暴力が？」

「そうじゃない」なにかをたち切るような口調だった。

「火傷の痕ばかりじゃなくてね、右腕全体が、別の生き物みたいに震えてた。指もイソギンチャクみたいに動いて、自分でも驚いたみたいに左手で手首を押さえてた。——それから、あいつあたしより智恵美の顔を睨んだ」

もう何の慰めにもならない猿山の、のどかな光景に視線を投じながら、由里香は続けた。

「睨んでいるというより、眼で智恵美を吸い込もうとしているっていうか、……コンビニで商品のバーコードを読み込む機械みたいだった」

獲物のすべてを記憶しようとする、異常者の眼。その眼を魅入られたように見返しながら、表情を凍り付かせた智恵美。二人の顔を照らし出していた、ネオンのけばけばしい、明滅する光。

栗原智恵美の脇で、由里香の足はどうしようもなく震えていた。

こくん、と唾液ひとつ飲み込んで、由里香は続けた。

「でも結局、智恵美が携帯で警察に通報するって脅かしたら、逃げていった。——それきりよ」

聞きながら爽子は、これまでの捜査情報と照合していた。

第二犯行の現場に残されていた足跡から判断して、身長は約一七五で、由里香の話と符合する。また第三犯行で使用された特殊なタイヤも、自称ではあるがレース関係者なら入手しやすいと考えられ、これも符合する。由里香が報道から情報を得て、自分達の信じやすい虚言を弄していないことは、特殊なタイヤを使用したことをまだマスコミに伏せていることから除外できる。

そこで爽子はふと気づいた。第二犯行時、栗原智恵美が連れ去られるのを目撃した人物は、被疑車両が走り去るとき、一切の灯火を点けずに走り去ったため、かえって印象に残ったという。現場はラブホテル街で、ネオンや街灯で相当明るかった筈だ。だからそれまで考えてみたこともなかったが、無灯火で前方が見えない中での走行はドライバーにしてみれば相当な危険を伴う行為だし、まして被疑者は拉致した人物を同乗させていたのだ。これはつまり、ドライバーが運転に相当な自信と技術を持っていた証明ではないか。

すべては、現場の物証と合致していた。

爽子は鼻孔だけで大きく息を吸い込み、それから口を開いた。

「……ありがとう。よく話してくれたわね。後で、調書を取らせてもらうことになると思うけど――」

「別にいいけど……。喋ったんだから、同じよ」

「ありがとう、本当に」

爽子は自然に、右手を差し出していた。

「吉村さん」由里香は爽子の手を一顧だにせず、いった。

「なに?」爽子は手を下ろしながら、答えた。

「藤島さんと話をさせて。二人だけで」

「……?」

「いいでしょ?」

爽子は藤島を振り返った。藤島は怪訝（けげん）な表情をしていたが、爽子に頷いた。

「じゃあ、終わったら呼んでね」

爽子が離れて行くのを見送ってから、由里香は藤島に向き直った。

「何かな、話って」

「――藤島さん」

由里香は藤島を見上げたが、視線が合うと、言葉を探すように眼をさまよわせた。

「あたし……あたしね、警察に抗議したのは当然だって思ってる。吉村ってひとが嫌いだから。でも、藤島さんのことは、違うの。だから、……だから藤島さんを巻き込んでしまったことは、どうしても謝りたくて」

藤島は優しい眼差しと表情を変えない。そのまま二度、判ってるというふうに頷いた。

「あたしと父の間にはね、人に知られたくない……どうしても隠しておきたいことがあるの……。だから、今まで」

由里香の声は掠れていた。

「馬鹿な女だと思う……？」

「いや」藤島はいった。「思わない」

本当に？　というふうに、由里香は顔を上げ、藤島を見た。

「いろんな優しさがあっていいと思う。感情からだけでなく、哀しさや寂しさや……冷たさからの優しさも」

「……あたしは、冷たいの？」

涙が薄く滲んだ眼で、由里香は悲しげに呟いた。

「いや」藤島は首を小さく振った。「君は、温かい」

由里香は震える唇で、囁くようにいった。

「あたし……、あたし、藤島さんのこと——」

由里香は藤島の眼を見つめたまま、そっとコートのポケットの脇に下ろされた藤島の手に触れようとした。

藤島は由里香を慈しむように見てから、そっと身を引いた。

由里香の手は、届かなかった。

「もう、行かないと」藤島が小声で告げた。

「…………」

「ありがとう」

その一言で、由里香は藤島の心を知った。由里香は無言で首を振った。

「こんな形でなく、君という人と知り合いたかった」

「……あたしも」

由里香は無理に笑顔をつくった。その顔には、最初に出会ったときの小悪魔のような表情は微塵もなかった。

「行こ。あの口うるさい人が、待ってるんでしょ」

藤島が爽子を見ると、爽子は遠慮がちに、静かに近づいてきた。

「由里香さん。あなたは携帯電話を持ってるわね」

のだった。

爽子が動物園を後にし、どこに送ろうかと尋ねた時、由里香の答えは自宅に、というも

「だったら、いつも肌身離さずにして、電源を切らないようにして」

由里香を送って行く途中、爽子は運転しながらいった。

「……父には内緒だったけど」

「本当にいいの？　被疑者は、今度はあなたを襲う可能性が高いのよ」

「……そんなこと判ってる。判ってるけど」由里香は言葉を継いだ。「私の帰る場所は、家しかない。父の所しか……」

それきり由里香は黙った。

職務権限を停止され、謹慎している自分達に出来ることはない、と爽子は思った。由里香の保護を求めることさえ出来ないのだ。もちろん証人として保護を求めることは出来る。しかしそうすれば、由里香の証言内容を本部に報せなければならず、謹慎中の自分達が行動していることが露見してしまう。

爽子はまだ足枷をつけられる訳にはいかなかった。由里香の証言が事実としても、確認された訳ではないのだ。裏を取りたかった。

成城の自宅に着いた。爽子は必要以外の外出を控え、身辺に十分注意するようにいった。

何かあれば躊躇わず警察に電話するようにと。

ワークスが走り出しても、由里香はいつまでも両手で荷物を下げたまま、バックミラーのなかで見送り続けていた。いつまでも。


爽子と藤島は世田谷区立図書館にいた。

〝キシ〟なる人物が本当に自動車のレース中に事故を起こし重傷を負ったのか。該当する人物がいるか、まず調べてみなければならない。実在していれば、一歩近づく。

図書館の司書に、新聞の縮刷版の場所を尋ねる。いわれた場所まで歩くと、本棚の一角を埋めるように縮刷版が並んでいた。

「検索の範囲は、どれくらい？」

「私にもわからないけど、とりあえずここ数年の記事に当たってみましょう」

「数年とはいっても、一年三百六十五日、休刊日や正月を除いても、相当な数になるな」

藤島はコートと上着を脱いで椅子の背もたれにかけ、両手に縮刷版を抱えると、閲覧用のテーブルに置き、ワイシャツを腕まくりした。藤島が椅子に座ると、爽子も向かいの椅子に腰を下ろし、調べ始めた。

爽子と藤島の繰るページだけが、微かな音を立てる。閲覧室は、学生らしい若者が何人か自習していたが、静かだった。外では北風に舞う落ち葉がガラス窓にあたり、かさこそと乾いた音を立てているだけだった。

一時間ほど調べ続けた。藤島はコーヒーでも飲むか、と爽子に声をかけたが、爽子がいらないと答えると、やれやれという表情で続行した。

さらに一時間が経過した。藤島はちょっと一服してくる、と煙草を上着から取り出し、歩いていった。いってらっしゃい、と爽子は目も上げずにいった。

藤島が戻り、調べを続ける。爽子はページを捲り、記事に出来るだけ早く目を通しながら、次第に自分達の努力が報われないのではないかと思い始めていた。記事にならないほど小さな事故だったとしたら……。記事が出ていたとしても、負傷者の氏名が掲載されていないとしたら……、自分達は気づくことはない。とすれば、連合捜査本部の柳原に伝え、記録を照会してもらうしかないが、これが由里香の口から出てきたことを幹部が知れば、どうなるか。

誰に知られることもなく封印されるのではないか。そうなれば、自分達の努力どころか由里香の勇気にさえ、報いることはできなくなる。

無駄かも知れないと思いながら、爽子はもう一枚、もう一枚だけと縮刷版を捲り続けた。

爽子が溜息とともに前屈みになった上体を起こそうとしたとき、目がその記事を捉えた。

はっとしたときには、社会面の小さな記事が網膜一杯の大写しになっていた。

〈富士スピードウェイでレース中追突事故〉

「今日静岡県富士スピードウェイで開催されていた国内F－3選手権の競技中、参加車両三台による追突事故があり、三人が重軽傷を負った。追突、炎上した車両に乗っていた岸龍一さん（27）は手足を含む火傷のほか右足を骨折し、全治一ヶ月の重傷。他の二人は逃げ出して無事だった」

　爽子は、ふっと息をはいてから、藤島を見た。

「どうした？」藤島も爽子の視線に気づくと、言った。

「……ここ、ここを見てくれる？」

　爽子は指で記事を押さえたまま藤島に差し出した。藤島は黙って受け取ると、そこを読んだ。

　読み進むうちに、藤島の顔に驚きと歓びが波紋のように広がってゆく。

「――あった！　こいつだな……？」

　小さく快哉（かいさい）を叫び、爽子を見た。

　テーブルの端で勉強していた学生が、うるさそうな視線を爽子と藤島に投げつけた。爽子と藤島は気づくと、首を竦（すく）めるように頭を下げた。

「由里香のいった名前と一致する」学生の視線がテーブルに広げた本に戻ると、藤島が囁いた。

「火傷の痕があるという、身体的特徴も……」爽子も頷きながら、囁き返す。

「岸……岸龍一、か」

爽子は書きとめるように呟いた。言葉にして口から漏れると、爽子はこの人物に対してこれまでにない感情を持つのを抑えきれなかった。事件に携わってからずっと抱いていた憎悪に近い執念とは違う。——それは、強烈な興味だった。

この岸龍一という人物はどんな幼少期を過ごして成長し、犯行を犯すに至ってしまったのか。記事にあった事故はどんな影響を精神に与えたのか。……まるで泉のように、興味が疑問となって心にあふれ出すような気がする。爽子はこれまでの研究から大まかな推測をすることはできるが、確かめるには結局、この男と直接、対面するしかないのだった。

バタンと本を閉じる音と、椅子が床をずれる音がした。その方を見ると、先程二人を睨んだ学生が本を抱えて立ち去るところだった。爽子が腕時計を見ると、午後一時半になろうとしていた。

「さて、本名は割れた。どうする？　あとは本部に任せるか」

あたりに人気がなくなると、藤島がいった。爽子の表情を読みとったのか、冷静な声だった。

「そ、それはそうだけど、でも……、そうね、もう少し調べてから」

自分でも弁解がましい口調になっているのは判っていたし、藤島のいいたいことも爽子は理解していた。

不用意に行動して岸龍一本人や周囲の関係者に当たれば、逃走される危険が大きかった。察知されれば、内偵とはいえない。

「気持ちは俺もわかるよ。この岸って奴がどんな奴なのか、俺も見てみたい。しかし不用意な行動は、絶対駄目だ」

「そんなこと――」抗弁しようとして、爽子は口ごもった。「……私も判ってる。でも、これだけでは由里香と接触した人物には間違いないとしても、マル被と同義にはならないわ」

「そう……だな」藤島も難しい顔になった。

「こういって私達を責めたのは幹部達なのよ？　それに本部に任せるといっても、岸の名が由里香の口から出た以上、もっと傍証を集めておかなければ、無理だと思う」

藤島が怯（ひる）むと、爽子は畳みかけた。

「何だか弁解に聞こえる」藤島は苦笑した。

「………」

実際その通りなので、爽子は何も言えなかった。

「よし、判った。とりあえず静岡の事故がどんな事故だったのか、調べるくらいならいいだろう。――しかし、岸が静岡で仕事を続けていたら、この話はなしだ。すぐに帰る。いいね？」

「私はもう、静岡にはいないと思う」

「どうして？」

「女の勘」

「あのおじいさんの話か」

二人は第二現場周辺で聞き込んだ際、茨城出身らしき少年が、異常犯罪者によく見られる動物虐待を行っていたと思われる証言を得ていたのだった。

由里香は岸が〝故郷でレーサーを続けている〟といったと証言した。少年が岸で、由里香に語ったことが本当なら、茨城に在住している筈だ。

「だけどあの証言の裏は取れなかったんだよ」

「可能性は高いと思うけど」

爽子は一刻も無駄に出来ない、とでもいうように席を立ち上がりながら答えた。藤島も立ち上がった。

「——本当に、これでいいのか？」

藤島は本を書棚に戻しながら、傍らでそれを抱えている爽子にいった。

「何が？」腕の中で本が崩れないように注意しながら、爽子は聞き返した。

「柳原警部だよ。被疑者の氏名が割れたことだけでも、報せた方がいいんじゃないか」

爽子は藤島の横顔を見上げた。

「いいの？　それでも。藤島さんは」

「構わない。——君は主任を尊敬してるんだろ？」

「元上司になるかも知れないけど」

藤島は爽子の腕に残っていた一冊を取り上げ、書棚に押し込むといった。

「……悲しいこというなよ」

五分後、爽子は公衆電話の受話器をとった。柳原の携帯電話の番号を押す。

三回の呼び出しで、柳原が出た。

「——主任、返事だけで聞いて下さい」

爽子は名乗らず告げた。返事だけで、というのは周りに人がいるかもしれないときに使う常套手段だった。

「……どなたですか？」

「マル被らしき人物の姓名が割れました。岸龍一、岸は〝川岸〟〝海岸〟の岸、龍は画数の多い方の龍、一は漢数字の一。レース関係者です」

「もしもし？——！　吉村さんね？　どういうこと？　もしもし——」

爽子は受話器を置いた。そのまま図書館の建物を出、駐車場に向かう。

木枯らしの吹く中、藤島は駐車場のワークスの傍らに立ち、爽子を待っていた。

「報せたかい？」

「ええ」爽子は答えた。「行きましょ」

二人はワークスに乗り込むと、図書館を後にした。

ワークスは都内を抜けて、一路静岡までひた走った。途中パーキングエリアで簡単な昼食を摂ると、法定速度が許す限りのスピードで走り続けた。

片道三時間、夕暮れの気配が静かに冬の一日の終わりを告げる頃、爽子と藤島を乗せたワークスは富士スピードウェイに到着した。

駐車場は、ほとんど空いていた。遙かに望む富士山の頂きにかかった雲が、茜(あかね)色に染まっていた。

コースの方は、煌々(こうこう)と照明がつけられ、別世界のように明るい。レースが行われているにしては人影はなく、閑散としている。時折耳を打つ自動車の爆音も、二台か三台だ。

爽子と藤島は、コートを着込み襟を立てながら、先程通り過ぎた駐車場入り口にある警備員室に向かった。岸龍一がここで仕事をしていたら、即退散するつもりだった。が、爽子には確信があった。

爽子はプレハブの粗末な建物の、薄いアルミ製のドアを軽くノックした。立ち上げ式のゲートの方を座って見ていた初老の警備員が振り返った。紺色の制服を着た、痩せた男だった。白けた蛍光灯の下で怪訝な表情を浮かべると、一層顔に刻まれた皺の陰影が深くなる。それから顔に似ず機敏な動作で立ち上がると、ドアを開けた。

「なにか用かね」

妙に嗄れた声だと爽子は思った。

「お仕事中申し訳ありません、すこしだけお時間戴けないでしょうか」

「あんたら、なんだ。道に迷ったんじゃなさそうだが」

「ええ、ちょっと聞きたいことがあるんですが」

初老の警備員はじっと顔を動かさず、眼だけを動かして爽子と藤島を見比べた。その仕草は、まるで爽子と藤島に鏡を見ているような錯覚を起こさせた。

「……あんたら、サツカンだろ。刑事か？」

「はい」爽子は頷いた。「――あなたも、ですか」

「ま、入ってくれ」警備員は脇にどき、爽子と藤島は失礼します、と小声でいって、中に入った。男は畳んで壁にかけてあったパイプ椅子を二脚広げ、座るようにいった。

「どこの県警さんだい」

「警視庁です。こちらは、蔵前署」

「ほう、そりゃ豪気だな」男は笑った。そして「〝帳面〟……いや、警視庁じゃ〝黒パー〟っていうのか、見せてくれ」

黒パー、とは警察手帳のことだった。

爽子は黙って名刺と、免許証を出した。

「持ってないのか」急に現役に戻ったような声を男は出したが、ふと表情を和ませ、続けた。

「〝帳面〟もたずに静岡まで来るってことは、相当訳ありってことだな。俺にも経験があるが。……いいよ、俺で答えられることなら、教えてやる」

「すいません」爽子は頭を下げた。「……早速ですが、二年前の八月、ここのサーキットで岸龍一という方が、事故で負傷していますよね」

「ああ、よく覚えてる。俺はその時内部の警備に当たってた。……ひどい事故だった。トップを争ってた三台が、最初二番目の車がトップに追突、後ろのが一台、避けきれず巻き込まれた。二台目が炎上。それに乗ってたのが、岸君だよ」

「そうですか。岸さんとは、親しくなさってたんですか？」

「いや」男はかぶりを振った。「彼、取り立てて誰かと親しいようには、見えなかったな。練習が終わってても、いつも帰るのは一人きりだったし、誰かと話をしながら歩いているのを見たことがなかったからな。そうだな、一言でいうと……」

元警察官の警備員は、窓の外を見、考える素振りを見せた。

「……歩く孤独、かな。まあ、レーサーってのはコースを走ってる時は孤独な商売だが、彼はそれをずっと引きずってるっていうかな」

「歩く孤独、か」藤島が呟いた。

男は立ち上がり、使い込んだ魔法瓶から、安茶碗にコーヒーをついで、爽子と藤島に渡す。優しい匂いがした。二人は礼を言って口を付けた。

「それに、いつも強いオーデコロンをしてた。孤独を紛らわせるためかな、あれは」

「オーデコロンですか」爽子は茶碗を膝の上に置いた。

「そうだ。機械を扱う仕事は、汗も掻くから臭いがきつくなる。だからオーデコロンを使うのは珍しくはないが。ま、俺が現役の時もコロシとなれば泊まり込みで、洗濯の暇がないときは裏返しにシャツは着れないかって冗談いってたが。……それはさておき、岸君は異常なくらい、臭わせていたよ。中の警備中にすれ違ったときも、俺が駐車場管理に回った時も、車の窓を開けた途端にむっと臭ったくらいだ」

男は自分のコーヒーを啜った。

爽子の脳裏で、何か小さな謎が氷解しつつあった。

臭い。目に見えない、だから目を閉じていても感じられる、臭い。染みついて、着衣を着替えてもまとわりつく、臭い。人の印象に残る、臭い――。

「岸さん、どんな車に乗ってらっしゃるんですか」黙り込んだ爽子のかわりに、藤島が尋ねている。

「ああ。フェアレディだ、日産の。古い型だな、あれ。今も乗ってるとしたらだが――」

唐突に爽子は藤島に尋ねた。

「藤島さん、今日もオーデコロンつけてる?」

「え?……あ、ああ。つけてるが。それが――」

「すいません」爽子は警備員にいった。「この人もオーデコロンをつけています。同じ物かどうか、比べてもらえますか」

警備員は呆気にとられた顔をしたが、爽子の真剣な態度に、やれやれという顔で、藤島の胸元を嗅いだ。

「……ああ。同じ物だ。この匂いだよ」

　男は頷いた。

「何か判った？」と藤島。

「……ええ」爽子は頷いた。

「他には？　何か聞きたいことがあるかな」

　警備員はちらりと腕時計に視線を落とした。

「参考になりました。最後に一つ。岸さんは、今どちらに？」

「そうさなあ。事故に遭ってから、故郷に帰ったとは聞いたが」

「どこでしょう。連絡先、おわかりになりますか？」

「いや。どこだったかな、ええと、確かに聞いたんだが」

　藤島が口を開いた。

「もしかして茨城、ですか」

「ああ、思い出した。茨城の……水海道っていってたな」

　爽子と藤島は丁寧に礼を述べ、警備員室を辞去した。

「あの臭いには、どういう意味が？」

ワークスが駐車場を出ると、藤島が口を開いた。

爽子は第三犯行の被害者、岡部千春の病院での反応を話した。

「どうして私がシーツを直したときあんな反応を見せたと思う？　人間の記憶にもっとも繋がりやすい感覚は嗅覚なの。私の身体には藤島さんの匂いが移っていた。……それに反応したのよ」

生命の危険に晒された人間は精神的なダメージを負う。そしてそれは、ある手がかり……つまり事件に類似すること、象徴するあらゆる物、状況、そして感覚を得ることによって追体験される。その状態が最低一カ月続くのだ。これが外傷後ストレス症候群、ＰＴＳＤである。

岡部千春を襲ったのは男で、しかも看護婦や長崎医師、柳原にも反応のなかった岡部千春が、何故爽子にのみ反応したのか。

移り香だったのだ。

これ自体証拠にはならないが、爽子はほぼ岸が一連の犯行の被疑者と見て間違いないと思った。

　柳原明日香は、重い疲れを感じていた。

　夜の捜査会議が終わったところだった。捜査本部も疲れ果て満身創痍、そして何度目かの停滞に見舞われていた。

　柳原は売春リスト班担当として指揮を続けていたが、めぼしい進展は見られていなかった。ようやく一月十日頃、第二犯行で栗原智恵美が連れ去られたホテル前で二人の女性と争っている男が一人いるという情報を地取り班が取ってきたが、事件に関係している確証はなく、三枝由里香との関係はうやむやにされた。所轄に、被害届も出ていなかった。

　もとより、爽子と藤島が三枝由里香への内偵で処分された今、あえて火中の栗を拾おうとする捜査員がいる筈もなく、上層部から圧力を受けているため、あえてその線を追えと指示する幹部もいなかった。

　策謀したのがだれであれ、その目論みはほぼ達成されている。

　柳原は捜査会議が終了しても、蔵前署に居残っていた。

　会議室を出て、爽子と藤島がよく立ち飲みしていた自販機まで歩き、硬貨を取り出し、落とし込んだ。

　二人のことが気がかりだった。

　昼間、突然爽子から電話を受けた時、柳原は奥多摩におり、何度も爽子の自宅や藤島の警察寮に電話した。しかし返ってきたのは、爽子のアパートからは無愛想な録音返答の声が不在を告げ、藤島の方も見当たらないという返事だった。

どちらにも帰宅次第、自分に連絡するように言い置いて、受話器を置いた。

コーヒーが注がれる音が止むことで、柳原は我に返った。

熱いだけが取り柄のこのコーヒーを、二人がどのような気持ちで啜っていたのかと考えながら、柳原は紙コップで両手を暖めながら、しばらく茫漠とした視線を廊下の暗がりに投げかけていた。

無茶な……馬鹿なことはしないで欲しい、と柳原は思った。

私はパンドラの箱を再び封印する鍵を見付けた。しかしそれを使うにしても、二人の行動が捜査を妨害するようなものだとしたら、佐久間を説得し、捜査本部に戻すことは出来なくなる。

――どこで、何をしているのか……。

携帯電話が鳴った。呼び出し音は絞っていたが、静かな廊下に、思いがけないほど大きく響いた。

爽子と藤島、どちらかだろうと思ったが、いや、違うと心のどこかが囁いた。何故だろうと思う前に通話ボタンを押し、耳に当てていた。

「柳原です。……ああ、こんばんは。何か判ったの？」

それは、柳原のかつての恋人である公安の男だった。

男は前置きもなく、早口で喋りだした。

「ちょっと待って、書く物、用意するから」

柳原は紙コップを中身ごとゴミ箱に捨て、メモ帳とボールペンを構えると、電話を肩と頭に挟んだ。

「ごめんなさい、続けて」小声で促す。

柳原は男の言うことをメモに控えながら、予想通りだ、と思った。

式部警視監から蜘蛛の巣のように張り巡らされた権力、情報の糸には、天下りを仕切る警察庁官房はもとより、警視庁では数人の警視長、警視正の名が上がっていた。いずれも部課長級の役職者達だ。また、それらの人物と密会していた富岳商事関係者の名前も挙がり、富岳商事内部での隠蔽の動きさえ、男は事細かによく整理して話した。

警察官僚同士が密会しても策謀があった証拠にはならない。しかし、そこに富岳商事の人間がいたとすれば、証拠になりうる。少なくとも、外部に漏らされたくはないはずだ。

何を守ったつもりなのか、と柳原は思った。

かつて国外において情報戦を実施した警察内部の秘密機関と、それを支援した大企業。

そしてそれを組み合わせたのは、たった一人の少女。

三枝由里香だ。彼女を守ろうとして、すべてを封印しようとした。

一体この国の警察に誰が歯止めをかけるのか。

現場と官僚達との乖離はとどまることを知らず、通産、そして大蔵省さえ権威の失墜した官界にあって、警察官僚はその権力を謳歌しようとしているようにさえ見える。政治との距離を保ち、警視庁の独立を守ってきた矜持ある警察官僚達はどこに消えてしまったのか。

安保の際は〝当時において〟知識階級であった大学生と大卒者をぶつからせようという政治的配慮はあっただろうが、機動隊の一線の指揮官にはキャリアもいた。現場の機動隊員とともに投石と火炎瓶をかいくぐって闘った男達がいた。

政治の干渉を排すために闘った警視総監もいた。

いまはどうなのだ?

他の官庁や企業と違い、警察大学校を出れば黙っていても警視にはなれる。そんな、各部署での見習い期間はあるが、階級社会に守られた待遇に惹かれて警察官僚になる者は大勢いる。都内の某最高学府では、それ故に警察関係の書籍が購買で売れるのだ。

この国に住む全ての人達に、自分が何をしてあげられるのか。そんな官僚として当然の

だが、かつて愛していると錯覚していた男の言葉は、柳原を現実に戻すのに十分な効果を持っていた。

男はいった。……もう二度と連絡しないで欲しい。自分には妻子がおり、家庭がある、と。

男の発する言葉一つ一つが、自分を残忍にするのがわかった。

「どうしようかしら……」

わざとはぐらかすように嗤いを含んだ声で、柳原はいった。

これからの人生で、この人に電話することも、もちろん逢うこともないだろう。そう確信しながら、柳原明日香は正反対の言葉を口にした。

「それじゃ、本当にありがとう。――私のことを忘れた頃、また電話する」

携帯電話を耳から離し、一方的に通話を切った。

「――柳原警部」

柳原が驚いて振り向くと、蔵前署の若い捜査員が二人、柳原を見ていた。

「ああ、驚いた。なに？」平静を装って訊く。

「彼氏に電話ですか」

ちょっとニヤニヤして、一人が言う。二人とも、コーヒーの紙コップを手にしていた。

柳原は男との電話の内容を聞かれはしなかったかと内心、肝を冷やしたが、そんな様子はなかった。

「あらやだ……、そんなふうに見えた？」

「ええ、見えました」

もう一人の捜査員もいった。

柳原は笑った。空虚な笑いだった。

「年増をからかわないで。許されるなら、防犯週間の垂れ幕なんかと一緒に、お婿さん募集の幕を署の屋上からかけたいと思ってるんだから」

二人は笑った。柳原も。

柳原は冗談めかして、続けた。

「ほんとはね……昔の恋人。内緒にしてね」

二人が再度笑い声を上げるのを、柳原は聞いてはいなかった。

柳原は自らの心の空洞を吹く風の音を聞き、どんな闇夜より暗いその淵を、じっと覗き込んでいたのだった。

二人の蔵前署員が立ち去ってしまうと、柳原は近藤警視を探した。捜査員は会議が終了すればそれぞれのねぐらに向かえばいいが、捜査指揮官はその日提出された報告書、復命書に全て目を通さねばならない。まだ、この署内にいるはずだった。

会議室には近藤の姿はなかったが、柳原は人に尋ねるような迂闊（うかつ）な真似はせず、女子トイレに入ると自分の携帯電話から近藤の携帯電話の番号を押した。呼び出し音の後、近藤の声が聞こえると「柳原です。一人で屋上まで出てきて下さい」と一息に喋り、通話を切った。

人目を避けて屋上に上がる。冷たく乾いた風が吹いていた。柳原は肩をすぼませ、手摺まで歩いた。夜空を見上げると、街の明かりを帯びたスモッグが燐光を発していた。

柳原は煙草を取り出し、一本唇に挟んだ。火を点けた時、屋上に通じるドアが開き、近藤が現れた。

「なにか御用ですか、警部。手短にお願いしたいんですが」

「そのつもりです」柳原は一口吸っただけの煙草を投げ捨てた。

「で？　何です」

「吉村と藤島の処分を撤回し、本部に復帰させて下さい」

あまりに直截（ちょくせつ）な柳原の要求に、一瞬訳が判らない、とばかりに呆然としていた。が、笑い出した。

「……何をいってるんですか。御自分で何をいっているのか判ってらっしゃるのですか？」

「もちろんです。あの処分が妥当なものではないことも」

「おっしゃりたい意味が、よくわかりませんが」

「本部内の情報を上層部に流していたのはあなたですね、警視」

「……なんのことです」

柳原は手帳を取り出し、先程公安の男から聞いたばかりの事柄を、次々に突きつけた。関係した人間しか知り得ない事実を告げられて行くにつれ、近藤の顔が夜目から見ても蒼白になるのが見て取れた。

だが、キャリアとしての矜持からか、近藤は居直った表情になり、口を開いた。

「それが何の証拠になるんですか。そうでしょう？　幹部同士や大企業の関係者がどこで会おうと、どうして事件と関係あるといえるんです」

話している間に体勢を立て直したらしい。近藤は威圧するように続けた。

「それに、少しばかり大袈裟じゃありませんか。確かに三枝由里香は大企業の顧問弁護士の娘だ。しかしその子を守るためだけに、あなたのいわれたような動きがあるというのは、承服できかねますね。……動機が薄弱で、監察も動きはしませんよ」

柳原は冷たい微笑を浮かべた。

「それは違いますね。あなた達が守ったのは警察の闇そのものよ。……三枝由里香は、式部警視監の娘ね」

近藤は目を見開いて、柳原を見つめた。

柳原は爽子から連絡を受けた時、奥多摩の知的障害者の授産施設にいた。そこで、当時の事情に詳しい元検察官に話を聞いたのだった。

元検察官の男は、五年前に疑獄事件の捜査中、妻を亡くし、自身も身体を壊して検察を去った人物だった。今は少年事件の付添人や法律相談をしながら友人の社会福祉法人を手伝い、理事になっていた。その人柄と見識を慕う者が法曹界若手に多いという評判だった。

三枝康三郎や富岳商事の篠田にとっては大学の大先輩にあたり、親交もあった。

検察の男は最初話したがらなかったが、柳原の説得で、重い口をひらいたのだった。

男は事件の内偵中、何度か新宿の喫茶店で深刻な顔をして向かい合っている式部と篠田美和を見かけた。二人が交際しているという噂は、男も後輩の口から耳にしたことがあったが、当時式部は警視庁副総監の娘と結婚し、子供もいる筈だった。対象者から目を離さず、それでも何となく二人の方を気にしていたが、式部は美和を振り切るように席を立ち、立ち去っていった。美和は一人座ったまま、悲しげにそっと腹を撫でていた……。

その様子から、男は二人の間に生命が宿ったのを知り、このことを胸にしまう決意をした。

柳原は間違いない、と思った。長生から連絡を受けた後、柳原は式部そして康三郎と美和の三人と由里香の血液型を調べ、比較していた。

康三郎はAB型、美和はA型で、由里香はO型だが、この夫婦からは絶対にO型の子は生まれない。

そして式部警視監は由里香と同じくO型なのだ。由里香が美和と式部の間の子供とすると……OかA型のどちらかしかなく出現率は一対一の割合になる。

血液型では仮定の推論に過ぎなかったものが、これで確定的になったという気がした。

そういえば、と施設を辞去しながら柳原は思った。爽子の話では由里香の聴取の際、康三郎は立ち会わなかったという。弁護士でもある父親ならば当然、要求するであろうことを何故しなかったのか。しかも任意であり、強硬に主張されれば断れなかった可能性があった。

おそらく、と柳原は考えを進めた。

二度裏切られたような気持ちに居たたまれなくなったのではないか。

康三郎が美和が妊娠しているのを承知して結婚したかは定かではない。もしかすると納得の上で結婚したのかも知れない。たとえそうだとしても、生まれた由里香は、康三郎に似ていなかった。成長するにつれ、それが顕著になっただろう。それでもおそらく康三郎は由里香を愛した。亡き妻の忘れ形見として。

けれど、由里香が売春に手を染めたと知ったとき、全ては崩壊した。康三郎にすれば、愛した母子共に自分を裏切ったと思ったのではないか。もしかすると、由里香は自分の本当の娘ではないと、手前勝手ないい訳を心の中で何度か吐いたかもしれない。

そして由里香こそが、〝桜前線〟なる組織を創り上げる際、三人の男達を結びつける何かであったのかも知れない。

それぞれの恥部を共有することで、……式部は不倫、康三郎は結婚前から他人の子を宿した妻を娶った男として、篠田は一族のスキャンダルをもみ消したことで、かえって結びつきを強めたのかもしれない。それぞれが、それぞれの外部に知らせたくない事柄を握っていたのだから。

「これだけのことをマスコミにどんな形であれ公表すれば、どんな反応をすると思う？　彼らは必ず裏を取るわ。そうすれば監察も動かざるを得なくなる。その時になって圧力をかけようとしても手遅れよ。自分達の利益のために殺人事件の捜査情報を部外者に流し、しかも大企業と組んで圧力をかけたと報道されてもいいの？　忘れたの、内部告発で更迭された公安部長がいたわ」

近藤は悄然と目を落としている。

柳原は、その様子を冷ややかに見つめたまま、続けた。

「もうひとつ、いいことを教えましょうか。さっきもいった通り、私の目的はあの二人の処分を撤回させることだけ。そして、二人の処分から今日も含めてもわずかな時間で、これだけの情報を入手できた。――この意味はおわかりね?」

近藤は気づき、呆然とした顔を上げた。

「あなた達の動きは、眼をつけられていた。……はっきりいえば、内偵されていたのよ。でもこれは〝事象〟を立件するのが目的じゃない。部内における駆け引きのカードの一枚としてね」

これが、柳原の結論だった。

いかに公安の情報網をもってしても、これだけ詳細な情報を即座に入手できた筈がない。おそらく本庁装備課や所轄の配車係、所轄警備課だけでなく、警務部人事一課の特命係さえ動いているのかも知れない。むろんそれだけではなく、膨大な予算を投じて様々な場所に潜ませている「協力者」から情報を得たのだろうが、早すぎた。

公安の男も、近藤が組織の末端に繋がっていることを事前に察知しており、国会図書館で柳原に常磐を接触させ、近藤らに対する予備知識を与え、話に乗りやすい状況を作り出したのだ。そうした上で柳原の口から内偵している勢力がいることを伝えることで、式部らの勢力に恫喝あるいは牽制を加えることが出来ると踏んだのだ。そして、互いに疑心暗鬼になり、式部から人が離れ、自壊することを狙っているのかも知れない。

どんな目的があるにせよ、柳原は利用するつもりが利用されただけだったのだ。柳原の行動さえ、内偵に織り込みずみの事態だったのだ。

君は公安には向かない――男の言葉を思い出す。

「こんな……こんなことをして、何になるんですか。逆らって、無事にすむと思ってるのか？　警察にいられなくなるのが、わからないのか」

呻くような、近藤の声だった。

「私には失うものは何もない。でも、あの二人は違う。それに、私が辞表を書くときはあなた方も道連れよ。いいの？　それでも」

柳原の言葉は素っ気なく、そのことが目の前にいる女が本気だと近藤に確信させた。

「……どうしろというんだ」

「明日の朝までに結論を出すように伝えなさい。いいわね」

柳原は冷然とした声で命じた。

「……そんなに早くは無理だ！」

「二人の警察官の将来がかかっているのよ、誠意を見せたらどうなの」

柳原は取り合わず、近藤の側を過ぎて階下に降りるドアに向かった。

「……この、牝狐がっ」

近藤が吐き捨てる声が聞こえ、柳原は振り返った。

「言葉使いに気をつけなさい……ガキが」

柳原はいった。

「じゃ、手配の方よろしく。明日二人が出勤できるように。それがタイムリミットよ」

柳原は屈辱と怒りに震える近藤を屋上に残し、歩き去った。

「お邪魔します」と、藤島がいった。

「はい、どうぞ」爽子は答えた。

練馬の爽子のアパートだった。

午後十時頃、二人は東京に帰り着いた。さすがに疲れていた。

鍵を開けて入った暗い室内には、留守番電話の受信ランプが点滅していた。部屋にあがると爽子は電灯のスイッチを入れ、藤島に適当に座るようにいい、玄関脇の簡単な台所にあるコーヒーメーカーに向かった。

藤島は絨毯に胡座を組んで座りながら、質素な部屋だなと思った。広さは六畳ほどで、窓際の隅にはライティングビューローと鏡台が置かれ、反対の壁際にはベッドがしつらえられている。最も大きな家具は本棚で、ハードカバーの背表紙が並び、入りきらない分は平重ねされて積んである。そのせいか、わずかに古本屋のような臭いがした。

……よく整理されているがあまり飾りとは無縁な部屋だ。そう思いながら見回していた藤島の眼に、一枚の額縁に入った絵が映った。陽光が筋になって注ぐ中庭に、花が溢れるように咲いているという絵柄だった。

「これは、誰の絵かな?」

「え?」爽子は、柳原に伝授された最適の水量を、慎重にコーヒーメーカーに注いでいるところだった。

「ええと、確かヘインレンツ……、そうそうヴィレム・ヘインレンツっていったけ。所轄にいたとき、もらったの」

「綺麗な絵だ」藤島はいった。

たった一枚の絵の彩りが、ここは一人の女性が生活している部屋なのだ、ということを藤島の胸へ、唐突に実感させた。当然のことだが、ここは女の部屋だった。書籍の臭いが籠もっていても、石鹸や洗い髪を乾かした時の匂い、吸い込んだ瞬間に胸の底に微熱をもたせる柔らかな若い女の芳香も、たしかにあるのだった。

爽子はコーヒーが落ちる間、留守番電話の再生ボタンを押した。

〝もしもし、柳原です。昼間の電話はどういうこと？　至急連絡して下さい〟

それから、合成音で時間が告げられた。

爽子と藤島は顔を見合わせた。

「電話、しなきゃまずいだろうな。……多分、俺の所にも連絡来ただろう」

爽子は受話器を取り上げた。

謹慎処分中に無断外出し、しかも職務権限停止中に捜査活動まで行った。叱責だけではすまないかもしれない。しかし、連絡しないわけにはいかないのだ。柳原の携帯電話の番号を押した。

「はい、柳原です」

爽子は唾液ひとつ飲み込んでから、口を開いた。

「あ、あの……警部、吉村です。申し訳ありません、私……」

「状況を説明しなさい」

爽子の言葉を遮り、柳原の容赦のない声が響いた。

今日一日の行動と知り得たこと全てを、細大漏らさずに爽子は柳原に報告した。

聞き終えると柳原は言った。

「そう。状況は判った。明朝、藤島巡査長と午前六時に、本部まで出頭すること。いいわね」

「はい。……でも、私達は……」

「それじゃ、明日。遅れないように」

電話は切れた。

「何だって、警部」

耳から受話器を離し、それを見つめ続ける爽子に、藤島が尋ねた。

「明朝六時に、本部に出頭するようにって」

藤島が深呼吸するのを背中で聞きながら、爽子はコーヒーを二人分いれ、両手にマグカップを持って運んだ。

「でも、出来るだけ早く報告しなければならないことだし」

いいながらテーブルにマグカップを置き、ベッドに腰かけた。

「このヤマ、俺達抜きで片づくんだろうな」

藤島は溜息混じりの声でいった。

爽子はコーヒーを一口含んだ。そして、いった。

「私は、後悔してない」

藤島も頷いた。「俺もだ」

二人はしばらくぼんやりと時間を過ごした。明日をも知れない身でありながら、爽子はするだけのことはした、という思いと、なぜだか幸福を感じた。

「コーヒー御馳走さん」藤島は立ち上がった。「送ってくれるか」

狭い玄関で靴を履きながら、爽子はいった。

「藤島さん、明日は早いから……」

「ん？」

藤島が爽子を見ると、爽子は目をそらして口ごもった。

「——帰ってすぐ寝た方がいいわ」

「ああ。そうするよ」

二人はアパートを出た。

深夜十二時、柳原はマンションで近藤から電話を受けた。

「東京弁護士会は三枝康三郎の希望で、抗議を取り下げた。生活安全部は刑事部の吉村、藤島両名に対する処分の要求を取り下げた。ただし始末書は提出せよ、ということだ。刑事部長はこれを受け入れ、両名に対して謹慎をとく、と決定した。部外秘の資料を持ち出したことは減給処分とする。謹慎の解除は……明朝から」

「そうですか。もちろん、二人の経歴に傷がつかないように御配慮下さいましたよね」

「考課に関しては十分留意する……これで満足ですか？」

近藤は皮肉にいった。

「ええ、とても。いっておきますが今後吉村や藤島に手出しすれば、今日お教えした情報が文書になってマスコミ各社に届けられますから。どうか忘れないで下さい。……そちらがこの条件を守る限り、私は今後このことを取引の材料にもしないし、秘密にすると誓います。では、おやすみください」

柳原は今度は自宅の電話機のプッシュボタンを押し始めた。

佐久間の自宅の番号だった。爽子と藤島が得た情報を提供することを条件に、本部に復帰させる算段をするためだった。

いま、本部は何度目かの停滞に見舞われている。そのことが柳原にとって有利に働くはずだった。

「――その情報は、信憑性があるのか」

柳原が爽子と藤島が単独行動をとり、マル被と思われる人物を特定したと伝えると、佐久間は眠気の飛んだ声で聞き返した。電話したとき、佐久間はすでに床についていた。

「ええ、かなり確信のある口調でした」

柳原は二人から岸龍一が犯人と思われる根拠をすべて聞かされていたが、おくびにも出さずに言った。ここでいえば、二人を本部に戻す意味はなくなる。

「で、君は彼らから交渉を頼まれた」

「いいえ、警視。これは私の独断です」

「彼らの取った行動は違法であり、いまは処分を待っての謹慎中だ。そんな捜査員の独走した挙げ句の情報に耳を貸せば、秩序が保てなくなる」

「お言葉ですが警視、本当に彼らの受けた処分が妥当なものとお考えですか。何者かの思惑なり意志が働いたとはお考えになりませんか」

「――何がいいたい、柳原警部」

「私にお尋ねになるより、ご自身にお聞きになって下さい」

わずかな間、佐久間は黙っていた。

「……どんな理由であれ、今は謹慎中だ。上には逆らえん」

「では正式に両名の処分が保留、あるいは処分に当たらずとなれば差し支えないのですね」

「どういう意味だ」

柳原が言外ににおわせた意味に、佐久間は反応した。

「……明朝、その可能性があるかと」

どうしてわかる、とは佐久間は問わなかった。柳原が講じた手段がきわどいものなら、それを聞くことによって自分の立場が危うくなることを、佐久間は恐れた。

「上が本部に復帰させてよしと判断したのなら、耳を貸すのもやぶさかではない。……しかしまさか、たった一日で」

「詳細は明日、当人達の口からお確かめ下さい。夜分遅くに申し訳ありませんでした。ゆっくりおやすみください」

長い一日だった。それが、受話器を下ろしたとき、溜息をつきながら柳原が抱いた感想だった。


二月三日。

早朝六時、まだ静かな蔵前署に、爽子は藤島を便乗させて出頭した。署内は朝の冷気の底に沈んでいた。柳原の姿はない。

二人は署内で待ち続けた。六時半になると、泊まりの署員が柳原からの伝言を伝えた。小会議室で待つように、とのことだった。

爽子と藤島は小会議室で待ち続けた。暖房はなく、薄い革張りのソファは冷たく二人の身体の重みを受け止める。

どんな処分を受けてもいい、と爽子は思った。ただ、自分達の調べたことを幹部達に聞いて欲しかった。

七時になった。

やがてドアが開かれ、佐久間、近藤、鷹野管理官が部屋に入ってきた。

爽子と藤島は反射的に立ち上がり、頭を下げた。三人の警視は二人の前のソファに腰かけた。爽子と藤島がかけたものか迷っていると、鷹野が身振りで着席するように促した。

爽子と藤島は緊張し、浅く腰を預けた。

「君らの謹慎は、解除された」

佐久間は開口一番、そう告げた。

「勤務に復帰してよし、ただし減俸六カ月と始末書の提出。以上だ」

爽子と藤島は一瞬、自分達の他に誰かいるのかと、思わず辺りを見回すところだった。

それから、そっと互いの表情を窺った。

目を戻し佐久間の顔をあらためて見、ようやく言葉が頭の芯に届いた。謹慎を解除し、勤務に復帰せよ。目の前の上官は、確かにそういった。

「……それは、どう解釈すればよろしいのでしょうか」

藤島が遠慮がちにいった。

「いった通りの意味だ。何か不服かね」

「いえ、そんなことはありませんが……。弁護士会の抗議の方は——」

「取り下げられた。他に何か訊きたいことは？」

佐久間も鷹野も、普段と変わらない顔をしていた。ただ近藤のみが、酢でも含んだ表情になっているのを押し隠そうとしていた。

「君らが謹慎中に捜査活動を行ったことは柳原警部から聞いている。それについては改めて処分を言い渡す。しかし、何か摑んだというなら、いってみたまえ」

佐久間はあくまで聞いてやる、という態度だった。

爽子は昨日、由里香の供述と静岡のサーキットで聞き込んだことを三つの犯行の現場の物証、状況と重ね合わせて話した。

由里香の供述した岸龍一なる人物が栗原智恵美、三枝由里香両人に恨みを持ち、岸の体格が、第二犯行の足跡痕から推定される体格と合致すること。事故の記事を調べ、岸が実在の人物であり、レーサーを職業とし、第三犯行に使用されたような特殊なタイヤを極めて入手しやすい立場にあること。そして第一及び第三犯行で使用された同型車を所有していること。第二犯行現場付近で十数年前、動物虐待をしていた少年がおり、年齢や過去の事件の犯人の特徴から岸である蓋然性が高いこと。現在は茨城県水海道市に在住している可能性が高いこと。

最初こそ無関心を装っていた佐久間も、爽子の話が進むうち、身を乗り出した。

「それらは確かなことだな?」

佐久間は内心の興奮を抑えた声で、二人に確認した。

「はい、間違いありません」

よーし、と佐久間は手を叩いた。

「わかった、確認しよう。だが三枝由里香の供述、調書に取れるか」

「はい。聴取に応じるといっています」

佐久間は満足げに頷いた。

「高機隊、茨城県警に照会してみよう。よし、君らはもういい」

爽子と藤島は何となく立ち上がれなかった。展開が急すぎて頭が追いつかず、立てなかったというのが正直な気持ちだった。

「おい、どうしたんだ?」鷹野が声をかけた。爽子が見ると、鷹野は眼だけで笑っていた。

「早く行け、忙しくなるぞ。お陰でな」

二人は立ち上がって深々と一礼し、ドアを開けて退出しようとした時、背中に佐久間の声が聞こえた。

「……よくやった」

爽子と藤島はもう一度部屋の中の幹部三人に頭を下げ、廊下に出た。

ドアが閉じられると、藤島が全身から空気を交換するような大きな呼吸をした。

「どういうことなんだろ、まるで手のひら返したみたいだ」

「……柳原警部――」

爽子は呟くと、そこに藤島を置いたまま、廊下を走り出した。藤島も後を追って走り出す。

具体的には判らないが、自分達の首が繋がったのは柳原の助けがあったからだと思った。

――警部が動いてくれなければ、自分達は……。

爽子は追いついた藤島と共に、会議室へと急いだ。到底言葉では感謝のしようがないが、それでも一刻もはやく感謝の言葉を告げたいと思った。

捜査本部のある会議室に入る。

柳原はいた。二人の捜査員と立ち話をしている。他の人間はいなかった。

爽子は柳原に挨拶をする余裕もなく、「警部……！」と呼びながら走り寄った。

柳原が爽子の方を向き、右手が動いたと思った瞬間、平手が飛び、爽子の左頬が鳴っていた。

爽子は足を釘付けにされたように立ちすくみ、張られた頬に無意識に手を当てて、呆然と柳原を見ていた。そばで話し込んでいた捜査員も事の成り行きに言葉もなく柳原と爽子を見比べていた。

「……なんて馬鹿なことをするの！」

それは〝観音様〟と呼ばれる、いつもの柳原の顔ではなかった。修羅のように厳しい表情と声色だった。

「あなた達二人が手柄欲しさにこんなことをした訳じゃないことはわかってる。……だから、二度とこんな真似はやめなさい。いいわね？」

「はい……」

爽子は頬に手をあてがったまま、頷いた。

ふっと息をつき、柳原はいつもの優しい顔に戻った。「あまり心配させないで」

「申し訳ありません！」

藤島が腹筋運動をするように、頭を下げた。

「新しいマル被が浮かんだ。氏名は岸龍一、レーサーと思われる二十九歳の男だ」

捜査員らはざわめき、ついで緊張した。

その場には佐久間、近藤、鷹野といった第一、第二犯行を担当する管理官に加えて第三犯行を担当する三雲管理官の姿もあり、副本部長の蔵前署長、そして本部長、平賀警視正も列席していた。

爽子と藤島、柳原も末席についていた。

八時過ぎ、続々と出勤してきた捜査員らは爽子と藤島を眼にすると一様に訝(いぶか)しそうな顔になったが、黙殺した。そして座ってからも、二人の方を盗み見て、同僚と囁(ささや)きあっていた。が、それも幹部達が現れ、佐久間が口を開くまでだった。

「本籍地は都内江東区牡丹、現住所は茨城県水海道市豊岡町」

「犯歴はあるのですか」誰かが尋ねた。

「犯歴はなし。前歴は三回。その内一つは速度違反。場所は常磐道の谷和原、谷田部間。日時は、一月十四日、午前一時」

個人（総合）照会をかけた結果だった。日付上は翌日ということになるが、十三日の第一犯行からは二時間あまり後なだけだ。それが何を意味するのかは、明らかだった。

「岸は一月十日頃、第二犯行の拉致現場となったホテル『ルール・ブルー』にて売春行為中の三枝由里香と性的な交渉を行おうとしたが果たせず、このことを侮蔑されたために口論となった。三枝由里香が建物から逃げたあともこれを追い、再度口論するうちに顔面を殴打するなどの暴行を行っていたところに、栗原智恵美が通りかかり、携帯電話で通報すると脅したために、逃亡した。このことから岸は殺意を持つに至ったと考えられる」

爽子は自分達が調べた内容を佐久間の口から聞きながら、大方の捜査員は自分達の姿があることと合わせ、由里香が口を開いたと気づくだろう、と思った。おそらく幹部達による話し合いが持たれ、由里香の存在は外部に対して出来るだけ隠しながら、岸を逮捕するという腹を決めたようだ。

「そして一月三十一日に発生した岡部千春殺人未遂では特殊なタイヤが使用されたが、岸は職業柄、そういった物品を比較的入手あるいは貸与されやすい立場にある」

佐久間は一呼吸おき、顔を捜査員に向けた。

もう私語はおろか、しわぶき一つもらす捜査員はいなかったし、爽子と藤島に注意を払う捜査員は尚更だった。

「この男に間違いないんですな」

大貫が尋ねた。あらゆる感情の窺えない不思議な声だった。

「それを確認して貰いたい。可能性としては大変高い」

「諸君」と平賀が口を開いた。「長かったがいよいよ大詰めという気がする。後戻りは許されない。ついては本部内の情報管理、保秘を徹底せよ。不要な捜査情報を本部外に漏らした者は必ず特定し、厳重に処分する。被疑者はもとより目撃者に関してもだ」

爽子と藤島からは平賀は見えなかったが、捜一課長が誰に向かって言ったのかは明らかだった。もちろん爽子と藤島、そして近藤だ。

「質問はあるか？　なければ――」

爽子は挙手しようとして、迷った。謹慎がとけたばかりで出過ぎた真似と取られるかも知れない。しかし爽子は一瞬の躊躇いを振り払うと手を挙げた。

「何か。吉村巡査部長」

「はい。証言者の身辺の警護が必要ではないでしょうか」

「理由は？」

「……このまま終わるとは、思えないからです」

佐久間は爽子を見つめ、「考慮しておく」とだけ、いった。大貫に劣らない、無味乾燥な声だった。障壁であった由里香の存在がようやく消えたというのに、迂闊な行動を見せればまた上層部の圧力がかかる。それを懸念しているに違いなかった。

「他に質問がなければ内偵を開始する。唐沢、柳原班は、第三強行八係と合流し、岸の職場を特定の上、監視及び証拠品の確認。大貫警部は岸の自宅を監視。

なお逮捕状は証拠が挙がり次第請求する。当該人が姿を現したときは職質の上、身柄を確保し、任意同行。自供した場合は緊急逮捕せよ。……課長、何か加えるべきことは」

「ホシは、かなり俊敏で狡猾（こうかつ）な人物と思われる。各員にあっては慎重に行動し、身柄確保に当たっては受傷事故に十分留意願いたい。なお、各班指揮官にあっては万が一の事態を考え、拳銃を着装されたい。以上だ」

「茨城にはこちらから連絡しておく。では全員、かかってくれ！」

捜査員らは一斉に立ち上がった。

捜査員はそれぞれの担当指揮者のもとに集まり、携帯受令器を受け取り、特殊警棒、手錠などの携行品を点検した。柳原の元に集まったのは爽子と藤島を含めて五人だった。柳原の指揮下には十人いたが、後の五人は人数を要する自宅監視に回されていた。

会議室のなかに、それぞれの班の指揮者の注意事項を伝える声が響く。

どこからか届けられた茨城県内地図が広げられ、五人全員が覗き込む。そして最初の日的地は水海道市に近い筑波サーキットに決定し、柳原が唐沢にその旨伝えると、唐沢も了承し、吉川に深川の八係にその旨連絡するように命じた。

目的地が決定すると柳原は言った。

「言うべきことは多くはないわ。全員、落ち着いて、それぞれの任務を全うして欲しい」

移動は爽子のワークスに藤島、柳原が同乗し、後の二人はもう一人の捜査員の自家用車で向かうことになった。

他の班の捜査員が先を争って出て行く。爽子らも出ていこうとするとき、「柳原」と佐久間が呼んだ。

爽子が見ると佐久間が柳原を幹部席から見ていた。先程まで佐久間と話をしていたらしい田原が一礼し、爽子達の間をすり抜けて、会議室を出ていった。会議中、田原は出張を指示されなかった。おそらく、由里香から供述を取りに出向くのだろう。

佐久間の元に歩いた柳原は、何事か話した後、一枚の紙を手に戻ってきた。それは、逮捕状請求書だった。

「佐久間管理官が、あなたに署名捺印するようにって」

「私に、ですか」爽子は驚いて尋ねた。

逮捕状は捜査員、つまり指定司法警察員なら誰でも請求できるが、通常は幹部である警部が請求する。

柳原は笑顔で頷き、長テーブルに置いた。

爽子は信じられないような面持ちで、それを見た。そして、言った。

「柳原警部……お願いできますか」

柳原は爽子と藤島を見た。藤島も頷いた。

「そう。……ありがとう」

柳原は不動文字の〝刑事訴訟法一九九条第二項の指定を受けた司法警察員〟の隣下に警部と書き込み、名前を書こうとした。

「……公安あがりが、請求書の書き方知ってんのかよ」

「おい、区役所に請求に行くなよ、裁判所に行くんだぜ」

意地の悪い揶揄の囁きが、二強行三係の集まっている中から聞こえたが、柳原は意にも介さない表情のまま、柳原明日香と端正な書体で記し、押印すると佐久間に提出した。

被疑事実の裏付けが取れ次第、佐久間は逮捕状を請求する筈だ。そしてその時爽子も藤島もここにはいない。

爽子と藤島が調べた事実だけでは、逮捕状を発付するにはまだ根拠が薄いと裁判官が判断し、却下する可能性があった。三枝由里香の参考人供述調書が不可欠だが、それは田原が取りに行ったばかりだ。それを考えての、佐久間なりのささやかな温情なのだろう。逮捕状の請求と被疑者の供述調書の文末に署名捺印することは、捜査員冥利に尽きる瞬間だからだ。なにしろそれは制服にはできない、刑事捜査員の特権だからだ。——もっとも、岸龍一が任意同行の後、自供すれば逮捕状は必要なくなる。その場合は緊急逮捕手続書が必要になる。

「さあ、行きましょうか？」柳原は一同を促すと、歩き出した。

爽子と藤島は拳銃保管庫で拳銃を受け取る柳原を駐車場で待った。柳原は数分で追いついてきた。

「お待たせ」と後部座席に乗り込む。

爽子は運転席、藤島は助手席に乗り、ワークスは走り出した。

「結構狭いのね」

柳原は運転席の後ろに座っていた。腰の拳銃のホルスターが窮屈そうだった。制服警察官の着用するホルスターは上下に動き、乗降中や乗務時にも邪魔にならないようになっているが、捜査員のそれは、長時間着装するようには出来ていない。

「大変だったわね、張り込み。……ご苦労様」

柳原の声には、いたわりがあった。爽子は警視総監賞を貰ったときよりも手応えのある歓びを感じた。事実、総監賞は乱発されるが、部下を心からいたわる上司の方が巡り会う機会は少ない。

柳原はホルスターからニューナンブM60を抜き、シリンダーと呼ばれる回転弾倉に初弾が装填されていないこと、そして引き金の後ろに安全ゴムとロックが掛かっていることを再度確認するとベルトからホルスターを外し、「少しだけ、やすませて」と藤島に預けると膝の上で手を組み、目を閉じた。

そして、間もなく静かな寝息を立て始めた。

首都高から常磐道に入って走ること二時間、茨城県谷田部インターチェンジに着いた。先行していた唐沢班の五台の覆面パトカーには料金所で追いついた。

「警部、着きました。谷田部です」

藤島が声をかけると、柳原は目を覚ました。

「了解、一旦水海道署に寄って頂戴。挨拶だけはしておきたいから」

唐沢班を含めて七台の車両は国道二九四号線を北上、水海道市街に入ると茨城県警水海道署に立ち寄った。消防署も近くにある。

警察官は他の管轄で活動するとき、必ず地元の警察に挨拶をしておかなければならない。それによって捜査の便宜をはかってもらったり、無用な摩擦、あるいは横槍を防ぐのだ。

県警幹部には佐久間が連絡しているはずだ。

水海道署の刑事課長には県警本部を通じすでに連絡がついていた。刑事課長は柳原、唐沢と名刺交換し、地理に詳しい捜査員を一人つけてくれた。筑波サーキットは下妻市に近く、捜査員を借りるなら当該地に近い管轄からの方が便利なように思えるが、岸龍一が水海道に在住しており、事後のことも考慮したのだった。その捜査員は爽子のワークスに同乗することになった。

「大変ですなあ、遠いところからわざわざ」

平松と名乗った四十代半ばの盗犯係の捜査員は、後部座席で隣の柳原にいった。

「いいえ。こちらこそ、ご迷惑をおかけして。業務に支障がなければよろしいんですけど」

七台の車両は深川の捜査員を待ち、八係が姿を見せると慌ただしく段取りを決め、署の駐車場を出て、再び北上を始めた。サーキットを目指す警視庁の車両は十台に膨れ上がっていた。

平松は車中、水海道は自分の出身だといって、名所旧跡を話して聞かせた。

「川の多いところですね」爽子が運転しながらいった。

「ええ。昔はこの川を使った交通が盛んでね。鬼怒川や小貝川を含めて大小九つの川があります」

あの老人が少年だった頃の岸の口から聞いた川の名も、きっとその中にあるのだろう、と爽子は思った。

筑波サーキットは、下妻市の外れ、鬼怒川近くにあった。駐車場に到着すると、十台は分かれて要所要所を固める形で停車した。

爽子は駐車場を見渡した。岸が現在も乗っていると思われ、第一、及び第三犯行に使用された白のスポーツカー、日産のフェアレディZはない。が、捜査員達は警戒し、主だった人間だけが車を降り立つと、他の全員は乗車したまま待機した。

柳原と爽子、そして唐沢、吉川、八係の村木という班長が集まる。

「まず確認することは、岸がここで働いているかどうかだ」

唐沢がいった。「そしてマル被がいなければ、知人がいないか確かめる。それと、タイヤ痕に心当たりがないか確認」

「それはこっちの領分ですよ。忘れないで下さい」

村木はのっそりといった。

もちろんだ、というふうに唐沢は頷く。

「誰を行かせます?」と柳原が口を開いた。「あまりベテランでは相手は警戒します」

捜査一課の捜査員は三十代から四十代が多い。「そこのねえちゃんを借りようか。それと宇野、お前行け」

村木は爽子と、三十代初めの、背の高くないひっそりした印象の捜査員にいった。

「岸本人がいた場合、とりあえず身柄を確保し、任同だ。合図はハンカチを落とせ。いいな？　〝八〟は俺と四人、サーキット内に部署、一強行さんは外周部署で、どうです」

この場合の部署、とは配置を意味する。タイヤ痕は第三犯行の現場で採取されたので、深川署の八係に主導権がある。

「納得出来ませんな。少なくともこっちからも確保警戒員四名、内部に入れて貰いたいものだ」

唐沢が硬い声で村木に言った。

「だが吉村巡査部長に聞き込みさせるんだ。これで手打ちでしょうが」

「吉村はうちの係じゃなく、二特捜ですよ」吉川もにべもなく言った。

「村木警部。マル被を特定し、そちらにお知らせしたのは私達の本部です。あなた方にとっては〝もらいボシ〟も同然でしょう？　もちろん後何カ月か後には、あなた方も岸に辿り着いたと思います。だからこうやって仁義を切っているのです」

柳原も凛とした声でいった。「それにこちらは〝二〇四〟で逮捕することもできるんです。でも、そうはしなかった……。理由はお判りですね？」

柳原は詰め寄るような口調だった。

被疑者が任意同行に応じて犯行を自供すれば、手柄は本部同士で折半だが、それに応じず、そればかりか、抵抗、逃亡すれば取り押さえた捜査員が所属する本部の功績になる。だから三枝由里香への二〇四——傷害罪でいつでも逮捕できると柳原は告げたのだった。もちろん、幹部は認めはしないだろうが、本部の違う村木には効果のある台詞だった。

村木は目を逸らし、舌打ちした。

「あんたのどこが〝観音様〟だ。鬼だよな、まったく」

「千手観音です。口八丁手八丁」柳原はにこりともせず答えた。

爽子は本当の意味を知りながら、柳原のあだ名を口にした村木を睨みつけた。

「……仕方がねえか。警戒員は八は俺ともう一人、そっちも二人ずつで、どうです」

村木が折れると、唐沢は吉川、柳原は藤島を指名した。

「吉村さん、判ってると思うけど」柳原が爽子にいった。「あくまで大したことではないと印象づけること。いい？」

「大丈夫でしょう」と吉川。「ここのところ大した活躍ですからね」

爽子は吉川を無視して柳原に「はい」と答え、ついでに藤島にも頷いてみせると、宇野と共に駐車場を歩き、サーキットの入り口をくぐった。

柳原と藤島を含めた警戒員六人も、それぞれ時間を置いて入り、散らばるはずだった。

観客席下のトンネルのような通路を宇野と進み、関係者以外立入禁止、と記された立て札の脇を通り過ぎるとコース際の通路に出た。その途端、眼前を白のスカイラインが猛スピードで走り抜けていった。エンジン音と擦過音に、思わず耳を塞ぐ。

見渡して眼に入ったピットの方に歩いて行く。白の揃いのツナギを着たクルーが十人ほど作業していた。

「すみません」

爽子は手近な若いクルーに声をかけた。手にはストップウォッチを持ち、キャップの上からケンウッドのヘッドセットをしていた。

「なんですか？」

ヘッドセットを外して首にかけながら、若い男は場違いな服装の爽子と宇野を少し怪訝そうに見やった。

「あの、少しお話を伺っていいですか？」

「ああ、雑誌社の人？　ここはスタッフ以外立入禁止ですよ」

警戒した表情の男に、爽子は警察手帳を開いて提示した。

「あ、お巡りさん？……なんですか？」

「ええ、ちょっとした確認なんですが、岸龍一さんという方をご存じですか？」

「岸さんが何か？」

「ご存じなんですか。いえ、今日は休みで……。いま、いらっしゃいますか？」

「いえ、今日は休みで……。本当は、ここのサーキットも休みなんだけど」

「お忙しいんですね」

爽子がいった時、

「秋田ぁ、どうしたんだ！」

とピットの中から顔を見せたのは、濃い髭とサングラスで顔を覆った男だった。

「チーフ……、それが、なんか岸さんのことで警察が」

「なんだぁ？　警察……？」

爽子と宇野が頭を下げると、男はサングラスを外して近づいてきた。意外と柔和な目だ、と爽子は思った。

「お忙しいところ、申し訳ありません。警視庁の吉村といいます。こちらは宇野です」

「ああ、どうも。ここのチーフの島田です。岸が何か？」

「東京で起きた小さな事件のことで、何か岸さんがご存じかな、と思いまして。被疑者は逮捕されていますが、目撃者が少なくて。それでその目撃者の記憶しているナンバーに似た車を持ってらっしゃる方全員を訪ねています」

「一台一台をかい？」

「ええ、これも仕事ですから」

爽子は殺人の被疑者とはいわず、こういった場合の常套句を使った。島田の少し垂れ気味の眼が、二、三度瞬かれた。

「ふーん、大変なんだな」と本気で感心しているようだった。

「はあ、お忙しいでしょうが、協力してやってくれませんか。大したことではないんで、すぐ退散しますから」

宇野という捜査員はなかなかの役者だった。こんなことで時間を取らせるのはこちらも心苦しい、という口調だった。

「岸さん、よく東京に？」爽子は質問した。

「さあ、どうかな。あいつプライベートやオフのことはあまり話さんし、ちょっとわかんないな。うちの社員じゃないし」

「社員じゃない……契約ですか？」

「あいつはフリーのテストドライバーでね」

「すいません、私そういうことに詳しくなくて。フリーのテストドライバーって、どういうお仕事を？」

「うちみたいに専属のドライバーを雇う余裕のない中小メーカーに依頼されてタイヤや部品の試験走行をするんだ」

「そうなんですか。どういった方がなるんですか？」

「まあ、いろいろだね。車好きが高じてなる奴もいるし」

「岸さんも、ですか？」

「岸は元F－3ドライバーだけど、ちょっとあって」

「それは？」爽子は無知を装って尋ねる。

「二年前のレース中、事故に巻き込まれたんだ」

由里香の証言と合致するな、と爽子は思った。間違いなく売春行為中の二人とホテル前で争ったのは、その男だ。

「もういいでしょう」秋田が少し不快そうにいった。「チーフ、後五分四十九秒で、タイヤ計測です」

「おお、そうか。で、何か他にありますかね？」

「じゃあ最後に一つ、参考までに」と、宇野は内ポケットからタイヤ痕を撮影した写真を取り出して見せた。

「これに見覚えありますか」

島田と秋田が覗き込む。島田の表情には格別なものはなかったが、秋田の眼がわずかに見開かれたのを、爽子は見逃さなかった。

「なんだいこれ、犯人のか」

島田の言葉に、宇野は控えめな笑顔を見せた。

「被疑者の物なら、こうしてお見せすることはありませんよ。被疑者の物は別ですが、現場にあったもの全てを、確認のため訊いているに過ぎないんです」

「ふーん、見たような気もするが。ちょっと思い出せないな」

「そちらの方は？　知りませんかね」宇野が秋田に訊いた。

「……知りません」

そうですか、と大して重要でもない、という口調で宇野はいい、写真を仕舞った。

「お仕事お邪魔して申し訳ありませんでした。またお伺いすることがあるかも知れませんが――」

「岸なら明日ここに来るよ。訊きたいことがあるなら」

爽子と宇野は礼を言って引き揚げた。

「マル被は今日は休みで不在でした。タイヤ痕については島田という上司は何も知らない様子です。しかし、もう一人秋田という人物の反応は気になります。何か知っているようです」

爽子は報告した。柳原たち、警戒員たちも戻ってきている。

「そうか。じゃあこの会社から持ち出された可能性もあるな」

会社の所在地は止まっていた車両に書かれていたために、すぐに判明した。つくば市内に本拠がある。

「よし、小安、森田。すぐに当該番地に向かい、確認してくれ。当該物証が持ち出された形跡はないか」

村木が指示すると捜査員が二人、返事をして車に乗り込み、走り去って行く。

「係長、本庁にN手配を要請しましょう」

柳原がいい、唐沢も頷いた。

N手配とは自動車ナンバー自動読み取り装置による手配のことだ。全国主要幹線道路に設置され、事件に使用された車両や家出人の車両の車種、ナンバー、色が登録されると自動的に撮影する。カルト教団によるテロ以後増加し、その運用に当たっては民間から肖像権の侵害として裁判沙汰にもなっているシステムだ。

「管理官、N手配願います。車種は……」

柳原は携帯電話で必要事項を伝え、「よろしくお願いします」と言って切った。

「さて、これからどうする」

唐沢はいった。

「私達は、岸の自宅で待機します。逮捕状が取れれば、すぐにガサをかけるはずですから。その時は、吉村の知識が要ります」

柳原は答えた。

「わかった、そうしてくれ」

三枝由里香は成城の自宅で、ぼんやりとただ時間が過ぎるのにまかせていた。二階の自分の部屋にいて、椅子を陽当たりの良い窓際に移し腰かけている。膝に置かれた文庫本は、一時間前から伏せられたままだった。初老の刑事が供述調書を取りに訪れ、それに答えてからはずっと座り込んでいるのだった。

昨夜は康三郎と東の空が白むまで話し合った。

由里香は自分が売春をしていたこと、そのことがきっかけで事件が起きたことを正直に話した。そして、自分が両親の子ではないと以前から知っていたと告げた。

「……そのせいなのか。お前が、その……」康三郎は喉を絞るようにいった。

「ううん」と由里香は頭を振った。「ただ、あたしが間違っていただけ。——誰も、悪くない」

康三郎の眼に光るものが溢れ、それから声を殺して泣きはじめた。背を丸め、膝のうえで握りしめた両拳を震わせて泣き続けた。

由里香はそっと座っていた椅子から立ち上がり、康三郎を横から抱くようにして背中をさすった。何度も何度もさすり続けた。

「お父さん。あたしは、お母さんの代わりにはなれない。だって、お父さんの子供なんだもの。こんな……こんな恥ずかしい娘だけど。——ごめんなさい。本当に……赦してね」

康三郎は泣き腫らした目を上げた。

「……由里香。わ、私は……お前を助けようと思えば、助けられたんだ。だが、どうしても……どうしても、できなかった」

由里香は無言で、康三郎の髪に顎をのせた。

「それは……それは、ある男に、もう一度……膝を屈さねばならなかった。……私には、できなかった。そうするべきだ、と何度も考えた。お前のためなら、なんでもしてやれると、いつも思ってきたのに、できなかった」

由里香は知る由もなかったが、康三郎は脳裏にあの日のことを思い出していたのだった――。

居候弁護士として忙しく過ごす毎日に、突然鳴り響いた電話。春の宵、呼び出されて出向いた料亭の座敷には、かつての学友と、世間のことなど何も知らなかった日々、憧憬の眼差しを送るしかなかった女性がその時と変わらぬ清楚さを保って待ち受けていた。

「美和が妊娠した」

妻子ある式部が、平然とした、ともいえる口調で言葉を放った。学生時代、剣道部で鳴らした頑健な体軀には、後ろめたさなど微塵も感じられなかった。

「康三郎さん、お願い……。私、この子を産みたい。育てたいの」

「俺には妻子がいるからな。それにもう五カ月を経過している。処置はできない」

卓に手をついて頭を下げる美和と、昂然と顔をあげたままの式部。どちらもどこの世界の住人だろうかと思いながら、愚者のように座布団の上にあぐらをかいていた自分。

「……どうして、俺に」

桜の花の終わる時期だというのに、自分の声はかすれて震えていたように思う。

「判ってるはずだ」

美和が顔を上げる。そのすがりつくような女の眼を見たとき、康三郎は悟った。自分は、まだ美和を想い続けていたのだと。そして美和を自分のものにしてしまうには、すべてを受け入れてしまうしかないのだと。

三人の男女の間を、外の桜の花びらが地面に積もる音が聞こえそうなほどの沈黙が浸した。

「――考えさせてくれるか」

そう口にしたのは、どれくらい自分の鼓動を数えてからだったろうか……。

「そうか、すまない。恩に着る。悪いようにはしない」

式部は手を伸ばし、康三郎の手を握った。康三郎はひんやりとした相手の手を見、そして顔を見上げた。

信じられなかったが、式部は微笑していた。眼は細められ、康三郎を見ていた。

式部の目の奥にある感情を見て取ったとき、康三郎は思わず握った手に力を込めていた。

式部の眼に宿っていたのは感謝などではなく、微かな嘲り（あざけ）と憐憫（れんびん）だった。それは高級官僚の、民間人に平然と難題を押しつけるときの眼であり、まるで犬に服従訓練を施す訓練士の眼光だった。情愛からではなく支配欲から、信頼からではなく加虐欲から服従を求める、いてはならない訓練士の眼。

結局康三郎は屈服した。美和への想いゆえに。そして、式部の表情を心に刻印した。

そして、式部は自分を侮蔑する心を胸にしながら、表面上はにこやかに結婚式の場に現れさえした。他人には友人と友人の妹が結ばれるのを心から祝福しているように見えただろうが、康三郎の眼には、自分と美和が確実に結ばれる——、つまり式部にとっては完全に無害な存在になるまで監視、あるいは見届けようとしているとしか見えなかった。

康三郎にはもう一つ確信していることがあった。今、自分の横で妻になる女が頬を薄く上気させているのは、三枝康三郎という男と一生を共にするからではなく、美しく絢爛（けんらん）な花嫁衣装を身に纏（まと）い、胎内に宿す子の父親と、つつましいながらも華やいだ祝福の場を共有しているからだということに。——美和にとっては、今この場にいる式部以外の人間は、存在しないのと同じなのだ。そして、自分もその存在しない人々の一人なのだと。

それから自分は、式部の警察内部の立場を利用してはかられる様々な便宜と、富岳商事という後ろ盾を受けて社会的な安定をはかり、そしてある時は式部を中心とする謀略に参画した。

だが時は流れて、それらは過去のものとなった。その筈だった。しかし、受け入れたはずの由里香を自分は助けようとはしなかった。

もう一度あの男に服従する屈辱に、堪えられなかったのだ。

由里香から二人の捜査員に、部外秘と思われる写真を見せられた、と告げられた時にも、康三郎は誰にも知らせなかった。だが、警察はどういう訳か察知しており、弁護士会を通して抗議するように強要された。

――あの子が大切なら、そうするべきだ。君は父親だろう。

電話で二十年近く前と同じ声でそう告げたのは、式部だった……。

「……由里香、お前は……恥ずかしい娘なんかじゃ……ない」嗚咽(おえつ)を漏らしながら、康三郎はいった。

「本当に恥ずかしいのは、……私の方だ」

由里香は女性だけができる笑顔で、柔らかく康三郎を受け止めた。

「由里香、お前の……本当の父親は――」

「〝お父さん〟」

由里香は敬意をもって涙で汚れた康三郎の顔を見つめた。

「あたしのお父さんは、この世で目の前にいる人だけ。そうでしょう?」

康三郎は、自分とは似ていない由里香の顔を見つめ、それからまた、顔を伏せて嗚咽を喉からしぼりつづけた。

「……帰ってきてくれたんだな、由里香」

お母さん、どうしてわからなかったの、と由里香は思った。

――お父さんは、こんなに優しいのに……。別の人の子供をお腹に宿したまま結婚して、お父さんを傷つけるとは思わなかったの……？

由里香は、幼いうちに自分を残して逝ってしまった母の面差しを思い出す。遠い昔、もう永遠に歳をとることもなく、そして、おそらく父も自分も心の底から一度も愛さずに亡くなった母。

康三郎がいないとき、母はいつもいま生きている場所さえ忘れた顔をして、月の光のような淡い微笑で、今ではない時間を見つめていた気がする。記憶の中の母は、いつも美しかった。だがその美しさは、心の中と過去にしかいない、見知らぬ自分の本当の父に支えられていた。

けれども、自分に母を憎む資格も、まして軽蔑する資格もないことは由里香自身がよくわかっていた。母と自分の違いは傷つけ方の違いにあるだけで、本質的には同じだったからだ。

膝をつき合わせて話し合って得た答えは、結局、二人が親子であるというこれまでの関係の確認だったが、それが話し合う前は虚構の前提でしかなく、話し合った後は真実になったのかも知れない。

回想の反芻からさめて、由里香はもう一度、文庫本を手に取ろうとした。

その時、電話が鳴った。携帯電話だった。

由里香は固まったようにして、机の上の携帯電話を見つめた。神経を逆撫でにするような電子音を響かせている。実際、その番号を知るのは共に売春に関わっていた数人だけだった。客に教えたことはない。

由里香は立ち上がり、静かに呼吸を整えてから電話を手に取り、通話ボタンを押して耳に当てた。

「……誰」

声は聞こえない。ただ、獣のような息づかいが聞こえる。悪寒が背筋に走った。

「あんたなの。……智恵美を殺した」

答えない。気色の悪い息づかいの間に、微かに嘲笑う気配がした。

「岸っていうんでしょ？　あんた」

息づかいが止んだ。

「あたしがあんたについて知ってること、みんな警察に話した。もうお終いね。……捕まるよ、あんた」

無言。由里香はさらに続けた。

「家の周りは警察の人が見張ってる。残念ね、ここに来られなくて。諦めて捕まっちゃえば？」

もちろん、嘘だった。調書を取りに来た刑事以外、警官の姿はない。

由里香はもう、この岸という変態とも、さらに警察とも関わり合いになるのはごめんだった。だからそういった。

「…………」相手は何事か呟き、電話は切れた。

由里香は耳に当てたまま、携帯電話を握りしめた。

――殺す。

由里香の鼓膜は、男が確かにそう呟いたのを聞いたような気がした。

爽子と藤島、柳原は平松に岸の住所の大まかな場所を教えて貰ってから、水海道署に送り届けた。柳原は協力の礼を丁重に述べ、刑事課長や署長によろしくと言って別れた。

岸の現住所、豊岡町は鬼怒川を豊水橋で渡り、国道三五四号線をしばらく走ったところにあった。

国道から外れてかなり距離がある場所に、岸の自宅であるアパートは立っていた。築十年は経っていると思われ、鉄骨の階段には錆が赤く浮いているのが目立った。周りにはイチゴ畑や稲のない水田も見える。

捜査員二十名は、巧みに居場所を隠し、アパートを囲むように潜んでいた。

爽子と柳原は藤島を残し、アパートからは隠れる曲がり角に停車した、大貫が乗り込んでいる覆面パトを見つけ、乗り込んだ。

「状況はどうです」柳原が尋ねた。

「まだそれらしい奴は姿を見せてない」

「在宅の確認は？」

「一度覗きに行かせたが返事はない。電話も繋がらん。……もうすぐ日没か」

大貫は舌打ちし、煙草を銜え、火を点けた。

「〝フダ〟は取れるか」紫煙を吐きながら、大貫はいった。

逮捕状が発行されていれば夜間でも家宅捜索が可能だが、緊急逮捕を目的としたそれは、日の出から日没までの間に行わなければならないのだ。

「ええ。第三犯行で使用されたタイヤは、どうも岸が今仕事を請け負っている会社から無断で持ち出した可能性が高くなりました」

「そうか」

大貫の携帯電話が鳴った。それは通常の携帯電話ではなく、〝ＷＩＤＥ〟と呼ばれる警察専用自動車・携帯電話システムの端末だった。その〝Ｓ通信〟を使用すれば、各県警本部の違いにかかわらず、秘話通信を広範囲でできる。大貫は電話に出、しばらく話して切ると運転席の部下にいった。

「おい、携帯ファックスを用意しろ」

大貫の携帯電話に棒状のファックスが接続され、しばらくすると白かった紙に文字を書き込んで吐き出してきた。

『タイヤ痕捜査に関して。当該物証は、つくば市内の部品メーカー有限会社栄光精機から持ち出された可能性あり。当該物証は栄光精機で一台分だけ輸入されるも、保管庫に残されていた物と判明。以下タイヤ仕様の詳細送る。

アメリカ・ストーカー社製レース用タイヤ。製品番号１１１６５３#１２３０８。製品名〝ロード・リパー〟

インチ17。サイズ２２５／45Ｒ17

トレッドパターン・セミスリック。非対称。』

紙が送り出されてくるそばから、爽子も柳原、大貫も額を寄せてそれを読んだ。間違いはない。

『以上の内容は警電を通じて本庁に伝達済み。なお、当該品のテストに関わったのは岸龍一本人と判明。持ち出した経緯については捜査を続行中。

以上』

ファックスはそれで終わっていた。

柳原の携帯電話が鳴った。

「はい。管理官……ええ、読みました。逮捕状が取れた……捜索差押許可状も。……はい、本人帰宅する気配ありません」

「今日は帰らないつもりなんでしょうか?」

電話を切った柳原に、爽子はいった。

「まだ判らないわ」

柳原は答えた。

「サーキットじゃあ、誰が聞き込んだ」

「私です」爽子は答えた。

「逃げたんじゃないのか」大貫がぼそりといった。新しい煙草に火を点ける。

「……私のせいで、とおっしゃりたいんですか」

爽子は大貫の後頭部を睨みつけた。

「ああ、そうだよ。あんたがサーキットで聞き込んだ中に奴のシンパがいて、気配を悟って知らせたのかもしれん」

「だったら他の捜査員が行っても同じだったでしょうね」

柳原が静かにいうと、大貫は身体を助手席の上でねじ曲げ、柳原を見た。

狭い車内の空気に緊張が奔った時、無線機が大貫を呼び出した。大貫は舌打ちして向き直り、無線機のマイクを取った。

「はい、大貫班」

「当該マル被の車両を鬼怒川沿いの道路護岸下にて発見、当該車両は落下時の衝撃で大破、炎上し、マル消が急行中の模様。なお運転者は死亡しているとの情報あり。各班は若干名を残し、現場に至急、臨場されたい。繰り返します……」

車内はしん、と静まり返った。

爽子達が現場に到着する頃には、すでに日は落ち、冬の早い薄暮の中に稜線が浮いていた。

現場は水海道市から国道二九四号線を鬼怒川沿いに一時間ほど北上し、国道を外れた道路の下だった。

道路は車二台すれ違うのがようやくという、農道のような狭い道で、緩くカーブが掛かっている。川に沿ってコンクリートブロックで護岸され、川岸からほぼ垂直に十メートルの高さがあった。

炎は見えなかったが消防の車両が道路に三台集結して部署し、赤色灯が回転する下を、銀色の防火服を着た消防官が行き交っている。救急車も待機していた。

すでに水海道署のパトカーが現場をテープで封鎖している。〝三十番台〟——事故処理車もサインボードを立て、事故であることを表示していた。

封鎖線手前で、警視庁の覆面パトカー、そして爽子のワークスは次々と停車し、捜査員が間髪いれず車から飛び出して行く。

爽子も藤島や柳原に続きながら、そこに管理官用公用車があるのに気づいた。その側を走り抜け、警察手帳を立番に突き出し、中に入る。

佐久間はいた。近藤を伴い、所轄の捜査員、消防隊員と話していたが、集まった捜査員の一団に気づくと、礼をいうように二人へ頭を傾けてから、やって来た。

「全員ご苦労。……一足遅かったかも知れん」

「岸はどこですか?」

佐久間は無言で背後の、消防車の向こうの薄闇に顎をしゃくった。

上司をその場に残し、誰ともなく捜査員達は走り出し、消防車の間を抜け、途中何人かがポンプ車に繋がったホースに足を取られながら、見渡せる場所を目指した。そこを抜けると、先頭の消防車のヘッドライトに照らされたガードレールが途中で大きく切れ、川のほうに開いていた。

突き破られ、ぎざぎざに裂けたガードレールの断面が、まるで虚空に伸ばされた触手を思わせた。捜査員達はそこに集まると、下を見下ろした。

完全な闇の中に沈んだ川辺で、懐中電灯らしい光が瞬いている。そして、レスキュー隊員らしき人影が作業しているのが、号令をかける声と、それに答える声でわかるばかりだった。

「マル警さん、下がって！　ライトを降ろすから！」

捜査員の人垣を押しのけるように若いレスキュー隊員が可搬ライトを抱えて現れ、ガードレールに固定したザイルで素早く降下してゆく。

眼下で、明かりが点いた。

消防官の邪魔にならない位置に移動し、ガードレールから身を乗り出して作業を見守っていた捜査員の口から、嘆息に近いどよめきが上がった。

照明の照らし出す光芒の中、白かったであろうフェアレディの車体は見る影もなく焼けただれ、川とコンクリートブロックの間、三メートルほどの岸辺に、ほぼ垂直に突き刺さるような状態で落下していた。ボンネットが波打つように捲れ上がっている。その状態が、衝突時のスピードと落下時の衝撃を物語っている。

車体の状態から見て、火災も起こしたのだろう。燃料に引火したのが先か、岸が絶命したのが先だったのか。

レスキュー隊員は蟹のハサミ状の道具を持ち、閉じた先端をドアと車体の間に差し込んだ。

「スプレッダーだ」藤島が注視したまま、爽子に呟いた。「こじ開ける気だ」

爽子は無言でじっと見守った。スプレッダーの先端が空気圧で少しずつ開かれ始めると金属が圧倒的な力で曲がる、軋んだ音が響き始めた。

生きていればもっと時間が必要だっただろうが、相手が死者だけにレスキュー隊員の作業は迅速だった。それでも死者の身体を少しでも傷めぬように作業するレスキュー隊員の真摯な態度に、爽子は自分達とは違う誠意を感じた。

十分ほど後、濃い緑色のカバーで死体を覆った担架が吊り上げられた。そのころには鑑識も到着しており、目隠しの青いシートが四方に張られ、その中心に担架は置かれた。爽子も藤島も、ものいわぬ被疑者をやはり無言で迎えた。

鑑識がまず手を合わせ、それから屈み込むとそっとカバーを取り去る。露わになった死体は四肢を折り曲げたボクサー姿位と呼ばれる姿勢になり、皮膚は収縮し、炭化している。髪もすべて焼け落ちており、顔貌の識別も困難だった。

ガソリンの揮発する臭いと肉の焦げた臭いが入り交じっている。鑑識課員は慣れた様子で、曲がった身体に合わせて巻き尺をあて、身長を測った。

「身長は一七〇と、少し。炭化の度合いは二度から三度の中間辺りですから、まあ五センチはプラスでしょう」鑑識課員が屈み込んだままいった。

「岸の身長は、一七五センチだったな」

いつの間にか人垣に加わっていた佐久間が呟いた。すでに過去形になっている。

「被疑者死亡か……」

誰ともなくいう声がした。誰もが同じ気持ちだった。

捜査員の感慨をよそに、次々と遺品が上がってくる。

真っ黒になり破裂した缶詰。炭化したレトルト米、ガスコンロ、鍋。それらを見ながら爽子は、岸が明日、出勤するとサーキットで島田に聞いたことを思い出す。とすれば、これはキャンプなどの娯楽の用意とは思えない。明日仕事がある身で、今日キャンプなど行く人間はいない。

「……ちくしょう」と藤島が呟いた。

――これが、本当に……と爽子は思った。これが二人の女性を殺害し、一人に重傷を負わせた男の最期、事件の結末なのだろうか。

「現場検証は県警所轄に任せる。それから、岸の自宅の捜索を頼む。これは大貫、柳原班が行ってくれ。残念だがこういう結果だ、時間をかけることはない。あとの捜査員は水海道署で待機」

指示だけ残すと、佐久間は近藤を伴って捜査員達に背中を向け、公用車に乗って走り去った。


捜索を命じられた捜査員達の車は、法定速度をやや超える程度で岸の自宅に戻った。

実際、実りのない仕事だというのが、大方の捜査員の正直な感想だった。被疑者を逮捕し、その裏付けのためでもない。証拠を押収し、被疑者を緊急逮捕するためでもない。どんな証拠を発見しようが、もはや手遅れ過ぎるというのが捜査員の心を重くさせていた。

鑑識はすでに臨場し、準備を終え捜査員らを待っていた。

すでに調べておいたアパートの所有者の元に捜査員が迎えに走り、立ち会いを求めた。

　立会人はアパートの大家である老人だった。平和な茶の間から犯罪捜査の現場に連れてこられ、明らかに戸惑っている様子だった。

　岸の部屋は一階の隅にある。鍵が開けられると、部屋の電気をつけた。爽子、藤島、柳原と大貫と部下二名が入る。

「……何、この臭い」

　大貫の後ろから中に入った柳原が、手で鼻を押さえながらいった。そのうしろから続いた爽子も、臭いに顔を顰(しか)めながら白手袋をはめた右手の甲を鼻に当てた。立会人の老人が立て続けにくしゃみをするのが、後ろから聞こえた。

　異様な臭気が六畳ほどの部屋に充満していた。

「警部、これは」

「……死体ね、間違いないわ」

　臭いは強烈だが、そこは全くがらんとした部屋なのが、一目で見て取れた。

　家具と呼べる物はパイプのシングルベッド、スチール製の粗末な本棚しかない。衣類は数点、カーペットも敷かれていない床に転がっているだけだ。

　ここで人ひとり生活していたことが、とても信じられない調度の少なさと臭気だった。

「なんだ、こいつは。窓を目張りしてやがる……」

大貫のいう通り、ガムテープでアルミサッシと壁の隙間に厳重な目張りが施されている。まるでガスを使用した自殺者の部屋だと爽子は思った。これでは、昼間捜査員がドアの前に立っても気づかない筈だと思った。しかし、これで臭いはそとに漏れないとしても、自分自身が外に出るときはどうしたのだろう。身体や衣類に、この圧倒的な臭気はまとわりついたはずだが……。

そうか、と爽子は思った。この臭気を消すために、岸はいつも濃いオーデコロンを身につける必要があったのだ。

六人は手分けして室内の検索を始めた。

爽子と藤島は、本を立てずに無造作に突っ込んである本棚に向かう。その人物がどのような気質なのかは、読んでいる本を見ればよく理解できる。

そのほとんどは車関係の雑誌だった。文庫本も数冊ある。いずれも異常犯罪をテーマとした小説だった。

トマス・ハリス『羊たちの沈黙』、同じ作者の『レッド・ドラゴン』……。

それらを脇にどけると、場違いに固い表紙のハードカバーの本を見付けた。手に取ろうとして、爽子はわずかにそれが開いているのに気づいた。栞(しおり)にするには厚すぎる物が挟んである、そんな感じだ。

そのまま動かさないように持ち上げる。表紙を読む。……世界の異常殺人者を紹介した翻訳書だ。爽子は指をかけ、物が挟まっているページを開いた。挟んであったのは、女物の腕時計だった。

ガラスの部分には、薄い膜のように乾いた血液が付着していた。

「藤島さん……これ」

爽子が隣で雑誌を調べていた藤島にいった。藤島も手をとめ、爽子の手に乗った腕時計を見た。

「坂口晴代の物かな」

藤島は大貫の部下に声をかけた。

「ちょっと見せてくれ」その捜査員はやってくると時計を手に取り、裏側を見た。そして手帳を取り出し、書きつけてある番号と照合した。

「製造番号は合ってる。坂口晴代の物だな」

鑑識に証拠品を発見したことを告げ、写真を撮って貰う。それから、改めて時計の挟んであったページを読んだ。

爽子は息をついた。

それは十九世紀末、英国ロンドンを恐怖の底に落とした〝切り裂きジャック〟の章だった。

爽子は一ページずつ捲り、文章に眼を走らせた。そこには霧の街をついに正体を知られぬままに走り抜けた狂気の殺人鬼の所行が、多くの想像を交えた文章で綿々と綴られている。ふつうに読めば、この種の書物によく見られるどうということもない扇情主義的な、ただの読み物に過ぎない。だが、この文章を読み、殺人への妄想を育んできた男がいたのだ。

爽子の背に冷たく奔るものがあった。

「ちょっと、来て下さい……！」

その声に我に返り、爽子と藤島は振り向いた。

三係の捜査員が両膝をついて、床を指している。

「これ、見て下さいよ」

集まった全員が覗き込む。合板の市松寄木の継ぎ目に、爪かマイナスドライバーか何か、尖ったもので引っ掻いた跡がある。よく見ると、五十センチ四方の床の継ぎ目が、他の部分より太い。爽子が鑑識が微物を探すときの要領で、マグライトを取り出し、床に置くようにして横から継ぎ目を照らしてみると、影が出来る。微かだが持ち上がっているようだ。

「開くんじゃないのか」と大貫。

「そういえば臭い、ここが一番ひどいわね」

柳原もいった。

いいですか、と戸口に立ったままの大家に声をかけ、了承されると捜査員は爪をかけ、ゆっくりと開いた。

途端、凄まじい臭気が覗き込んでいた全員の鼻を打った。皆のけ反るように顔を背け、さがった。

爽子は鼻を押さえながら、片手に持ったマグライトでその暗渠(あんきょ)を照らした。

そこには——、もはや原型を留めていない動物の四肢、胴体、頭部がただの部品の折り重なりと化し、四角い穴に投げ込まれるように詰まっていた。それらは穴の中で溶け合い、部位の輪郭も不明瞭になり、得体の知れぬレリーフかオブジェと化していた。事実、岸という人間の心象を表現した物体に他ならなかった。

灯りに照らされて眠りを破られた蝿が、大群となって飛び出した。

「おい！　閉めろ！」大貫が怒鳴った。

床板が元に戻されると、柳原は爽子を見た。

「あなたのプロファイリング通りね」

「はい」爽子も頷(うなず)いた。

った。

「よし、ここらでもういいだろう。出るぞ」

大貫はいい、先に立って部屋を出て行く。用がすめば、いつまでもいたい部屋ではなかった。

「……残念な結果だった」

これが、水海道署大会議室に集結した全ての捜査員を前にした佐久間の、最初の言葉だった。

その場にいる爽子以外の捜査員全員の心境を代弁していた。

皆、朝からほとんど何も口にせず、疲労困憊していた。被疑者が死亡したとなれば、尚更だった。

「都内連続殺人及び傷害事件の被疑者、岸龍一はおそらく逃亡を図ろうとしたが運転を誤り、事故死したものと思われる」

全員一言もなかった。死んだ被疑者には、手錠はかけられない。

「逮捕には至らなかったが、胸を張って被害者の墓前に報告しよう。全員、ご苦労だった」

佐久間が散会、といいかけたとき、爽子は口を開いた。

「佐久間管理官」

佐久間は疲労を滲ませた眼を、爽子に向けた。

「なんだ？」

爽子は立ち上がった。

「岸は、本当に死んだんでしょうか？」

「……何だと？」佐久間は呆れたように問い返した。「現場は、その眼で見たと思うが」

「私は、岸がまだ生きているような気がするんです」

捜査員らが騒ぎ出した。

「確かに、詳しい解剖所見はまだだが、しかし」

「いい加減にしろ！」

その一声で、会議室は静まった。怒鳴ったのは、大貫だった。

「吉村、お前何様のつもりだ、ん？　あの状況では、管理官のいわれた以外、考えられんだろうが、お？　事故が不服なら自殺だ。現場にブレーキ痕はなかった。奴は逃亡の途中、逃げられんと判断し、そのまま車ごと飛び込んだんだ」

大貫は続けた。

「大体な、奴を最初に〝コメヘン〟といったのはあんただろうが。奴は精神疾患が悪化して自殺したんだ」

「どんな精神疾患ですか?」

　爽子は大貫に顔を向け、静かにいった。

「知るか。統合失調症だろ」大貫はそっぽを向いて、吐き捨てた。

「私は違うと思います」爽子の声には確信があった。

「じゃあなんだ」

「……精神鑑定も実施せず、個人の性格を軽々しく決めつけることはできません。しかし私は、岸がサイコパス、あるいはソシオパスだと一連の犯行から考えます。

　これは精神病質、昨今では反社会的人格といわれている人格です。彼らは他人を操ることに長(た)け、搾取し、そうすることになんら良心の呵責(かしゃく)を感じず、自分以外のすべての他者を潜在的に標的にしている、もっとも狡猾(こうかつ)残忍な病的人格です。

　彼らは自殺することはありません。どんな犯罪を犯しても心の中で合理化——つまり理由付けしてしまうからです。激怒しやすくはあっても、決して我を失うことはありません」

　爽子は大貫の削げた横顔を見ながら続けた。

「警部のおっしゃる通り、確かにあれは症状が悪化すれば自我が崩壊し、死に至ることもありません。ですが、岸がそのような最重度の病に罹(かか)っていたという証言はありません。また、そんな人物に仕事を依頼する人間がいるでしょうか。

車内から発見された道具類から、岸が逃亡しようとしたのは確実ですが、それは自殺という行動とは矛盾します。

何より岸は秩序型殺人者です。統合失調症の犯罪者なら現場の状況はもっと違う様相になり、第一犯行で何らかの物証を残すか、マル害に逃亡され、逮捕できたはずです」

爽子は大貫から佐久間に目を移し、一旦息をついて整えてから、続けた。

「そして、これが最も重要と思われることですが。……岸の一連の犯行に共通しているのは女性への憎悪、力による支配欲です。岸はどうすれば女性全体に恐怖を与えられるか知っています。それは、岸が生き続けることです。生きて恐怖を与え続け、ある意味で支配するためです。――ですがこれも、副次的な目的です」

「だが、吉村。現に死体が岸の車から見つかっている。これは動かしようのない事実だぞ」

佐久間は冷徹な口調でいった。

「偽装です。岸本人ではありません」

「では、岸の本当の目的というのは？」佐久間が辟易(へきえき)したように尋ねた。

爽子は大きく息を吸い、答えた。

「……三枝由里香を殺害するための、時間稼ぎです」

捜査員からどっと哄笑が上がった。

「まだそんなことをいってるのか」

吉川がやれやれ……というような、小馬鹿にした口調でいった。

「あんたの学識は尊重するが、現実を見ろ。解釈の違いなんだよ。たとえば、第三犯行は岸の時間稼ぎだとあんたは主張したが、もし攪乱の囮だとしたら、どうして蔵前か麻布の管内でしなかったんだ？　いっとくが岸が管轄を知らなかったとはいわせないぞ。あんたの犯人像推定では〝警察の捜査にも強い関心を持つ〟と書かれてあったんだからな。囮なら確実に注意を引く両管内である筈だが、現場は深川管内だ。……これを説明して貰いたいね」

「それは……、私にも判りません」

爽子は正直に、だが苦く吉川に答えた。その途端、会議室に捜査員らが漏らす侮蔑の気配が立ちのぼった。

爽子はそれでも食い下がった。

「しかし、現実問題として遺体の身元確認は出来ておりません。何一つ確実な状況ではないと思います。これは……」

爽子の口から一言言葉が発せられるたび、嘲笑(ちょうしょう)の気配が濃密になってゆく。

「これは偽装です。岸は、生きています」

ついに、会議室全体に嘲笑が膨張し、罵言(ばげん)となって破裂した。

その罵詈雑言(ばりぞうごん)の渦の中、爽子は足の震えで意気地なく座り込みそうになるのを、両拳をテーブルにつくことで支えていた。

捜査員の中で、爽子の姿は小さく、頼りなかった。

突然、テーブルの激しく叩かれる音が響いた。

会議室に満ちた声が潮のように退き、一斉に音のした方に視線が集まる。音がしたのは、爽子の隣の席だった。

藤島だった。ゆっくりと顔を伏せたまま、爽子の隣から立ち上がる。

「――これまでに、吉村巡査部長が間違ったことをいったことがありますか」

腹の底から絞り出すような、低い声で藤島はいった。

反感のこもった声があちこちから聞かれ、捜査員の白い眼線が集まる。

「……所轄の青二才が、なに熱くなってやがる……！」

藤島は構わず、顔を上げて続けた。

「事故現場の遺体は、まだ変死体です。たとえ岸の車に乗っていたとしても、本人と確認された訳ではありません。……大切なのは、あらゆる可能性を考え、これ以上被害者がでることを防ぐことだと思います」

柳原が挙手し、静かにいった。

「可能性はあると思います。少なくとも、否定する材料はないと思いますが、管理官」

「柳原警部、君は忘れたのか。N手配を依頼してきたのは、君自身なんだぞ。岸が証人を狙っているなら今日は休日でもあり、東京に向かっていない訳がなかろう」

「Nシステムのほとんどが夜間のみ作動していることは、管理官も御承知の筈です。それに、第二犯行では、岸は自家用車ではなく別の車を使いました。——唐沢警部。サーキットから早退した者はいませんでしたか？」

「……秋田泰久という男が、君らが離れてすぐ出ていったが……」

「その人物の車は？」

柳原が問うと、唐沢の顔に驚愕(きょうがく)の表情が浮かんでいった。

「……トヨタの——エクシヴだった。古い型の……」

「第二犯行の被疑車両と、シャーシが同型のタイプですね」

意味するところは一つだった。あからさまな嘲笑はなりを潜めたが、捜査員達はまだ信じるに至ってはいなかった。

「その人物の身長は？」柳原は爽子に質した。

「……百七十五センチくらいです。話を聞きました」

「もういい判った」佐久間が鬱陶し気に遮った。

「吉村、藤島両名はこれより証人の自宅で警戒に当たれ。責任者は柳原警部。ただし、解剖の結果が出た時点で解除する。両名が現着するまでは成城署に応援を要請する。他の者は帰還し本部にて待機されたい。――以上、散会！」

佐久間は靴音も高く、会議室から出ていった。

爽子と藤島は他の捜査員達の冷ややかな視線に構わず、コートを取り、席を立った。

「現着したら、連絡を入れなさい。秋田の所在確認は私がする」

爽子は柳原を見上げたまま頷いた。

「はい。……あの、警部」

「今は急ぎなさい、一刻も早く」

爽子と藤島は敬礼し、会議室を飛び出し、ぞろぞろと廊下を行く捜査員の間をすり抜けた。

「吉村さん。……信じなかった訳じゃないが、岸は……本当に?」

常磐道を百二十キロで疾走するワークスの車内で、三本目の煙草に火を点けながら、藤島はいった。ウインドーがわずかに開けられ、煙を外に逃がしている。激しい風切り音がする。

「ええ、……生きてるわ。藤島さんの言ったとおり、岸にとってのゲームはまだ終っていないのよ。――それに」

爽子は運転しながら答える。車体は小刻みに揺れていた。エンジンの過給器のタービン音が、まるで少女の悲鳴だった。

「あの現場を見た限り、運転ミスをするような場所じゃないし……それに、今気づいたんだけど、どうして岸は私たちの先手がうてたの？　捜査情報が漏れてるとは思えない」

「誰かが教えた……？」

はっとした声で、藤島が続けた。「三枝由里香か」

「人ひとりの電話番号なんて、今は簡単に調べられる。あの子は携帯電話も持ってる」

爽子が答えた。

岸が生きている、と爽子が感じたのは、岸の自宅から水海道署へ向かうワークスの中で、ステアリングを握っていた時だった。

――岸はこれまで、自分達警察との時間的距離の間で犯行を行っていた。その時間的距離がなくなった時、岸が講じるべき手段とは……。

そう思った時、文庫本のタイトルが頭に浮かんだ。

『レッド・ドラゴン』、と。

藤島は三本目の吸い殻を空き缶に入れ、四本目を唇にはさんだ。

「煙草、吸いすぎよ」

「……そうだな」

藤島は銜えたばかりの煙草を箱に戻した。爽子は不思議だった。藤島は爽子の車の中で、これまで一度も煙草を吸ったことがない。

「焦ってもしょうがないわ。出来るだけ急ぐけど」

「ああ」

爽子はちらりと藤島を見た。「ね……動物園で彼女と何話したの？」

藤島は前を向いたまま、言った。「いえない。彼女のプライバシーに関わるから」

そう、とだけ爽子は答えた。

首都高を降り、成城に向かう。二人はほとんど口を開かなくなっていた。無言の爽子と藤島を乗せ、ワークスは走った。

もう少しで三枝邸に到着、という時に、爽子はアクセルに込めた力を緩め、減速した。おかしかった。いつもは閑静な住宅街に、人通りが多すぎる。外に出ている人々は夜着の上に、セーターやカーディガンを羽織った人が多い。しかも若者ばかりでなく、老若男女様々な人が、不安げに道ばたで顔を寄せている。

「なんだろうな。……まさか」

「事件とは、雰囲気が違うわね」

ワークスが三枝邸の手前まで来ると、制服の巡査が赤色指示灯を振った。

ワークスを停め、爽子と藤島が降りると、顔見知りになった所轄交番の巡査が走り寄ってきた。

「ご苦労様です、この間はどうも」

「あ、どうも。ご苦労様です」

自ら隊志望といった、若い巡査だった。

「いつ現着しました？」

「はあ、一時間半ほど前です。周辺、三名で巡回していますが、不審者見当たりません」

「そうですか。……この騒ぎは？」

「近所で火事が……といってもボヤ程度ですが。消防現着し活動中です」

「持ち場は離れた？」

「え？　ええ、でも数分です」

　爽子と藤島は顔を見合わせた。そして走り出した。

　三枝邸の門柱まで走りより、インターホンのスイッチを押した。何度も押すが、なかなか出てこない。

「はい、もしもし……、どちらですか？」

　しばらくして、康三郎の声が返ってきた。

「夜分にすいません、警察です。緊急の用件です」

　やがて玄関に明かりが灯り、ガウンをまとった康三郎がドアを開けた。爽子と藤島は門扉を開き、駆け寄った。

「何の用だ。もう娘に聞きたいことはないはずだぞ。帰って貰いたいね」

「申し訳ありません。由里香さん、もうおやすみですか？」

「だったら何だというんだ？」

「由里香さんが無事かどうか、いますぐ確かめて下さい」

藤島が爽子の前に出て、いった。

康三郎は怪訝な表情で二人の強張った顔を見比べた。

「我々は付近を検索します。お庭にも立ち入らせてもらいます」

「どういうことだ、令状はあるのかね」

「ことは娘さんの安全に関わることなんです！」

藤島が叱咤するような声を出した。

「……判った」康三郎は気圧されたように、蹌踉とドアの内側に消えた。

爽子と藤島は腰のケースから特殊警棒を抜き出す。一振りすると、二十センチから五十センチに伸びた。ポケットの警笛も確かめる。いざとなれば、これで応援を呼ばなければならない。

二人は玄関を離れ、マグライトを点けた。街灯の届かない三枝邸の庭は、濃い闇と庭木が視界を妨げている。

爽子と藤島はマグライトの光の輪を少しずつ動かし、慎重に足を進め始めた。

息が震えているのが、自分でもよくわかる。前を行く藤島も、そうだろう。こういった捜索は通常、ある程度の人数が揃わなければ実施しない。ある事件で、現場となった住宅に機捜が踏み込んだところ、潜んでいた被疑者に捜査員が顔を刺され、殉職した教訓があるためだった。その勇敢な警部補は刺されてなおも、被疑者の手を放さなかった。

敷地のほとんどを建物が占めていたため、庭は広くはなく、また屋内に侵入した形跡も見受けられなかった。

時間にして数分、長くても十分だったろうが、爽子も藤島も、五倍の時間が流れたように感じた。

一周して、玄関前に戻った。

「何もないな」藤島が警棒をケースに戻しながら言った。

「何か……なにかあるはずよ、岸が、ここに来た痕跡が」

爽子は手にしたマグライトで、ぐるりと辺りを照らしてみた。光の輪に合わせて動かしていた視線が、由里香のＢＭＷで止まった。

爽子は首を傾げるようにして、近づいた。

――これは……？

「どうした？」

ＢＭＷのそばでマグライトを腋に挟み、手袋を取り出してはめながら、爽子は藤島を振り返った。

「藤島さん、これに触った？」

「いや。どうして」

そっとサイドウインドーに触れた。

手袋の人差し指に、液体がついた。光を当ててみる。

……血だ。

「なんで、こんなものが」

爽子の後ろから藤島が覗き込んで、呟いた。

「これは……文字みたいね。アルファベット」

爽子はウインドーに顔を近づけ、様々な角度で光を当てながらいう。

「最初の字は〝D〟ね。次の〝・〟は——」

二人の背後で玄関の扉が、いきなり開いた。二人は振り返った。

「由里香が……！」

裸足のまま玄関から叫ぶ康三郎の顔が、悲痛に歪んでいた。

爽子と藤島は咄嗟に康三郎を押しのけて家に入り、藤島が靴を脱ぎながら「由里香さんの部屋は！」と怒鳴った。

「二階の一番手前だ！」

藤島は吹き抜けの階段を駆け上がり、爽子も続いた。

二階のテラス状になっている廊下のドアが、開いたままになっている。

窓際で、パジャマ姿の由里香が倒れている。

「大丈夫か、由里香さん！　返事をするんだ！」

藤島が膝をついて、由里香を抱き起こした。

「由里香さん、しっかりして」

呼びかけるうち、由里香は薄目を開けた。気がついたのだ。抱えられたまま、由里香は焦点の定まらない目で、藤島を見上げた。

「……来てくれたんだ」

爽子は由里香の身体を着ている物の上から調べた。怪我はないようだった。

「一体どうしたんだ？」

「――来たの、あいつが」

爽子と藤島は顔を見合わせた。

「――岸のことね？」

爽子の言葉に、由里香は力が抜けたように頷く。それから、身体を支える藤島の襟を引っ張り、顔を埋めるようにして、啜（すす）り泣き始めた。

「由里香……」康三郎がようやく階段を上がってきた。

「もう大丈夫だ。お父さんがいてくれるから。……さ、立ってごらん」

藤島は立たせた由里香を、康三郎に預けた。

爽子は窓に飛びつき、開くと、警笛を吹いた。短音二回、長音一回。緊急事態を示す合図だった。

ほどなく、玄関の所から、「巡査部長、何かありましたか！」と声が聞こえた。交番の勤務員達だ。

二人が部屋を出ようとすると、由里香が呼び止めた。

「藤島さん……！」

爽子と藤島は振り返った。

「……行かないで。独りぼっちにしないで」

康三郎は由里香を見た。複雑な表情だった。

「大丈夫だよ。ここにいる。――君を守るよ」

二人は階段を降りた。

「いてあげればよかったのに」先に立つ爽子が前を向いたまま呟いた。

藤島は答えなかった。

「警部に報告の方、お願い」

玄関には三人の制服警官が集合していた。爽子は藤島の指示に従い周辺の警戒を命じて、一人走り出した。

爽子は住民の一人を捕まえ、火事の現場を聞き出した。その住民の話では、三十分ほどの間に、立て続けに三つ、不審火が出たということだった。一番近い現場は百メートルほど離れた住宅というので、爽子は走った。

消防車が停車し、音を立てずに赤色灯を回していた。連結されたホースがコンクリート塀を超えて、敷地に伸びている。

防火服の赤い蛍光テープが闇に浮かび、人垣が出来ていた。炎も煙も上がっておらず、火は消し止められているようだ。

爽子は、消防車のポンプを操作していた消防官に警察手帳を提示した。消防官の薄いベージュの防火服は煤けていた。

「ここの現場は壁体若干鎮圧です。今、残火処理中です」

「原因は判りますか？」

「九五二の可能性が高いですね」

「あの、九五二っていうのは……？」

「ああ、すいません。〝放火の疑い〟のことです。火点には瓶の破片が残ってたというし。……それで、ですか？」

消防官は火炎瓶を使った手口から、ゲリラの放火と思ったのかも知れない。

「いえ、そういうことでは……」

なおも聞きたかったが、他の現場のことは判らないと消防官は答え、詳しいことは指揮隊に聞いて欲しいといった。

爽子は場所を聞き、再び走った。

走りながら、爽子は自分が何故走り続けるのか、判らなかった。あの場所にいたくなかった、ただそれだけが理由の気がした。それに、四人の屈強な警官がいれば安心だ。

指揮隊はワンボックスカーだった。後部のハッチは開かれ、そこにテーブルが据えられている。幹部消防官達が地図を前に無線で指揮している。

「任務中申し訳ありません、警視庁の吉村巡査部長といいます。どんな状況ですか」

爽子は敬礼した。消防士、副士長らが敬礼を返す。爽子の階級である巡査部長は、消防では消防士長に相当する。消防だけでなく、戦後の階級を持つ社会は自衛隊も含めすべて、警察の階級をもとにされている。

「放火らしいです。一カ所を除いて鎮火。最後の火点も残火処理中で、大したことはないですよ。要救助者もなし。しかし、どうしてマル警さんが？……九九九――過激派ですか？」

消防司令が言った。警察でいうと警部だ。

「そうではありませんが、地図を見せていただけますか」

理由を告げずに頼むのは非礼だと思ったが、爽子は頼んだ。

消防司令が身を引くと、地図を見た。地図の上には透明なシートが張られ、その上に現着時間、状況が記されている。それを見て、間違いない、と爽子は思った。岸は生きていて、由里香の前に現れたのだ。

三つの火事現場は、全て三枝邸を中心にしていたからだった。

「成城署の刑事課に応援を要請して、私服が警護してれば、身柄を確保出来たかも知れなかった」

三枝邸に戻った爽子に、藤島は憮然（ぶぜん）とした表情で、いった。

爽子が、一連の騒ぎが計画的に警官をこの場から外すのが目的とする放火だと告げてからの、藤島の第一声だった。

三枝邸の門前は、駆けつけてきた捜査員らの車両で埋め尽くされようとしていた。

藤島が蔵前の本部に状況を報告した直後、本部はほとんど混乱と呼ぶにふさわしい様相を呈した。

捜査本部は三枝家付近にまだ岸が潜伏している事態を考慮した上で、即座に成城署及び隣接管区に緊急配備を要請し、警戒態勢の強化を促す一方で、本部捜査員も検索に加わるように命令した。

岸の凶悪さから、全員に拳銃携帯命令が出された。

佐久間警視は深夜にもかかわらず平賀捜一課長、瀬川刑事部長と本庁で協議の上、了承されると警視庁管轄下全所轄を動員する全体配備と、岸の現住所が茨城であることから、隣接各県にも最大限の配備を依頼する広域緊急配備を要請したのだった。

藤島の言葉に、爽子は冷静に答えた。

「それは無理ね。岸が生存している証拠がまだなかったから、要請する理由がないもの。本当に死亡していたら、面子まる潰れになる。死んだかも知れないけど、生きていたら逮捕しろとはいえないでしょ？」

それに、と爽子は続々とやってくる警官を見ながら続けた。

「制服警官の方がよかったかも知れない。私服だと、侵入を見逃せば由里香は確実に殺されていたわ。制服が巡回していたから、殺害は可能でも逃亡は無理、と考えたんじゃない？　だから、メッセージだけ残した」

「しかし、随分あっさりと引き下がるんだな。あれだけのことをしておいて」

「運がよかった。そういうしかないわ。勤務員達の現着が岸よりわずかに早かった。だから、殺害は無理でもせめてメッセージを残すために……火を放った」

「吉村さん！」

爽子は呼びかけられて、振り向いた。柳原が小走りにコートをなびかせ、近づいてくる。

「警部」

「あなたの言ったとおりね」柳原は白い息を光らせながらいった。

「正直、水海道で聞いた時は半信半疑だったけど、……マル被、ここまでやるのね。例の血痕は、どこ？」

「こっちです、警部」爽子は促した。

本庁、成城の鑑識が合同で、庭の微物、足跡、指紋採取を行い、現場検証が始まっていた。

「これね」柳原は腕を組み、赤いＢＭＷの傍らに立っていった。

「はい。最初の文字は〝Ｄ〟です」

「後の字は掠(かす)れてて判らないわね。……何だと思う？」

爽子は暫く文字を見つめ、宙に文字を書くような仕草をしてから、答えた。

「たぶん……〝Ｄｉｅ〟だと思います」

「……死、か。殺人鬼気取りの男が書きそうな文句ね」

「いいですか？」

ジュラルミンのケースを抱えた鑑識課員が藤島のそばを抜け、爽子と柳原の後ろにくると、声をかけた。

「ええ、お願い」

柳原が応じ、三人がどくと、鑑識課員はケースを車庫のコンクリートの上に置き、特殊なスプレーにアミノフタル酸ヒドラジド試薬を入れ、サイドウインドーに噴霧した。

すると、爽子の予想通り反応した血液が〝Ｄｉｅ〟と白い泡になって浮かび上がった。

薬品の効く時間は短い。鑑識課員はすぐに写真係を呼んだ。血文字が撮影される間、液を噴霧した課員は柳原に、にっ、と笑いかけた。

「当たりですね」

柳原は口許だけで微笑んで見せてから、爽子、藤島とともにその場を後にする。

「あれの採取は？」

「はい、血液の付着した手袋を科警研に送りました」

「三枝由里香のようすはどう？」

「今は落ち着いています。……これで、彼女、マスコミに嗅ぎつけられましたね」

「何にしても、無事でよかった」

柳原の携帯電話が鳴った。柳原は取り出して話していたが、やがて切ると、爽子にいった。

「予試験で、鬼怒川の遺体とここの血痕の血液型、一致しなかったそうよ。岸の自宅から採取された毛髪と、現在照合中。秋田は自宅に戻っていないし、車もない。あなた達が聞き込んだ後早退した秋田は、携帯電話を持っていたことから見て……岸に呼び出され、接触したとみて間違いなさそうね」

それにしても、と柳原はいった。

「もう、三枝由里香に手出しは出来なくなった。……どこに潜み、何をするつもりなのか……」

爽子は答える言葉を持たず、ただ、岸が消えた闇を見透かそうとしていた。

# 第七章　氷の絶叫

岸龍一は、一人冷えびえした広い空間に、パイプ椅子を置き、座っていた。ガスランプが床の上で灯り、橙色(だいだい)の明かりが、手の中でナイフを撫でるように磨く岸を浮かび上がらせている。

そこは、ひどく寒かった。何もかもが冷たく、触れられるのを拒否するかのようだった。

それでも、岸は白い息を吐きながら、気分が爽快だった。

身代わりを立てて姿をくらますのは、岸にとって造作もないことだった。

筑波に爽子(さわこ)と宇野が聞き込みをした直後、秋田が携帯電話に連絡してきたのだ。岸はその時、東京に向かっていた。

――岸さん、ついさっき刑事がここに来たんです。岸さんとは関係ないっていってたけど……

秋田は声をひそめていたが、震えていた。

――あのタイヤのこと、いってました。……岸さん、あのタイヤを一体何に使ったんです……！

興奮して小さく叫ぶ秋田の声を無視して電話を切り、思い立って二人目に殺した女から聞き出した電話番号を押した。

これまでもずっと試していたが、通話不能のメッセージが流れるだけだったのだ。だが、その時は繋がった。

あの女が出た。そして、お前は捕まる、警察が自分を守っていると嘲弄したのだ。

秋田からの電話の内容と合わせると、疑う理由はなかった。

岸は電話で秋田に至急逢いたい旨を伝え、水海道に引き返した。用心して高速道路を下り一般道で水海道に戻ると、秋田は約束の場所で待っていた。そして自分の車に誘い、岸は東京で二人の女性を殺害したと淡々と告げた。

秋田は助手席からさして取り乱した様子もない岸の横顔を、呆然と見た。

「……どうして、そんなことしたんですか」

「俺にも判らん。……だが、やっちまったんだ。どうかしてたんだろうな」

殺したかったからだ、と胸の内で呟き、「一緒に来てくれないか」と疲れた声で頼んだ。

「俺はこれから自首するつもりだ。だが、誰か付き添いがいないと、自首扱いにはならんらしい」

岸の疲れ切った様子を見て、秋田は本心から同情した。しばらく黙っていたが、判りました、一緒に警察に行きましょうと答えた。

岸は警察に向かうと見せかけた車の中で、秋田と交わした言葉を思い出すたびに、笑いを抑えることが出来ない。

秋田は岸の犯行の動機をそれ以上詮索するようなことは言わず、刑期を無事終えたら、自分の親戚が経営している自動車用品店で働かせてもらえるよう、頼んでみるといったのだ。

岸が運転しながら秋田を見ると、秋田は感謝していると受け取ったのか、「でも小さな店ですよ」と無理に笑顔を浮かべ、悲しそうな口調でつけ足した。

すまん、と殊勝な声で答えながら、岸は、捕まればどうせ死刑だ、だからお前には今、役だって貰うさ……と心で呟いていた。

あとは簡単な仕事だった。人目のないところで秋田の首を絞めて気絶させ、場所を選んで事故に見せかけた。秋田も自分の役に立てて本望だろう。ただ、愛車は惜しいな、と思った。

自分のような薄情、酷薄な人間を何故人は信用するのか、岸は不思議でならない。

最初に殺した女もそうだった。女どもに屈辱的な思いをさせられたこともあり、岸は初めてジャックナイフを持って車に乗っていた。どうというつもりもなかった。ナイフを身近に感じている時だけ、何もかも忘れていられた。もしかすると、つまらない人生が一変する予感があったのかも知れない。

女がバス停で呼吸を乱してしゃがみ込んでいるのを運転中に見かけ、咄嗟に車を停め、声をかけた。辛そうに自分を見上げた女の顔を見、どこかで見たことがあると閃いた瞬間、殺意と妄想が合わさって一気に広がり、女を病院に連れて行ってあげると車に乗せた時には、もう殺害までの段取りはずっと心の中にあったかのように出来上がっていた。女は愚かにも、自分に助けを求めていた。

あの犯行はあそこで発作を起こしていたあの女が悪いと、岸は思った。少なくともあの時までは、自分は本当に人間の女を殺したいとは思わなかったし、いつものように動物でもいないかと思っていたのだ。岸は小学校時代、動物虐待——岸自身は〝実験〟と呼んでいたが、それが露見しそうになって以来、手近な場所では獲物を獲らないことにしていた。

自分が一線を超えたのは、全て女が悪いと岸は思った。男と交わるほかに能がない癖に、俺に人並みのことをいやがった女どもが。お陰で自分はここに軟禁状態になった。

それもいいか、と岸はランプの灯りを絞った薄暗がりで思った。

——まあいい。すんだことだ。これからどうなるか判らないが、精々生き続けてやる……。

岸はずっと磨き続けたジャックナイフを持ち上げ、目の前にかざす。それがわずかな輝きを返すと、恍惚(こうこつ)とした表情で見入った。

自らの内部の力と、純粋な歓びを感じる。そしてナイフを突き刺した時の手応え、吹き出した鮮血の臭いも。

岸は刃にまだそれが残っているような気がして、舌先で舐めた。……素晴らしい味がする。

その時、背後のずっと離れたところで、物音がした。微かに唸(うな)るような人の声も。

岸は真顔に戻る。誰か、人間がいる。

ランプに手を伸ばして消し、耳を澄ます。そして忍びやかに獲物に迫る夜行獣のように、腰を上げた。

二月五日。

岸が姿をくらましてから、四十八時間が経とうとしていた。

岸はまだ都内に潜伏していると捜査本部は判断していたが、被疑者確保の一報は、まだない。鬼怒川の事故現場で発見された遺体は科学警察研究所の鑑定により、岸の同僚、秋田泰久のものであることが判明していた。

全国の警察官の約二割が集中する警視庁管内にあって、都内各所で制服、私服の警察官が警戒に眼を光らせているにもかかわらず、行方はようとして知れなかった。

この二日間で連続殺人者、岸龍一について様々な捜査結果が集まっていた。

今から二十九年前、岸の父、康晴は農業に従事し、母多美子は東京の出身だが見合いを経て康晴と結婚、龍一を出産した。だが、康晴が六年後に肝硬変で死去したため、多美子は幼い岸龍一を連れて東京の実家に戻っている。それは、康晴の弟夫婦との折り合いが悪かったから、という証言もあった。本籍を後に変更したのは、このためだと思われた。

多美子はしばらく西麻布の実家で両親とともに生活していたが、男と職場で知り合い、龍一を実家に預けたまま、男と数カ月江東区牡丹のアパートで同棲の後に再婚し、龍一を迎えて暮らし始めた。現在祖父母は鬼籍に入り、家も人手に渡っているが、そこは第二犯行、栗原智恵美がブランコに吊されて殺害された現場から五百メートルほどしか離れていなかった。そして岸が十二歳の時、祖父が亡くなっている。

報告書をここまで読み進めたとき、爽子は思わず目を止めたものだった。

殺害現場周辺で連れ去られたペットたち。そして、水海道のアパートに残されていた、おびただしい動物たちの死骸。岸は祖父母に養育されている数カ月間、母親としての立場より女としての立場を優先した多美子から見捨てられ、邪魔者にされたように感じ、それを紛らわせるためとはいえ、動物を虐殺するという陰湿な逃げ道を選んだのか。そして、自分を預かってくれた祖父の死に直面し、自分の中にある負の興味を自覚してしまったのか。

異常心理に起因する殺人者の多くにいえるのは、犯人の身の回りで身内、とりわけ祖父母の死への異常な執着だ。彼らは爽子の見るところ、祖父母の死によって〝死という現象〟に異常な興味を寄せているのだ。同居していたり身近な存在であれば、なお執着が異常な表現として周囲に認識される。

もちろん爽子は老人と同居していたことが、彼らを異常な行動に走らせたというつもりはない。むしろ、老人と同居していた子供は気立てが優しくなることの方が知られている。子供にとって自分よりも年齢が大きく上でありながら、肉体的には衰えている老人と接することは、人の一生には避け得ないことがあること、様々な経験をなし得てしか到達出来ないものがあることを学ぶ機会だからだ。

しかし、彼らは違う。身近な老人が亡くなったとき、彼らの心を捉えるのは悲嘆ではなく、死にたいする強烈な興味だ。魅入られるといってもいいかも知れない。そして死を一つの絶対的な力と感じ、自己と同一化しようとする。異常殺人者に幼少時、動物虐待が見られるのは、死という力を行使する実験に似た感覚があるのかも知れない。生きるものを傷つけることは、自分が死を操っているという優越感に繋がると同時に〝自分は生きている〟という鮮烈な生の謳歌と化し、やがて快感になってゆく……のかも知れない。

実際のところ、わかりはしない。だが一つ間違いないのは、十数年前から岸は動物虐待を行い、現在でも続けていたということだ。岸は現在の姓に変わり、高校卒業とともに千葉県のレーサーの養成校に入学するため、江東区牡丹のアパートを出た。

多美子の再婚した男性は八年前、肺癌で死亡。多美子も三年前他界している。

岸一家が生活していたアパートは、もうない。捜査員が訪ねた時は跡形もなかった。今は別のアパートが建っており、岸の本籍地としてしか、残ってはいない。

熱い、と爽子は思った。

体にまとわりつくような熱さが、逃れようもなく自分を現実から遮断している。どこか細く、風の鳴る音が耳元で聞こえる。

夢を見ているのか、それとも目覚めているのか。どちらともつかないひどく不安定で疲れを感じさせる感覚が、痺れのように自分の五感を塞いでいるのを爽子は感じた。爽子はどこか茫漠とした場所にいた。

自分を取り巻くそこは、ひどく冷たく過酷な荒野だ。しかし、自分の身体だけは、熱い。素肌は冷たさを感じない。ただ、身の周りに刺すような風が吹いているのはわかる。いっそ冷たさを身体に受け入れたい、と爽子は思った。そうすれば多分、今よりは楽になる。

爽子は身じろぎしようとした。だが、宙づりになった意識が、うまく身体と繫がらない。焦りが感じる熱を増長させる。

もう、耐えきれない――。

そう思った瞬間、口を開き、埃っぽい雑多な臭いを含んだ空気が、肺に流れ込んだ。吸った息を吐き出しながら、爽子は目を開いた。

身体中絞られたような寝汗にまみれ、爽子はパイプ椅子を並べて作った寝床から、ゆっくり上半身を起こした。軽い眩暈がする。

吐きそうなほど、胸にむかつきを感じた。四肢に力が入らないのは、夢の中と同じだった。手の甲で額を拭う。脂っぽい、べっとりとした汗がついた。

蔵前署の会議室だった。爽子以外に在室する者はいない。ただ、不快な煙草の臭いと男達のわずかな体臭が、冷たくなって漂っているだけだった。

爽子は腕時計に目を凝らした。会議室のほとんどの電灯は落とされ、薄暗い。あちこちに暗がりが出来ていた。針は……十一時三十分を少し回ったところだ。岸が由里香の前に現れてから丁度、四十八時間が経過したのだった。

捜査員は全員、岸が立ち回りそうな学校時代の友人知人、職場関係者、親戚の監視に配置され、逮捕に向けた二十四時間体制の監視を行っている。

張り込みの捜査員の中には、藤島もいた。しかし、爽子は任務も与えられず、与えようとする幹部もいなかった。

本部に残り、各班の状況報告を分析し、助言するようにと指示されている。

抗弁の余地はなかった。唯一頼りに出来る柳原明日香も、別に発生した事案の担当となり、本庁へ戻った。事件発生は、待ってはくれない。

爽子に与えられた任務は、本部出向が解除されないだけまし、という程度の扱いで、他の捜査員らの明らかな報復と言えた。

岸龍一の名前が捜査線上に突如浮かび、それを追う過程で忘れられていた功名心、利己心が、状況が膠着（こうちゃく）することにより冷静になった捜査員達の胸で頭をもたげ、それに掟を破った者への制裁が加わった。爽子が取り残されているというのは、それらに佐久間が突き上げられた結果だった。

被疑者を割られた挙げ句、何かの間違いで逮捕までされてたまるか――。それが、捜査員達の本音だった。

そんな嫉視の中で、自分に何が出来るというのだろう。自分も藤島も、おそらく他の捜査員が告げる岸確保の連絡を、報われない待機の中で聞くことになるだろう。藤島が張り込みに当たっているのは、最も岸が現れる可能性の低い自宅アパートなのだ。すでに岸が戻る意志のないのは明白なのにもかかわらず。

結果を予想しながら、自分はここで待ち続け、藤島はこの冬一番の寒波が忍び寄る路上で、誰か自分達以外の人間が、岸を逮捕するまで，耐えなくてはならない。

やり切れない虚しい気持ちは、痺れに似た感覚が治まったあとも爽子の身体を重く感じさせていた。

爽子は溜息一つつき、身体を起こし、足下の靴をさぐった。よいしょ、と呟いて立ち上がる。

窓に近づき、そっと開いてみる。冷たい空気が頰を撫で、爽子は窓を閉めた。

――藤島さん、今夜も寒くなりそうね。

結露の浮く窓ガラスを透かして外を見ながら、爽子は胸の中で話しかけた。

……ずっと一人で、私は生きていた気がする。なのに、どうして今こんなに孤独を感じるのだろう。

答えは判り切っている。

――藤島さんが、いないから。

もう、誤魔化すことなど出来はしない、と爽子は思った。

自分は藤島に愛情を持っている、と思った。愛情、か。爽子は寂しげに微苦笑した。……愛なんて言葉を簡単に使う人間は、嘘つきだと思っていた。そんな人間に限って皆、軽薄なしたり顔をしていた。

けれども、自分の今の気持ちを表すのは、この単語しかない。

自分の心の殻を破ってみれば……なんということだろう。感じるのは開放感ではなく、前以上の深い深い孤独へ、さらに埋没してゆく自分でしかない。

岸が逮捕され、捜査本部が解散すれば、また自分も藤島も別々の仕事に赴くことになる。その時、自分は一歩、踏み出せるのだろうか。

考えても仕方のないことだった。岸が逮捕されれば、二人だけで小さな祝杯をあげ、その時に告げたい。

二人だけで……か。そういえば、動物園で藤島と由里香は何を話し合ったのだろう。藤島のあれ以後の態度の微妙な変化から、爽子も大方の察しはついていた。爽子もそこは女だった。男の否定も沈黙も見抜き、男の視線の先を捜している。が、これこそ考えても仕方のないことの最たるものだ。

爽子は窓際を離れた。

寝汗をかいたせいか、喉(のど)の渇きを感じていた。財布を取り出して自販機に行くのさえ、今は面倒に感じられ、ヤカンに入った冷えた番茶を飲もうと入り口近くの壁につけて置かれたテーブルまで歩いた。

所々へこみ、下手な字で〝蔵前〟と大書されたヤカンを持ち上げようとした時、テーブルの上の一枚の紙が目に留まった。

爽子は柄(がら)の剝げかけた安茶碗にお茶をつぎ、腰をテーブルにもたれ、一口お茶を含んでから手に取ってみた。

それは、爽子自身が作成し、捜査員全員に配布した犯人像推定の資料だった。

お茶の染(し)みがあちこちに飛び散っているが、皺(しわ)のないところをみると、誰かがろくに内容も読まずに投げ出していたと思われた。

他の捜査員にとっては、ただのA4サイズのコピー用紙かも知れない。けれど、これに自分は間違いを何一つ書かなかった筈だ。そしてそれはこれまでの捜査で証明されているというのに、ゴミのように投げ出されている。補充を申し出た捜査員はいない。

爽子は茶碗を叩きつけるようにテーブルに置き、コピー用紙の角が手のひらに刺さるくらいくしゃくしゃに丸めると、両手で握りしめたままゴミ箱を目指した。

——人をどこまで馬鹿にすれば気がすむの！

よどんだ空気を蹴飛ばすように歩きながら、心の中で何かが弾け飛ぶのが、自分でも判った。

重く心にのしかかる疲労、孤独、閉塞感といった冷たく湿った感情が、防壁の決壊と共に化学変化を起こし、熱くどろりとした感情に変わって胸郭を満たし、そして膨張した。

爽子の胸にみなぎっているのは、怒りだった。爽子にとって不条理としか言いようのない今の状況に対する、怒りなのだった。藤島と共にいられない、怒りなのだった。

他者から与えられる負の感情と対峙することもなく、さりとて受け入れるでもなく、爽子はそれらを心の外側で受け止めてきた。侮辱、非礼な言葉の数々は、親しくはないにせよ爽子にとって、近しいものには違いなかった。

ただ、藤島と遠く引き離されてしまったということだけが、耐えられないことだった。

それは、牧畜犬の憤怒に似ている。主人の躾けと訓練で、犬達は家畜である羊に危害を加えない。その気になれば一撃で羊の急所を犬歯で食い破り、大地に引き倒すことができるとしても、犬達は躾けを忠実に守る。だが、もし羊達に悪意があったとして、挑発が執拗に繰り返され、そしてそれが犬に決定的な怒りをもたせるものならば、犬は戒めをやぶるかも知れない――。

岸はどこに隠れ、息を潜めているのだ、と爽子は牧畜犬ではなく、猟犬の執拗さで思った。いま自分の内を満たしている怒りを他人にぶつけられない以上、感情の指向は必然的に岸龍一に向かい、足は、幽霊のように薄闇に浮かぶホワイトボードに向かっていた。ホワイトボードの前に立つと、そこには都内全域地図と入手された岸龍一の写真、経歴、犯行状況が簡単に記されている。爽子は、もとは小豆ほどの大きさしかなかったものを無理に引き延ばした、粒子の荒い岸の無表情な顔を見つめた。

こういう連中には、と爽子は岸の写真を見つめながら思った。必ず〝狩り場〟がある。獲物に容易に近づき、そして身の安全を図れるほど知悉した場所がある。だからこそ、多くの事例の場合、第一の犯行は犯人の住居の近くで行われる。環境心理学上の常識、と英国の心理学者は著書に記していた。環境心理学、英国の心理学者……、その時、爽子は本当にかすかな頭痛を一刹那、感じたが、こめかみに人差し指を当てると消えていた。

しかし、岸の〝狩り場〟は東京であり、住居は茨城だ。距離的に遠すぎる。

遠すぎる――では何故、〝狩り場が東京なのだ？〟

爽子は自問し、眉を寄せた。そうだ、それになぜ、獲物を第二犯行現場周辺でさらい、わざわざ茨城の自宅まで連れ帰ったのだ？

岸自身にとっては、相応の理由があったのだろうが、爽子からみれば、〝狩り場〟は東京でなければならなかったのだ。

その理由は？　と爽子は思考をそこまで進めたとき、はじめて岸の写真から眼をそらし、大きく息をつくと、近くのパイプ椅子にどさりと座り込み、肩を落とした。わからないのだった。

家庭内での問題から精神上に傷を負い、それで岸がこの街に固執していたとしても、それを知る術はもう、岸を逮捕するまで事実上、ないのだ。

爽子は、今度は短い息を吐いた。呼気は、唇から漏れたそばから見えない手にむしられたように、宙に吸い込まれた。

胸を満たしていた感情は、冷えた溶岩のように熱と流動性を失ってしまった。今は輝きを失い、鬱陶（うっとう）しい鉛色をしているような気がした。

――もう、ただ待つしかない。誰かが岸龍一を逮捕するまで。私の頭はゴミ箱と一緒、役に立つことは入っていない……。

爽子はその時、はっと視線を顔ごと上げた。脳裏で何かが閃（ひらめ）き、微かな痛みをこめかみに感じた。

何かを……何かを見落としている。それを自分自身が警告している。なんだろう？　なにを見落としたというのだろう。

胸の奥が再び活気づくのを感じながら、落ち着け、落ち着きなさいと自分を抑える。

目を閉じ、浅いゆっくりとした呼吸を繰り返しながら、自問のために重ねた語句を思い起こし、気にかかる言葉だけを拾い上げてゆく。

〝環境心理学〟、〝英国の心理学者の著書〟、そして……〝ゴミ箱〟。

前の二つは意味がありそうだが、しかし、ゴミ箱とは？

爽子は立ち上がると机の列を抜け、壁際にすえられたゴミ箱のそばにかがみ、その中身をひっくり返してみた。

誰かが鼻をかんだティッシュペーパーや爽子が夕食代わりに食べたメロンパンの包装、さきほど自分で投げ入れた資料がリノリウムの床に小山になった。特に注意をひくものはない。爽子は念のため指先で雑多なゴミをかき回し、それから、何気なく自分で捨てた資料を手に取り両手で皺を伸ばして広げてみた。

Ａ４サイズの、コピー用紙。

爽子の脳裏に、閃光と共に答えが浮かんだ。

――そうか、Ａ４効果だ！

これは英国の心理学者と教え子の学生が発見した法則のことで、サークル仮説とも呼ばれる。

犯行現場の近くに犯人、特に窃盗犯の住居が多いことを実証する仮説である。名前の由来はその名の通り、A４の地図上で収まる範囲、あるいは第一犯行と一番最後に行われた犯行の距離を半径とした範囲に、自宅あるいは拠点を犯人が持つということで名づけられた。

これを試していなかった。

この説は犯行が少なくとも複数なければ、応用することは出来ない。反対に複数の犯行が行われれば、すぐに念頭に浮かばなければならなかった。

どうして思いつかなかったのか。

爽子は後悔と屈辱を痛みに変えるように唇を噛んだ。累犯を予測しながら第三の犯行を岸龍一に許し、さらに第四の犯行を防げなかったのは自分がその、心理特別捜査官としての当然の努力を怠ったためだ。由里香の聴取でそれどころではなかった、というのは言い訳にもならない。由里香への聴取が岸龍一を逮捕するためのものであり、そしてこの当然払うべき努力もまた、岸龍一を逮捕するためのものだからだ。まだ顔の見えない被疑者だった岸に近づく最短の道が三枝由里香だったとしても、自分は分析し、上申すべきだった。

しなければならなかった。

前歯が下唇を噛み破り、舌先に錆びた鉄の味がした時、爽子は自分に、考えなさい、と話しかけた。今さら時間が巻き戻せないことを確認し、身もだえしている場合ではない。しなければならなかったことを、今するだけだ。

それに、まだこの方法で居場所が判明すると決まったわけではない。分析は冷静に行わなければならない。確信がつかめれば、あとのことはそのとき考えればいい。

爽子は会議室の中を走り抜け、ホワイトボードの前に戻ると、四万五千分の一に縮小された地図を両手で掴み、固定していた磁石を取りのけもせず一気に引き剝がすと、コピー室に走った。

岸本人が逮捕されないのはともかく、車まで発見されないというのは、必ず自宅とは別の拠点があるはずだ。だからこれまで、特に第三犯行では早期に検問がなされたにもかかわらず、逃げおおせたのだ。

爽子はまず、第一犯行を起点にし第三犯行までを半径として、円を描いた。これが岸が安全圏と認識している範囲、ということになる。台東、墨田、荒川、文京、千代田、新宿など都心を含む広大な範囲が納まった。

爽子は溜息をついた。これだけで拠点を特定するのは無理だ。

もっと範囲を特定する方法はないか。

ふと思いついて、顔を上げる。

犯行現場一つひとつを分析し直し、現場を中心に岸の安全圏の認識によって半径を決めれば、円の重なり合う場所が必ずある。そしてそこに岸は潜んでいるのではないか。

やってみよう、と爽子は思った。

まず第一犯行。これは突発的、衝動的な犯行だった。それを決意させたのは、坂口晴代の容姿が栗原智恵美に似ており、喘息のため抵抗できない状態だっただけでなく、自分が安全圏にいるという認識があったからに違いない。つまり認識を端的に表していると考え、第一と第三の距離を円の半径の基準に置く。

爽子は定規とボールペンを使い、蔵前を中心に円を描いた。

難しいのは第二犯行だ。岸は栗原智恵美殺害に、わざわざあの公園を選んだ。ということは、拠点からの距離を長くすべきか、短くすべきか考えなくてはならない。現場の状況から見て……と爽子は思った。証拠を残さないようにはしているものの、明らかに大胆になっている。また、拉致したのは現場からさらに離れた渋谷だ。以上のことから見て、目安にした円より、半径を少し大きめに取ることには蓋然性がある。

爽子は再び、西麻布を中心に、蔵前のよりも大きめの円を描いた。

第三犯行。これは自分達警察官の目を欺くために実行された。当然、岸は出来るだけ安全に実行したいと考えただろう。坂口晴代は喘息で無抵抗、栗原智恵美は売春をしており、拉致するのは比較的簡単だが、岡部千春は無作為に選ばれ、どんな抵抗にあうかは予想出来ない。だから、殺害して署名を残すという手間はかけず、わざわざ自称を告げたと思われた。とすれば、拠点から最も遠いか近いかのどちらかだ。この犯行では、比較的早い段階で緊急配備が敷かれた。にもかかわらず、岸は逃げおおせた。つまり、もっとも安全な場所に近いと爽子には思われた。

爽子は蔵前の円より一回り小さな円を描いた。

大、中、小、犯行現場を中心に、波紋のように広がった円が重なる場所は限られている。地図上で円が重なっているのは、江東区の湾岸部だった。

爽子はもう一度溜息をついた。どうにも自信がなかった。

もともとこの手法は、小さな街の犯罪を研究している途中に発見されたものだし、人間の心理は道路、河川によって認識が区切られるものだ。加えて、被疑者の移動手段によっても左右されるのだ。もっと手がかりが必要だった。

爽子は目まぐるしく頭を働かせた。

異常犯罪を犯す人間が、拠点を人気のない場所に選ぶのはわかる。人知れず何をしているかは、岸の自宅を見ても明らかだ。動物達の哀れな死骸、そしておぞましい用途に使われる道具——。

田辺検視官の言った言葉を思い出した。

第一犯行の被害者の遺体には、湿った場所に保管してあったと見られる粘着テープが残されていた。そしてそれに付着した、錆びた鉄の粉。

アパートに、粘着テープはなかった。また岸の友人に、溶接関係に従事している者はいない。

脳裏に自然に浮かぶのは、廃工場か倉庫というところだ。

爽子は地図を見直した。湾岸のこの辺りは工場が多い。埋め立て地、とりわけ越中島があやしいと思った。ここは夜になれば人通りはなくなり、好都合だ。

三つの円の重なりが、弾丸のような尖った三角形で囲っている区画に目を近づけ、一つ一つ地名を読んでゆく。

爽子の目が止まった。

江東区牡丹。どこかで見た、いや耳にしたことが——。

爽子の息が止まった。

……岸の本籍地だ。この辺りに土地鑑があるのは間違いない。

ここにいる。爽子の直感がそう告げていた。

しかし、どうしてここでなければならなかったのだろう？

まるで引き寄せられたようだ、と爽子は感じ、それが答えのような気がした。多分これは復讐なのだろう、母親に対する。

性的殺人を犯す者のほとんどは、両親、特に母親との関係が良好ではないという調査結果がある。確か岸龍一は、ここで多感な高校卒業までの思春期を過ごした。どんな日常を過ごしていたのか、両親が亡くなったいまでは、知る術はない。

もしかすると、岸は母親を激しく憎悪していたのかも知れない。

血の繋がらない父親と、そして一時期とはいえ自分を祖父母に預けた母親の間で浮き上がり、居場所をなくしていたのかも知れない。

そして、母親を通して女性全体に、蔑視と憎悪の感情を持つに至ったのだろうか。一連の犯行には、それが感じられる。さもなければ、西麻布の公園付近で、動物を拉致し続けた理由が理解できない。

植えつけられた感情は、今も岸の精神をからめ捕り、呪縛している。

だから、思春期を過ごした場所の近くに、無意識のうちに舞い戻り、人知れず拠点を置き、徘徊し、女性達を襲った。

おそらく、心で母の面影を反芻し、その悲鳴を聞きながら……。

――ここにいる。ここにいる。岸龍一はもう死んで、この世にいない母親への殺意と戯れながら、ここにいる……。

母親によって岸龍一の運命は正常な軌道をはずれ、坂を転げるように狂いだしたのか。

それとも、ただ必然の運命なのか。

運命などと、爽子は考えたくはなかった。だとしたら自分はどうなる。警察官として、異常犯罪者を検挙するために選ばれた自分は。私も公平に見て、決して十全な人生を送ってきたわけではない……。辛かった。今も、たぶんこれからも。

だとしたら、彼らと私は違う。だとしたらその違いは？

その答えこそ、爽子と藤島が、何故異常犯罪者が生まれるのかと話し合ったとき、爽子の口から出なかった答えだった。

ある意味、爽子は精神病質者を人類の進化の一形態ではないかと感じていた。

それは、文明の終末にいる人類が生き残るために、徹底した自分本位さを持ち、他人の苦痛を無視できる人間を生み出したのではないかというものだった。状況が過酷になればなるほど、良心を持つ人間では生き残るのが難しくなるからだ、と。先進諸国で異常犯罪が増加しているのは、文明が激変するという何者かからの警告ではないのか……。もちろん何の根拠も裏づけもなく、首尾一貫してもいない。自分でも馬鹿馬鹿しいと思う。

それに彼らは〝新しい〟存在ではない。そういう点では、エボラやエイズといった、近年人類に猛威を振るったウイルスに似ている。なぜなら、それら致死ウイルスは、人間が知るずっと前から存在しており、人間が乱開発を進め繁殖するのに都合のいい場所に連れてこられた結果、潜在的な力を解放し人を殺したのだから。本来の場所では、ごく無害なウイルスに過ぎなかっただろう。人は気質だけで犯罪者になるのではなく、環境だけが犯罪者を生むのでもない。

ありえない、彼らが進化した人類だというのは。

いや……彼らがもしウイルスに近いとしたら――、彼らこそが人類の進化を促す存在ではないか？

生物の進化は、ウイルスとの生存競争によって促進されたという説がある。ウイルスと闘い、免疫を手に入れた個体が、次の進化に向かったと……。彼らは、社会に紛れ込んだウイルスなのか。

爽子は目を上げた。ロジックを弄(もてあそ)んでいる暇はない。

──早く、誰かに報せなくては……。

爽子は越中島付近の地図をコピーし、会議室に戻った。

会議室には誰もおらず、廊下の明るさに慣れた目には、一層うら寂しく寒々として見えた。

──誰もいない。多分、私の分析に耳を傾けてくれる人も……ここにはいない。

爽子は特殊警棒と手錠を着装して、会議室を出た。

最初爽子は、自分が何をしようとしているのかわからなかった。いや、わからない振りをしようとした。それが、決意とも暴走ともつかない行為を後押しした。

そのまま歩き、拳銃保管庫に向かう。

気がつくと、拳銃保管庫のドアを叩いていた。

返事があり、爽子が入室すると制服の警官が重々しい灰色のスチール製保管ロッカーを背に、机に座っていた。

「私の拳銃、出して貰えますか」

警察手帳を取り出し、カバーに挟んである拳銃貸出用のプラスチックプレートを机の上に置きながら、爽子は抑揚のない声で言った。

「は、はあ。えーと、本庁の人の拳銃は……」

爽子の様子を少しおかしいと警務係は感じたらしいが、鍵を取り出してロッカーを開けると、ただ一つ残っていた爽子の拳銃を慎重に取り上げ、拳銃のあった場所に爽子の出したプレートを置いた。

「これですね」

爽子は頷(うなず)き、規則通り名刺の裏に日時を書き込んで警務係に渡し、確認帳に官姓名を記入する。自分の爪が紫色になっているのを、爽子は見た。

警務係は弾丸を手のひらに五発広げて見せてから、拳銃と共に机に置いた。

爽子の拳銃は最も小型なS&W・M36チーフズスペシャルだった。輸入品だが、制服警官が着装するニューナンブと同じく、照準を合わせるための突起——照星はあるが、撃鉄の前にある照門はない。防御に重点を置くために命中率を下げた、日本警察用のタイプだった。

爽子はほぼ一年ぶりで、その冷たい感触に触れた。新木場の術科学校で決められた射撃訓練を行って以来だ。

親指で安全装置を操作し、握った右手人差し指を伸ばし、緩(ゆる)くシリンダーを押すと、レンコンのような断面が露わになる。

爽子はもう片方の手で、執行実包と呼ばれる銅で弾頭を覆った弾丸を丁寧に薬室に装塡(そうてん)

した。親指でシリンダーを押し、元の位置に納める。

ジャキッ！という金属音に、爽子ははっと目を開いた。

「――あのう、巡査部長。どうかされましたか」

「……いいえ。何でもないの。着装するの、久しぶりだから」

爽子は目を逸らし、平静を装って答えた。

「でもどうしたんですか。こんな時間に〝腰道具〟なんか」

「――ちょっと現場に行くことになったから」

目を合わせないまま、腰にホルスターを着装した。

これでいい、と爽子は拳銃の位置を直しながら思った。準備は整った。

爽子は警務係に礼を言い、保管庫を出た。


自分が何をしようとしているのかは判った。しかしそれは、明らかに常軌を逸している。

気がつくと、女子トイレの鏡の前で自分の顔を見ていた。

鏡の中の自分の顔は、捨てられたばかりの子犬のように素直な顔をしていた。それは功名心とも無縁な、ただの女の顔だった。

岸龍一を自らの手で逮捕することによって、私は何を得るのだろう。

——それは、共犯者。名は……。

藤島直人。

爽子は洗面台の縁に両手をつき、項垂れて嘆息した。

どんな方法であれ、藤島と自分が離れてしまわないようにしたかった。側にいて欲しかった。罪を共有し、自分だけのものにしてしまいたかった。私以外のひとを見ないこの世でただ一人の男にしてしまいたかった。

どうして——。

爽子は洗面台の排水口の汚れを見つめたまま叫んだ。それは誰もいないトイレの白けた蛍光灯の光の下で、切実に響いた。

「好きだからよ！」

ずっと、初めて出会ったあの時からそうだった。一目で心惹かれた自分がいた。そしてそれを閉じこめた自分がいた。

藤島は似ていた。十七年前に私を助けてくれた、あの人に。もう顔かたちも朧気にしか思い出せない。助けてくれた若い警官は、逆光で写した写真中の人物のように、輪郭はあっても表情が見えない存在になっている。

若い警官の輪郭と藤島の控えめな笑顔が、スーパーインポーズのように重なってしまった。

でもこれは、転移性恋愛なんかじゃない。最初惹かれたのはそうだとしても、藤島の側にいたいという気持ちは、あれから共に行動する中で芽生えた感情だから。心理学なんかくそくらえ、と思った。

爽子はふと今まで気づかなかったことに気づき、顔を上げた。

転移性恋愛……？　私は男全てを嫌悪の目で見ていたのではないのか？　おかしい。それに何故、十七年前のあの日、女性警官ではなくあの若い警官に事情を聞かれる間、ついていて欲しいと願ったのだ？　あの人だけは特別なのか？

いや――、違う。私は、私は……。

爽子は凍えたような溜息をついた。

――壊れていなかったのだ。

私は心の奥底を傷つけられながら、それでもいつしか判っていたのだ。あんな唾棄すべき異常な男ばかりではないことを。

でも私は性犯罪の被害者に徹することで、自分を守ろうとした。守ろうとしたのは、脆い私自身の心。愛情を求めずにはいられないのに、臆病な私自身の心。傷つくのを恐れる心。

自分を責めすぎだろうか、と爽子は思った。あの時、深いトラウマを自分が背負ったのは確かなのだから。

けれど、臆病な脆い心は、生まれてからずっと私とともにあったにもかかわらず、今日までそれを認めなかったのは事実だ。

爽子は息をもう一度ゆっくりと吐いた。

今日まで認められなかったにしろ、人は自分にそれを望めば、変わることができる。本来の素直な自分に回帰することができる。

変わること、回帰することがどれだけ今までの自分のライフスタイルを否定し、苦痛を伴うものであっても、それは可能性であり、希望なのだ。

しかし現実には、年齢を重ねるに連れて可能性が少なくなると思うことが、爽子にとっては多かった。いや、それどころか生まれた瞬間から、一つの両親の間に生まれたことによって消える可能性さえあるのだから。

——母は父を選んだ。私は母も父も選んだわけではないのに、父は私と母を捨て、母は私を言葉でなく、態度と沈黙で傷つけた。

おそらく、母の育った環境も、自分と変わらないのかも知れない。人は親との関係を、もう一度今度は自分の子供と繰り返す。

私の失った可能性とはなんだろう？

それは多分、自分がいる場所、そこにいる人、そこにあるものを真正面から捉え、受け入れることではないだろうか。

――人の醜さや弱さから眼をそらし続けたのは、結局、自分の内にあるそれらを認めることが出来なかったから。人の好意も信頼も受け入れられず、また他人に対してもそれらが持てなかったのは結局、いつか拒絶されることが怖かったから。

自分のこれまでの生き方で、確信しているものがたった一つでもあるとしたら、それは拒絶される〝いつか〟が必ずくるという思いこみだけだ。

思いこみ。……では今の藤島への想いも、思いこみなのだろうか？

爽子は伏せていた顔を鏡に向けた。鏡の中の女も爽子を見た。女は哀しいほど澄んだ瞳と、柔らかな弧を描く上気した頬と、泣き出す寸前のような優しい微笑みを浮かべる唇を持っていた。

――思いこみ……きっとそうなんだろう。

恋も愛も、おそらく一瞬の幻想、衝動に過ぎないのかも知れない。しかし生きることは、その一瞬一瞬を信じることで成り立っている。

爽子は改めて自分が何をしようとしているかを、考えた。警察官としての倫理に著しく反するばかりか、岸の凶暴さからみて生命の危険もある。

しかし、爽子の心は、半分以上決められていた。

――人を恋する気持ちなんて、ずっと眠ったままだったらよかったのに……。

時計の針は、もう元には戻らない。

爽子は蔵前署を出た。

母の背負ってきた不幸の連鎖を叩き折り、悪夢に終止符を打つために。なにより、もう一度、人を好きになるために。

爽子はコートのポケットに手を差し込んだまま、街灯の下に立っていた。

石畳がしかれ、等間隔に設置された街灯の照らす道には、人影はない。目を上げれば、水晶宮のようなガラス張りの展望台と、東京湾に照り返す様々な光が瞬いていた。

風はなかったが、身体を押し包むような寒さがあった。

葛西臨海公園で、爽子は藤島を待ち受けていた。

藤島は東京に戻っていた。同じ張り込み班の捜査員が、藤島が体調を崩しているのを理由に、岸の自宅監視から外したのだ。

藤島も当然抗弁した。だが、強引に返された。それも近くの宿泊施設ではなく、東京の寮で一日休めという命令に近い言葉によって。

街灯の鉄柱にもたれ、首に巻いたマフラーに顎を埋めるようにして足下を見ていた爽子の視界で、何かが光った。顔を上げる。

雪だった。

落下しているのか、それとも漂っているのかと思わせる、ごくゆっくりとした速度で、無数の雪片は一つとして同じ軌跡を描くことなく、街灯に煌めき、地表に舞い降りる。

——雪は神の吐息で、その色は天使の翼と同じ色……。

異常気象のせいかも、と爽子は思った。

背後で駅に走り込む電車の音が霧笛のように、雪のせいで静寂の増したウォーターフロントの夜空に響いた。

爽子がそっと背後を振り返ると、コートを着込んだ長身の男が、重い足取りで近づいてくるのが見えた。

藤島だった。爽子に気づいたらしく、重かった足取りが、わずかに早められた。爽子も鉄柱から身を起こした。

藤島は街灯の灯りの中に入った。

「何かな、話って」

「疲れているのに、呼び出したりして。……来てくれて、ありがとう」

爽子がポケットベルで呼び出した時、藤島は東京駅にいた。まずそのことを詫びた。

「身体、大丈夫？」

「ああ。……正直いうと、余り良くないな。話っていうのは？」

爽子は視線を逸らした。

「あそこで温かいものでも飲まない？」

駅の方を振り返る。ガード下に、ファストフードの店の灯りが見えた。

「いや、……いまはいいよ。それより、話は？」

答えの代わりに爽子は自分のマフラーを外し、両端を持つと爪先立ちし、藤島の首にかけた。

「車の中で、話しましょ」

爽子と藤島は雪の舞うなか、無言で石畳を歩いた。

公園を出て、駐車してあったワークスに乗り込んだ。エンジンを始動させる。

「話っていうのを聞きたいな。近場では出来ない話なのか」

藤島の声は疲れて湿った声色だった。

「——岸が潜伏している可能性が高い場所を見つけたの」

爽子は舞い降りる雪を数えるような視線で前を向いたまま、呟いた。藤島はゆっくりと爽子に顔を向けた。

爽子は地図を取り出し、自分の考えを話して聞かせた。藤島は疲れのためか、ぼんやりと捕らえどころのない視線を地図に落としたまま、爽子の説明に耳を傾けていた。

「他の場所に現れていないとしたら、おそらくここにいる」

「……報告はしたのか」地図に目を落としたまま、藤島は呟いた。

「してない。藤島さんに話すのが初めてよ」

爽子は躊躇(ためら)わずいった。

「……どうしてだ」藤島は顔を上げ、爽子を見た。幾分か精気が戻っている。

「まだ可能性の問題に過ぎないからよ。ここにいたけど、今はいないかも知れない。……まだ何も判らない。でも、私が確実に岸の居場所を知ったとしても、最初に知らせるのは、藤島さんだと思う」

「だから、どうして？」

爽子はまっすぐ藤島を見た。「どうしてだと思う？」

二人の間に、雪の落ちる音が聞こえそうなくらいの沈黙が、落ちた。

「要するに吉村さんは、可能性の高い地域の検索がしたいんだ」

爽子は頷いた。

「ええ。いるかいないかだけでも知りたい。逮捕は夜明けを待たなくてはならないし」

人権上の配慮から、被疑者逮捕は夜明けから日没までしか認められていない。

「それだけなのかな、本当に」

藤島はいった。「何をするつもりなんだ？」

爽子は答えない。

「俺達だけで挙げようっていうのか？」

爽子は頷いた。

「出来ない相談だな」

藤島は素っ気ない呟きで答えた。

「……なぜ？」

「服務規程違反だからだ」

藤島は上半身ごと爽子に向いた。

「無茶なことは考えない方がいい。……奴は危険だ。それに万一取り逃がすことにでもなったら、どうする」

「拳銃は着装してるわ」

「そういう問題じゃない。いいか、前にも言ったが俺達はどんな時であれ警察官だ。忘れちゃいけないよ」

「じゃあどうして謹慎中に捜査をしたの？」

爽子は必死に心で崩れていくものと闘いながら、いい募った。

「それはやっぱり、俺が警察官だからだ。あの時は捜査本部全体がスジを読み違えていた、だからだ」

藤島は姿勢を戻し、シートに深くかけながらいった。「それ以外に、理由はないよ」

爽子は藤島の疲れた横顔を見ながら、自分のあれだけ情念の渦巻いた心が、突然空白になってしまったのを感じた。

「……一緒に来ては、くれないのね」

ようやくそれだけの言葉が、口から漏れた。

「俺はこれまで、吉村さんが正しいと思うから、行動を共にしてきた。だけど今の吉村さんは、正しいとは思えない。──それに、もう火中の栗を自分から拾うような真似は出来ない。俺はこれからも、刑事でいたいから」

藤島はそう言い、首にかけられたマフラーを、爽子に返した。

差し出されたマフラーに目を留めたまま、爽子は動けなかった。

自分と藤島の関係は、そんな職業上のものでしかなかったのか。吉村爽子という一人の人間、一人の女としては、見ていなかったのか。ただの押しつけられた、年下の上司にしか過ぎなかったというのか。

半時間前あれほど心に浮かんだ、目の前の男を愛おしく想う言葉の羅列が消え、空白が爽子の心を埋めてゆく。

喪失した言葉のかわりに残ったのは虚脱感と、崩れ去り二度と元には戻らない感情の瓦礫だった。

目の前の男が口を開いた。

「もう戻らないと」

藤島は呟くように告げた。「吉村さんの言ったことが正しいなら、明朝一番に検索が始まる筈だ。身体、少しでも休ませとかないと」

爽子は答えず、ギアを入れた。がくん、とワークスの車体が揺れた。

「……送ってく。藤島さん、疲れてるのに……」

藤島を待機寮に送り届ける間、会話はなかった。藤島は項垂れて眠ってしまっていた。

都内の道路は、まるで飲みつけない人間が酒をあおったような渋滞が生じつつあった。

何もかも埋めてしまえ、と爽子は運転しながら思った。

普段よりも時間をかけて、藤島の待機寮に到着した。門前は一方通行の道路で、爽子は路肩に停車し、ハザードを点けた。

「藤島さん、着いたわ」

藤島は目を開かない。爽子はそっと身体に手をかけ、揺すった。

「藤島さん」

微かな呻き（うめ）に似た声を漏らし、藤島は浅い眠りから目覚めた。

「──着いたのか……ありがとう」

藤島はドアを開き、路上に立った。ドアを閉めようとしたが、藤島は手をとめ、身を屈めて車内を覗き込むと、爽子にいった。

「いいかい、必ず今夜中に佐久間警視に報告するんだ。それが通れば、俺も手伝う。……判ってるとは、思うが」

「──判ってる」

爽子が無味乾燥な声で答えると、藤島は白い息一つとともに頷き、ドアを閉めて背を向けた。

「藤島さん……！」

爽子はドアを開け、右足だけを微かに積もった路面について立ち、ルーフ越しに藤島を呼んだ。

藤島の足が止まり、爽子を振り返った。

思わず呼び止めてしまったが、告げたい言葉ひとつ爽子にあるわけではなかった。ただ、いたたまれなくなって声を出したのだった。

「あの――」

冷たい微風が、爽子の前髪をかすかに揺らした。

その時、後ろでクラクションが鳴った。乗用車のカップルが、苛立たしげに爽子を見ている。すぐどける、と爽子は少し頭を下げてから、藤島を見た。

「……ごめんね」

疲れた笑顔で、気にするなというふうに藤島は門の中に入っていった。爽子は運転席に戻るとドアを閉め、ウインカーを出し、ワークスを発進させた。

その場に残ったのは、ワークスが踏んで汚れたシャーベットになった雪だけだった。

何も考えられない。何も感じられない。氷塊のような心は、だが、慣性のついた氷河のように、どこかにぶつかり粉々になる場所を求めるかのように爽子の中で動き続ける。氷の絶叫を上げながら。

それだけでなく、自分の周りさえ圧倒的な氷山に取り囲まれ、身をそぎながら、刻々とどこかに動いている気がする。

——岸を私一人でも逮捕してやる。

藤島がいなくても構わない。自分が直接逮捕することが、爽子にとって殺害された坂口晴代と栗原智恵美、一生苦しむ傷を負った岡部千春、そして身代わりにされた秋田泰久にしてやれる唯一のことだと思った。自分の不明のために失われた命の十字架は、このままではあまりに重い。

そしてなにより、自分自身が悪夢の迷路から解放されるために。藤島はこの気持ちを判ってはくれなかった。自分を辱めた男と岸龍一が爽子の中でいつしか一つになり、悪夢を呼び起こし再現していることを。十七年前のあの事件からずっと、自分は岸龍一という男を逮捕するために生きてきた気持ちさえする。その自分が逮捕しないで、誰が逮捕するというのだ。

もう誰にも、頼りはしない。爽子はポケットベルの電源を切った。

爽子は一人、江東区牡丹に向けてワークスを走らせた。

雪は本格的に降り始めている。爽子にはもう、雪の白さが天使の翼の色には見えなかった。

まばらな街灯に照らされた倉庫街は一種、沈痛ともいえる静けさと凍りついた空気の底にあった。灰色のモルタルが、錆びた鉄骨がますます堅く、鋭いなにものかに変わっているように見えた。

爽子はワークスを止め、複写した地図で場所を確認し、道路に立つと、寒さに押し包まれながら、たった一人の検索を開始する。寒さに、ダッフルコートの襟をたて、喉元のフロッグとトグルを留めた。藤島の首にかけたマフラーはしていない。ワークスの後部座席に、丸めて放り出していた。

足の進む先には、下半分が破れ、ほとんど用をなさなくなったフェンスがあり、その先には同じように無残な有様の倉庫が立ち上がった影のように黒々と、雪の白さと対をなして浮かび上がっている。

爽子は周囲に目をこらしてからフェンスをくぐり、ぎゅっぎゅっという足音と足跡を残しながら建物の方に近づいた。目が慣れ、近づくにつれ、細部の様子が次第にわかってきた。正面の壁だと思っていた部分が実は高さ七、八メートルほどの大きな搬出用の巨大な引き戸であり、それは完全に左右に開かれたまま、ぽっかりと開いていた。

爽子はホルスターの留め金具をはずし、いつでも拳銃を抜ける準備をしてから、一歩踏み出した。

そこには、コンクリートの床以外、何もなかった。そこは廃墟だった。動くものはなく、動かすべきものもない。爽子は自分の内側を見ている気がした。

爽子は拳銃をコートの上から無意味に確かめると、もう一度内部を見回した。木枠の残骸が所々に散らばり、壁面の波板は、いたるところで叩き壊されている。

静止した光景は、そこで流れた時間も営みもすべて記号化する。悲惨な場面を撮った写真と同じように。アウシュビッツの死体の山も、広島の原爆による惨状も。何故なら廃墟も写真も、結果だから。生命を失えば、すべては物質となって風景へと還元されてしまう……。

微かな音がして、爽子は咄嗟に拳銃に手をかけ物音のした方を向いた。なにも見えず、気配もない。爽子は目を見開いて闇を睨みながら、ポケットを探ってマグライトを取り出し、明かりをそちらに向けた。

誰もいない。

視界の上すみで何かを捕らえ、爽子は目を上げると、驚きのために唇がわずかに開いた。天井近くの梁には、無数の鳥達が身を寄せ合って爽子を見ていた。何羽かが眠りを妨げられた抗議のようにくぐもった鳴き声を漏らし、何羽かが羽根をばたばたと動かした。それらは、コアジサシやドバトの群だった。

ドバトは伝書鳩が野生化したものだと誰かに聞いたことを爽子はふと思い出す。犬でいうならディンゴのように。主のもとから永遠に去った鳥達の末裔が、同じように何かを見失った爽子を見ていた。

「おやすみ、鳥さん」

爽子は囁くとマグライトを消し、倉庫を出た。


一人きりの検索を始めて二時間が経過しようとしていた。まだどの場所にも人間が潜んでいる気配、それどころかかつて人間がいた痕跡さえ発見するには至っていない。爽子は検索した場所を少しずつボールペンで塗りつぶしていた。そしてそれは半分ほど、黒くなりつつあった。

一体自分はなぜこんなことを、と爽子は冷たくなり感覚の鈍った足でアクセルを踏み、次の場所に向かいながら思う。

心の氷河の叫びを押さえ込むことはできないが、身を削りながら流れる氷山の激痛から逃れる術は残されている。それは――。

――氷山の向かう方向に、同じ速度で流れてゆくこと。そして、行き着く場所をさがすこと。

多分、氷山の流れ着いた場所に爽子の求めるもの、岸龍一は潜んでいる筈だった。何故一人でなければならないのか、なぜ今でなければならないのか、それどころか逮捕した後どうするのか。爽子の意識にはまったくのぼらなかった。爽子の意識は〝痛み〟だけに向けられている。

これ以外のやり方で、どうやって痛みを減らせばいい？

雪がわずかな粉雪に変わった頃、海から少し離れた場所にある廃工場の裏手のフェンス沿いにある不審な車両に目を留めた。

車はフェンス側に左側を数十センチの隙間を開けて停車していた。白い車体に、薄く雪が積もっている。ナンバーにも雪が張りつき、数字は読みとれない。

爽子の注意を惹いたのは、それがトヨタ製のエクシヴ、つまり殺されて身代わりにされた秋田という青年の車と同じだったからだ。

爽子はワークスを停め、ライトを消した。ドアを開けると薄い雪を踏んで降り立ち、マグライトを手にした。

人が乗っていないのはわかった。それにこんな夜にエンジンも掛けずに乗っている物好きはいない。エクシヴの周囲を照らすと、足跡が運転席から点々と続いている。

足跡を追い、爽子は車の後部に回った。足跡はそこからさらに車体とフェンスの間へと続いている。爽子は足跡を追う前に、腰を屈めてナンバープレートの雪を防刃手袋をはめた手で払った。

現れたのは茨城ナンバーで、記憶していた秋田の車の物と一致する。

立ち上がり、マグライトの光をフェンスの内側まで伸ばした。足跡は雪の上に途切れることなく続いている。

抜け穴があるのだ。

爽子はマグライトを消し、雪明かりだけを頼りに、車とフェンスの間を進んだ。狭い隙間で屈み、敷地内へとつづく足跡が始まる場所のフェンスを、そっと押してみた。

一メートルほど、簡単に捲(めく)れた。

爽子はそのまま腰を曲げたままの姿勢で敷地に進入した。潜るとき、コートをフェンスの断面に引っかけ、上部の支柱に積もっていた雪が首筋に落ち、思わず声を上げそうになったが、何とか押さえ込む。

辺りを警戒しながら爽子は背を伸ばし、コートを翻(ひるがえ)すようにしてどけると、腰のホルスターから拳銃を抜いた。

手袋ごしに銃把の冷たさが伝わると、背筋を奔(はし)った悪寒に押し出された嗚咽(おえつ)のような息が、肺から口許までせり上がり、虚空に白く光って消えた。

爽子の身体はそれでも手順通りに動いた。引き金についている安全ゴムを外して、ポケットにねじ込む。

爽子は身震いした。爽子が拳銃を握ったとき感じたのは、心強さなどではなく、人の命を奪うことが出来る武器を手にした恐怖だった。

警察官のほとんどは人に向けて発砲せずに退職して行く。自分もそうなるだろうと爽子は思っていた。しかし今自分は、人を撃つかも知れない状況に、自ら踏み出そうとしている。極限の選択を求められたとき、自分は引き金を人に向けて引けるのか。……

両手で銃口を地面に向けて構え、早足で建物の陰まで接近した。

建物は事務所か何かに使われていたらしい三階建てと、その向こう側にモルタルの波板で立てられた棟に分かれている。

薄い雪明かりに浮かんだ三階建ては、大した高さでもないのに爽子にはそびえるように見えた。窓ガラスはほとんどが割れ、人のいる気配もなく荒れ果てている様子だ。

岸がいるとすれば、ガラスの割れた窓の向こうに窺える、モルタルの建物の方だ。

行き着くまでには、静寂とこの暗さの中、二つの角を曲がらなければならない。

爽子は一旦、建物の壁に身を寄せた。

息が震えているのが、自分でもわかる。胸の前で握りしめた拳銃のグリップを、両手で握り直す。汗で脇の下が冷たい。背中から壁面の冷たさが伝わり、身体の心臓以外の部分から体温を奪う。

爽子は意を決し、壁から離れた。

重要なのは相手を近寄らせないことだ。そうすれば大丈夫。こっちには拳銃もある。

爽子は必死に自分に言い聞かせた。

――主よ、大天使ミカエルよ、お護り下さい。

爽子は神と、警察官の守護天使に祈った。

曲がればすぐそこに岸がナイフを手に立っているのではないか。自分を待ち受けているのではないか。恐怖が生み出す想像と闘いながら気配を窺い、一度目を閉じ、それから拳銃を突き出すようにして、角を回った。

誰もいない。ふっと息をつくと、汗が湧いた。

次の角にも、誰もいない。

爽子は三階建てとモルタルの間に立ち、モルタルの建物を見上げた。

屋根のすぐ下に、波板ではなく採光のためか白い塩化ビニールの板が張られている。

そこに、淡い光が鉄骨の影を映していた。

最初爽子は、どこか建物の外側に光源があり、光が射し込んでいるのかと思った。

そうではなかった。

よく注意してみると、もし光源が建物の反対側にあるならば、こちら側の鉄骨だけでなく、向こう側の鉄骨も映らないのはおかしい。光源は〝内部にある〟ということか。とすれば——。

——ここにいる！

爽子は思わず大きく息を吸い込んだ。そしてあらためて一歩を踏み出した時、雪の下にあった円筒形の物を爪先で蹴っていた。

それは洋酒の酒瓶に見えた。転ってコンクリートに当たり、場違いに尖った音を響かせた。

爽子は肺が縮み上がり、呼吸を止めた。

中の岸は……気づいたか……？

耳をすませたが、自分の鼓動ばかりで、物音はない。

爽子はもう、自分が引き返せなくなったことを悟った。岸は感づいたかも知れないのだ。このまま応援を呼ぶために引き返すことは、そのまま取り逃がすことを意味する。それに応援を呼ぶつもりなら、秋田の車を発見した時点で呼ぶべきだった。

モルタルの建物の入り口は、三階建てと屋根つき通路で繋がった先にある。

爽子は足を進めた。入り口にあるのは、恐ろしく頑丈そうな、赤錆の浮いた鉄製のドアだ。

中の気配をドア越しに神経を集中して探った。

物音一つしない。——寝ているのだろうか？　やはり気配はない。

爽子はそのまま、しばらく立ち続けた。

そっと錆の浮いたレバーに手を掛け、少しずつ力を加えてみる。軋みひとつせず、レバーは動いた。岸が油でも挿して、手入れをしたに違いない。そのまま慎重に、爽子はドアを押した。

内部には、やはり灯りがあった。ドアと戸口の間に生じた隙間から漏れた、細い糸のような光が、爽子の顔の鼻梁を、そこだけはっきり闇に浮かばせた。

さらに押した。光の糸が少しずつ広がる。

そして爽子の顔全体を照らすほどの幅になった刹那、爽子は目を見開き、反射的に両手で拳銃を構えていた。

中は体育館くらいの広さだった。床には埃が積もり、かつては工場であったことを機械のあった跡で表している。

そして、岸がいた。

爽子に背を向け、パイプ椅子に座り込み、頭を垂れていた。背中しか見えない岸の足下で、アウトドア用のガスランプがついていた。照星の向こうで、岸は動かない。

爽子は安全装置を外し、戸口をくぐると一歩一歩接近した。

そして二メートルほどに近づくと初めて、口を開いた。

「……起きなさい。岸、岸龍一ね。起きなさい！　警察だ」

爽子の掠れた声に、三人を殺し、一人に重傷を負わせた被疑者は答えない。

寝た振りをしているようにも見えない。爽子はさらに近づいた。

爽子の意識は完全に前に向いていたので、背後にランプの光を受けて、ぼうっと浮かび上がった白いものには気づきようがなかった。

そして、拳銃を片手に構えたまま、岸の肩に手を掛けた。

爽子の手のひらが感じ取ったのは、虚無そのもののような冷たさだった。

これは、この冷たさは――。

ずるずると緩慢な動きで背もたれを滑り、男は椅子から床に、砂の城のように崩れ落ちた。

――死体だ！

爽子は全て察知した。悲鳴混じりの警告が、脳髄の中を反響する。

爽子は飛び退こうとした。だが一瞬、反応が遅れた。どうしたわけか、坂口晴代の遺体が、フラッシュバックして動きを遅らせた。

たった一つの齟齬から始まった爽子の過ちは、ここに至る間にいくつもの過ちと一緒になり、そして次の瞬間、爽子に襲いかかった。

まず何かが空を切る音がした。爽子には振り向くことさえ出来なかった。

衝撃が、後頭部に奔った。そして、間をおかず激痛が意識全体をすり潰すように頭の中で炸裂した。

爽子の膝から力が抜けていた。いつの間にか視点が床とほぼ変わらない高さになっている。そんなことはどうでも良かった。爽子はほとんど無意識に這うようにして、逃れようとした。

だが、四つん這いで行ける場所に、安全な場所はなかった。爽子の背、肩胛骨あたりに再び激しい衝撃が見舞っていた。

腕は力を失い、額を床に打ちつけて、爽子は床に潰れた。

爽子は呻きながら仰向けになり、拳銃を足の方向に向けた。照準を合わせるどころではない。相手は最早、黒い朧気な影としか見えなかった。

伸ばした爽子の右手首が、影の持っていた鉄パイプの払うような一撃で弾かれ、拳銃を握ったまま、手の甲が床に叩きつけられた。

そして無防備になった爽子の柔らかい腹に、悪鬼さながらの執拗さで、岸は逆手で握った鉄パイプを突き込んだ。

爽子の小さな身体がくの字になって、床から跳ねた。

……岸はそのままの姿勢で、爽子を凝視していた。そしてパイプを投げ捨てると、爽子の身体に跨ぐように立ち、襟を掴んで持ち上げてみた。まだ生きている。失神しただけだ。なんだ、と拍子抜けした表情になる。死んでも別によかった。が、すぐに新しい玩具を得た子供のような表情を浮かべた。

岸は爽子の持ち物を物色し始めた。

……凍てつくような寒さに目を開けたとき、爽子が最初に思ったのはまだ自分が生きている、ということだった。

失神した瞬間、自分は確かに人が生きている間に見ることはない闇、身体を失った魂が還る母性そのもののような深い淵を見た。

だが、今は薄い闇を目にしている。

腰から下に感覚がない。後頭部が割れるように痛み、熱を持って脈打つのを感じる。苦痛に顔を歪(ゆが)め、頭を少し動かすと、自分が土下座するような姿勢をとっているのに気づく。

両手は後ろに回されている。肩から下が痺れているのでわからないが、多分手錠で繋がれているのだろう。邪魔になったのか、コートは脱がされていた。

吐き気と激痛に耐えながら、鎌首をもたげるように頭をそろそろと持ち上げる。背中が冷え切った鉄骨に当たり、上半身が起きた。

目を瞬かせ、焦点を合わせようとする。ガスランプは消されず点いていた。

爽子は人影の輪郭を認めた。体格からして男だ。

岸龍一がそこに立っていた。

「――岸龍一、ね」

爽子は声をようやく出した。痛みも吐き気も、どこか遠くに行ってしまった気がする。

「……私は警視庁の、吉村爽子」

爽子はあえて名乗った。岸に非人格化させないようにするためだった。

岸は無言だった。ただ、表情のない顔で爽子を見ている。

「もう逃げ場はない。私をこうしていても、もうすぐ他の捜査員がここを包囲するわ。私がここにいることは、みんな知ってる」

　岸は不意に満面の笑みを浮かべた。

「嘘つきやがれ」岸がいった。「あんた、三十分も寝てたんだぜ。それが本当なら、とっくにやって来てるはずだろ」

　爽子は動揺を隠し、静かな表情を意識して作らなければならなかった。

「え？　図星か、吉村……巡査部長？」

「私には、嘘をいう理由がないけど」

　爽子が答えると、岸の表情が一変した。まるで日めくりカレンダーを破るような変化だった。顔の皮膚の下に塗り込められた強烈な憎悪があった。

「……お仕置きだ」と岸は呟いた。「嘘をつく女は、嫌いだ」

　岸はベルトから何かを抜き取った。だらりと下げられた右手に持ったのは、爽子の拳銃だった。

　爽子は岸から目を逸らさなかったが、踵で床を引っ掻くようにして避けようとするのを止めようがなかった。

　岸は爽子の目の前に立ち止まり、中腰になると爽子を見た。

「舐めろ」いいながら、拳銃をひらひらと動かした。

「──何言ってるの」

「舐めるんだよ、これ。男のアレのようにな」

「馬鹿なことを──」

「やれよ。遠慮するな」

「誰が──」

爽子がいおうとしたとき、岸の左手が伸び、爽子の頬を殴りつけた。容赦のない動きだった。

爽子の上半身が大きく傾いた。口の中に鉄の味が広がり、爽子は咳き込んだ。歯医者で麻酔をかけられたように、歯茎と舌が痺れ、感覚がない。爽子のブラウスの襟を岸はつかみ、手荒に鉄骨を押し付けた。それから片手で爽子の顎から頬にかけてを摑むと、口を開かせた。

爽子は屈辱から逃れるために身を激しく捩った。銃口を吐きだそうとする。

岸は左手で爽子の顔を押さえ、右手で撃鉄を起こした。

爽子の動きがぴたりと止まった。目を見開き、すぐ目の前にある岸の拳銃をかまえた右手を凝視する。

手の甲に、袖口の中から続いている火傷の痕があった。それは、怒膨した血管に張り付いた蛭（ひる）のように膨らみを帯び、引き金にかけた人差し指を、まるでけしかけるような、気味の悪いぬらりとした光沢を放っている。

銃口を挟んだ爽子の前歯が、かちかちと小刻みに音を立てた。胃の中を節足動物が這いまわっているような嫌悪と恐怖。

岸は引き金を引いた。

撃鉄の落ちる音と、前歯に軽い振動が伝わった。

爽子の身体から力が抜けた。壁にもたれ掛かった。

岸は下卑た高笑いを上げながら、引き金を絞り続けた。回転弾倉がカチャカチャと音を立てて回った。弾は全て抜かれていた。

「……撃たれると……思ったのか？」

岸は拳銃を投げ、腹を抱えて笑いながら、爽子に言った。

「簡単には殺しゃしねえよ。お前は〝実験動物〟だ。大事な大事な」

爽子は肩で息をし、床を見ていた。

「お前らが煩（うるさ）く嗅ぎ回ってくれたお陰で、しばらく外には出られん。だが時間はいくらでもある。二人で実験を楽しもうじゃねえかよ」

「あんたの〝実験〟なら知ってる」

爽子は俯いたまま言った。

「部屋を見たのか」

岸は悪戯を見つかった子供のように笑った。

「いろんな生き物で試したよ。犬、猫、鳥、……でも、やっぱり人間が一番だ。特に女は肌触りがいい、最高の実験動物だ」

「嘘つきは、あんたじゃない」

爽子は顔を上げて、岸を見た。爽子の声は、不気味なほど抑揚がなかった。

「へえ、どうして？　ねえ、馬鹿な僕ちゃんに教えてよ、先生」

岸は幼児の口調で歌うようにいった。

「あんたみたいな人間が、どうして生き物を殺すのか、私にはわかる。……あんた達みたいな糞野郎は、自分が取るに足らないつまらない人間だと判っているから、それから目を逸らすために殺すのよ。そうやって自分より弱いものしか手にかけられない癖に、自分が偉くなったように錯覚する」

岸の顔から表情が消えた。

「でもそんな優越感、長く続きはしない。だから、次から次に可哀想な生き物を手にかける。動物で満足出来なくなったら、今度は人間。でも、弱い人間にしか手が出せない。自分より強い者には、決して手は出さない。満員電車の痴漢とどう違うのよ。そして、人が怖がるのを隠れて見ながら、馬鹿みたいに笑って喜んでる。マスコミが煽りたてた犯人像を自分と重ねて悦に入る。……実際にはみっともなくて、つまらなくて、あそこもだだ漏れの、最低な人間の癖に」

岸は無言だった。むしろ激し始めた爽子より物静かだった。

「最初の質問に答えましょうか？……あんたは実験っていったけど、強がりはやめたらどうなの？　なにがジャック・ナイトよ、殺された子達は、みんな母親の代わりじゃない、違う？

あんたの正体は、乳離れできないのを他人のせいにしてるガキじゃないの！」

爽子の言葉は警察官としても、心理学を学んだ者としても許される言葉ではなかった。なにより監禁されている人間が発する言葉としては、最悪だった。

しかし、岸は無言のまま立っていた。しばらく爽子を見下ろしていたが、口を開いた。

「いいたいのはそれだけか？」穏やかな口調だった。

爽子と岸の視線が、絡み合った。

次の瞬間、岸の両手両足が凶器となり、嵐のように爽子を見舞った。

顔といわず腹といわず、一片の容赦もない力で殴られ、蹴られた。爽子の身体は反動で壁、床にぶつかりそのたびに、鈍い音を立てた。

岸にとって、爽子はサンドバッグだった。血と肉と命を持った最高のサンドバッグなのだった。

十分以上、それは続いた。

岸は衝動が納まったのか、動きを止めた。表情は変わらず、息も乱していない。

悲鳴を上げるどころか、呼吸さえできず、床に転がった爽子を岸はしばらく観察していた。手錠を嚙ました手首の皮膚が破れ、血が流れ出していた。

「ご高説ありがとうよ。……俺が乳離れ出来ねえガキなら、お前は何だ？ 俺はお前らみたいな女を見るとむかつくんだよ。澄ました顔しやがって。純真ぶったって、女は所詮メスなんだよ。頭にあるのは金か、セックスだけだろうが。

お前もそうだろ、その可愛い、いや可愛かった顔で何人男をくわえ込んできた、ん？ いってみろよ」

爽子は床の上から答えた。

「聞こえねえな」

爽子は呻(うめ)きながら、上半身を起こした。血の混じった、というよりほとんど血の固まりを吐き捨て、いった。

「……男の人と寝たことなんて、ない」

「へえ、そりゃ今時貴重だな。……嘘ついても、すぐにわかるぜ」

岸は下卑た表情になった。

激しい憎悪が、爽子の中の恐怖を駆逐した。

「……あんたみたいな人間が、私をこういう人間にしたのよ！」

爽子は絶叫した。


藤島は寮のベッドで、何度目かの寝返りを打った。

精神的、肉体的にも疲れ切っていた。風邪も引いていた。

しかし、眠りに落ちることはない。それどころか、時間が経つにつれて目が冴えてゆく。

藤島は諦めて布団をのけ、ベッドに横座りした。目覚まし時計を見る。爽子と別れて二時間が過ぎていた。

爽子が気になっていた。とくに、別れ際の「ごめんね」という言葉と表情が、瞼（まぶた）に刻印されたように、目を閉じるたびに浮かんでくる。

爽子の様子は尋常ではなかった。

藤島は爽子と行動を共にするうちに、爽子に危ういものを感じていた。繊細さと鈍感さ、優しさと冷たさといった相反するものを、無理に無表情という袋に詰めているように思った。いつかその袋が裂けるのではないか、と。

しかし――、まさか爽子が一人で逮捕しに行くとは思えない。

岸龍一がどれほど危険人物かを知っているのは、犯人像推定を行った爽子自身ではないか。

そう考えても、爽子の思い詰めた表情が気になっていた。

それにしても……、何故幹部に報せる前に、自分に報せたのだろうか？

佐久間にしても、爽子のいうことをもう軽んじることは出来ないはずだ。

藤島は立ち上がり、窓際に立った。

雪明かりが、ほの白く藤島を浮かび上がらせる。藤島は煙草を机の上からとり、一本抜いてくわえ、火を点けた。

爽子はどうして自分と行きたい、と告げたのだろう。紫煙を吐きながら考えた。

いや、むしろ――と藤島は思った。自分となら、逮捕しに行きたいという意味だったのか……？

まさか。藤島は頭(かぶり)を振った。

爽子が自分に好意を持っているのではないか、と藤島は自惚(うぬぼ)れではなく感じていた。それに応える、自分の中の心の動きも。

しかし、仕事と個人的な感情は別だ。

仕事と感情は別……か。ではどうして、爽子は十七年前の個人的な〝出来事〟を三枝由里香に告げたのだ？

捜査員個人の立ち入った事柄を相手に告げるのは、立場が逆転してしまうことがあり、得策とはいえない。ある程度のことは技術の範疇（はんちゅう）に入るが、あの時は答えなくても構わなかった筈だ。

あれは由里香に話したのではなく、自分に話したのだ、と藤島は思い至った。

あれは爽子の心の叫びだった。そして同時に、自分に対する奇妙な告白……というより、受け止めて欲しい、という意思表示だったのだ。

爽子は自分自身と、今回の事件の被害者達を重ね合わせたのではないか。それが、爽子の原動力ではなかったのか。

爽子は今でも時々、その体験を夢に見るとも語った。

その悪夢を終わらせるには、信頼できる男と、自分自身の手でやり遂げなくてはならなかったのだ。

爽子は、藤島直人という男を信頼し、確かな繋がりを求めたのではないか。その爽子に、自分は疲労の極にいたとはいえ、なんと心ない言葉を返したのだろう。

繋がり……人と人を結びつける、絆と呼ばれるもの。

ホテルのロビーで、最後の聴取をするため由里香を待っていた時、爽子が由里香が深い繋がりを得たいために、売春を行っていたのではないかと話したことを思い出す。

とすれば、二人は似すぎた他人だ。容姿もどこか似ていた。

しかし、だからこそ由里香は爽子を憎んだ。結果、父親を動かし、後で好きだといった自分も含めて、捜査から外すようにした。

「吉村……さん」

藤島は呟いた。

康三郎は由里香を不幸にした。では、自分は――?

藤島は床に脱ぎ捨てていたワイシャツとスーツを大急ぎで身につけ始めた。

コートを手に部屋を飛び出す。非常灯以外に灯りのない廊下を走った。

藤島は頭のどこかで、取り越し苦労であって欲しいと思いながら、ロビーの公衆電話から、蔵前署の本部直通電話に掛けた。

一分、二分。誰もでない。爽子の自宅もいつも身につけているポケットベルさえ、同様だった。

藤島は今度は柳原の携帯電話の番号を叩いた。呼び出し音を聞きながらしばらく待つ。今度は相手が出た。

藤島は非礼を詫びてから、一部始終を話した。

「あなたは吉村が一人で逮捕に向かったと考えているのね」

「はい。本部、自宅に連絡しましたが、応答ありません」

「蔵前の宿直者には確かめた？」

「……いえ」あえてしていなかった。

そう、と柳原は答え、それ以上は聞かなかった。

「佐久間管理官に彼女が報告したのなら、動きがあっても良さそうなものだけど、そういうことは聞いてないし」

「これから署に出て、探してみます」

「ご苦労だけどそうしてくれる？　私もすぐそっちに行ます。携帯に、連絡して」

「了解」藤島は電話を切った。

五分後、熟睡していた隣室の警官からバイクのキーとヘルメットを借り受け、藤島は寮を飛び出した。

雪を踏んで単車置き場に走ると、一台のバイクにキーを差し込んだ。

ホンダNSRはすぐにエンジンを吹き上げた。

藤島はヘルメットを被り、車体を引き出すと力強いエンジン音に励まされながら、跨(また)がると一気にグリップを回し、コートの裾を長毛種(ラングハール)の猟犬のようにはためかせつつ雪を蹴立てて疾走した。

爽子は何度も意識を失いそうになりながら、それでもまだ生きていた。

岸は爽子を〝蹴りつけるという作業〟に没頭するように蹴りつづけた。まるで、蹴り続けなければ自分が加虐欲で狂死してしまう、とでもいうように。

爽子は糸のかわりに手錠でつながれ、暴力に弄(もてあそ)ばれる操り人形だった。右頬を蹴られ上体が傾くと、つぎの瞬間、左脇腹に爪先が食い込む。

肋骨にこれほど弾力があるとは、爽子は知らなかった。何度も激しく蹴られ、肺が潰されたように感じたが、折れてはいないからだ。顔面は自分ではそれほど痛みを感じない。ただ、唇と瞼が熱い、と思った。冷たいものを顎先に感じるが、これは多分、流れた血か涎(よだれ)だろう。

すでに時間の感覚はなくなっている。もうこの状態が何時間続いているのか、判らない。判ったところで大した意味はない。

岸は手足を使った暴力には飽いたようだが、加虐欲はまだ旺盛のようだった。一歩離れると、息を整え、ナイフを取り出した。趣向を変えるつもりらしい。

「おい、まだ生きてるか？　よしよし、いい子だ。これが見えるな？　これはな、最初の女に使ったナイフだ。切れ味が凄くいい」

岸は、爽子の傍らに来て屈み、力を失って背を壁にもたれた爽子の目を覗き込んだ。

爽子は無関心にそれを見た。何も感じなかった。

「これで、お前の可愛い顔、切り刻んじゃおうかな」

岸はぺたぺたとナイフで爽子の腫れた頬を叩いた。

好きにすればいい、というふうに、爽子は木偶のように首を前に倒した。

これが、と爽子は思った。これが、憎しみに駆り立てられた女の末路だろうか……？

そうだ。確かにあのとき、自分は藤島を憎んだ。それは藤島と自分も含めたすべての人間とそして、女に対してだ。

爽子は今更ながらすべてが間違いだったのではないかと考えた。

岸を一人追いつめた愚行はもちろん、両親から生を受けたことも、警察官になったことも、何より今まで生きてきたことが。

岸は爽子の髪を摑んだ。そして刃を当て、力を入れた。

脱力した爽子の顎が反り返るように上がり、白い喉が露わになる。喘ぎに似た息が肺から暗い天井に向けて漏れた。辛うじて薄く開いていた目に、頭上に広がる暗渠のような、どこにも救いのない闇が映った。

ぶつっ……という音がした時、爽子の身体より先に死にかけていた心に、精気が戻った。怒りも。

無惨に、中途で断ち切られた髪が顔を覆った。爽子は唇を震わせ、岸の方を向いた。

「……返せ、私の髪を、返しなさいっ！」

「やーだね」岸は嘲り、結んだままの爽子の髪を掌上で弄んだ。

「こいつは俺のもんだ。これをあそこにこすりつけて、毎晩オカズにしてやる」

「死んじまえ、変態……！」

爽子はただ悲しくなった。

藤島は蔵前署の拳銃保管庫から出ると、公衆電話に飛びついた。柳原の携帯電話の番号を叩く。すぐに柳原は出た。

「はい。藤島さん？」

「警部、吉村巡査部長、拳銃戻していないそうです。それに、車もありません。……どうやら間違いなさそうです」

「……なんてこと」柳原も絶句した。

「それにかなりの時間が経っています。自分は吉村巡査部長を追います。応援の手配、お願いします」

「駄目よ！　藤島さん、私が佐久間警視に連絡します、それまで動かないで！」

「出来ません、一刻の猶予も――」

「命令です！」

藤島は受話器を叩きつけ、蔵前署を走り出た。

岸は爽子の喉を右手で摑み、絞めた。

爽子は、げっ、と蛙の潰されたような音を、圧迫された喉から発した。口が半開きになり、舌先が飛び出した。痣だらけになった顔が赤黒く変色してゆく。爽子の目はかすみ始めた。視界が狭まり、黒い霧がかかったようになる。

爽子が意識を失う手前で、岸は爽子の首に込めた力を緩めた。爽子は空気を求めて喘ぎ、気管に唾液を詰まらせて咳き込んだ。

岸は、その様子を満足気に眺め、もう一度手に力を込めた。

気管を再び閉じられ、まるで溺れているように、爽子は足で何度も床を蹴った。背中で、手錠が爽子の代わりに金属音の悲鳴を上げた。

「何でお前を今まで生かしておいたか、わかるか？」

切られた髪を振り乱し、身を捩るようにして逃れようとする爽子を、岸は片手で苦もなく壁の鉄骨に押しつけながら、言った。

「これまで出来なかった実験がしたいんだ。……お前は俺のメアリ・ケリーだ」

爽子は抵抗が一瞬、止まった。ひっ、というような音が、喉から漏れた。

「ま、教養のないお巡りは知らない名だろうけどな」

爽子は知っていた。

メアリ・ケリーは切り裂きジャック最後の被害者の女性だった。それだけではなく、彼女の死体は凄惨を極めた方法で解体され、自宅のベッドに横たえられていた。爽子は写真を見たことがある。ほとんど内部から破裂したのではないかと思えるほど、内臓は引きずり出され、無造作に投げ出されていた。爽子の脳裏に浮かんだ百年以上前の不幸な女性の写真が突然、色づいてカラーになり、面影を残さないまでに切り刻まれたメアリ・ケリーの顔が自分の顔に変わり、服装も今自分が身につけているものに変化した。爽子は自分の死体を見た。

「時間をかけてさ……、ゆっくり、ゆっくりとな……」

爽子の喉から手を離し、岸は興奮でかすれた声で言った。口の端に唾液がたまっている。

岸は爽子のブラウスをナイフで裂き始めた。続けて、アンダーシャツを裂く。

爽子の胸は、下着を除いて露わになった。

岸は爽子の下腹の上に跨り、ぞっとするほど優しい手つきで、抱き寄せた。口許を爽子の耳に寄せて囁（ささや）く。

「俺のモノを突っ込んだら、次はナイフを突っ込んでやるよ。……生きてるうちに」

岸はさらに爽子の身体をたぐり寄せた。爽子の身体を完全に仰向けの状態にするつもりらしかった。

手錠の輪の中で回る手首と、無理な動きを強いられる肩の関節の激痛のなか、爽子はこれでよいのかも知れない、と思った。

藤島以外、自分がここにやって来たことは知らない。誰にも迷惑をかけないためには、自分がここで死ぬのが一番良いのだ。当然の報いなのだから。柳原にも藤島にも、これ以上の迷惑はかけられない。

……これでよいのだ。爽子はあきらめをもって、全てを見渡そうとしていた。

腕を鉄骨に繋がれたまま伸ばし、仰向けになると爽子の表情に気づいたのか、岸がいった。

「どうした、え？　そんなに嬉しいか」

……痛くしないで。爽子の口は独りでに動いていた。

「なんだって？」

岸は爽子の口に耳を寄せた。爽子は天井の遠い暗がりを見上げたまま、いった。

「屑よ、あんた、人間の……そういったのよ」

死の瞬間まで、こんな人間に憐憫を誘うようなことはいいたくなかった。

突然、入り口の鉄扉が蹴り開けられた。

「……爽子！」

藤島の声が響いた。

岸は驚愕しながら、上半身を起こし、手にしていたナイフを爽子の首筋に突きつけた。

藤島は両手で拳銃を構えたまま、岸に怒鳴った。

「警察だ！　その人を……、吉村巡査部長を放せ！」

「これが見えてないのか？」岸はナイフを左手に持ち替えながら言った。爽子は天井を見上げたまま、微動もしない。

ただ、露わになった白い腹が上下することで生きているのが藤島にも判った。それが藤島を勇気づけた。

「武器を捨てろ！」

「殺すぞ、このアマ」

「やめとけ、大事な人質だろ？　もし刺せば、こっちも遠慮しない」

藤島は怯まない。そして、拳銃の撃鉄を起こした。

床から見上げる岸と壁際の藤島は、照星越しに数メートルの距離を置いて、睨み合った。

岸は、にっ、と笑った。そして、素早く右手を振り、ガスランプを掴むと、藤島に投げつけた。

藤島は咄嗟に、身をかわした。背後の壁に当たって、ガスランプが砕ける音が響いた。

灯りを失い、暗くなる。それでも藤島は、ナイフをきらめかせ、岸が突進してくるのを辛うじて目に捉えた。

「岸――！」

藤島は天井に向けて発砲した。ドン、という音が鳴り渡った。

岸は藤島を床に突き飛ばすと、開いたままのドアを走り抜け、外に消えた。

藤島は起きあがり、爽子の元に駆け寄ると、爽子の体温を確かめるように、頬を両手で挟んで揺さぶった。

「おい、返事をしろ！　大丈夫か！」

「……生きてる」

爽子の声は精気がなかった。まるでシェル・ショック——兵士が戦場で激しい肉体的精神的ストレスから陥る症状だった。

藤島は自分の手錠ケースから鍵を取り出した。手錠の鍵は全て共通なのだ。爽子の手錠を外し、立たせた。

「あ……」

「諦めてたのか、死んでもいいと？」

藤島は自分のコートを爽子に着せ、前を合わせてやる。

そして、床に転がっていた爽子の拳銃を調べ、弾がないとわかると、自分の拳銃から一発、弾丸を移した。

「……私が……死ねば……誰も……傷つかない……から」

藤島が振り返った。

「馬鹿野郎！　死んで周りの人間、傷つけっぱなしにする気か！」

それから爽子の手に拳銃を押しつけ、走り出す。爽子は拳銃を手に、まだ呆然としていた。藤島はドアまで行くと爽子の方を向き、爽子を叱咤する。

「ぐずぐずするなっ、自分の悪夢は、自分で止めろ！」

その一言で、爽子は全身の激痛を忘れて走り出していた。藤島に続く。

藤島は外で周囲を見渡していた。

屋根付きの通路に吹き込んだ薄い雪の上に残された足跡は、まっすぐ三階建ての中に消えていた。開け放たれたアルミのドアの向こうは、全くの暗渠だった。

「この中に逃げたな。……行こう」

岸が二人に反撃をくわえる可能性は高かった。さらに岸は建物内部の配置を知悉している。

しかし藤島と爽子はドアの前で互いの呼吸を計ると、意を決して踏み込んだ。

藤島が右側、爽子は左側に銃口を向ける。

しん、と静まった廊下の内部に、階段を昇る音が小さく響いている。

「どっちだ？」

「たぶん、右側」

爽子と藤島は走り出した。

内部は割れたガラス片などが散乱し、走りにくい。時折、足を取られた。

廊下の端の階段に辿り着いた。見上げた二人の頭上から、確かに駆け昇って行く足音が降ってくる。

爽子と藤島は、階段を二段飛びで上階を目指した。

「逃がさないぞ」藤島が白い息と一緒に吐きだした。

爽子の方はもっと必死だった。体中、到るところから痛みが入り乱れ、脳に殺到する。いま爽子の中で痛まないのは、心だけだった。

三階分の階段を上がりきる。

最上階の開け放たれたドアの向こうに、白い雪が敷き詰めたように広がっている。屋上だった。

夜明けが近いのか、薄紫の空と凪(な)いだ黒い海と、対照的なコントラストをつくっている。それを背景に、岸は屋上を二十メートルほど走っている。

一旦立ち止まっていた爽子と藤島も屋上に飛び出す。藤島は両手で拳銃を上げ、岸の背中に照星を重ねた。

「止まれ！　岸！」

岸は立ち止まった。白い雪の上で、岸は黒い影のように見える。

その影が一旦細くなり、それから元に戻った。

振り返ったのだ。手には、あのジャックナイフが光っている。

岸は二人めがけて突進しようとした。

判断の余地はない。藤島は決断した。

肩を狙い、引き金を引いた。

命中率をわざと落としてあることが災いした。弾丸は岸を掠(かす)めただけだった。

岸の足は止まらない。

――やられる……!

爽子はそう思った。

だが藤島の方は、自分自身でも驚くほど冷静だった。岸の動きが、スローモーションのように緩慢(かんまん)に見えた。

片膝をつき、狙いを足に変えて、発砲した。

あとほんの数メートルというところで、岸は左足が躓(つまず)いたようにして倒れ込んだ。

弾丸は左足、太股の下部に命中していた。射入口から鮮血が、奇怪な花が咲いたように飛び散っている。赤い血が、雪の白さを汚して斑(まだら)模様を描いていた。

「……ワッパを、ワッパをかけてこい」

藤島は片膝をつき、拳銃を岸に向けたまま、爽子に告げた。銃口が震えていた。

爽子も震えながら頷(うなず)き、岸から目だけは逸らさず身を屈めて藤島の腰のケースから手錠を摑むと、岸に近付いた。

一歩一歩、警戒しながら、雪を踏みしめるように足を動かす。

「——岸龍一」

撃たれた足を押さえ、寝返りを打つように左右に転がる岸の側にくると、爽子は言った。もう震えはない。

「殺人及び死体遺棄、並びに逮捕監禁、傷害、公務執行妨害の現行犯で逮捕する」

突如、岸は、「うがあぁっ」と獣じみた咆哮(ほうこう)をあげ、血塗(ちまみ)れの手で爽子に摑みかかった。

「大人しくしなさいっ!」

爽子は髪を乱して振りかぶり、満身の力を込め、岸の顔面に手錠を叩きつけた。握った手錠の輪が岸の鼻にあたり、軟骨が湿った小枝の折れるような音をたてた。

岸は鼻血を飛ばしながら崩れ落ち、鼻孔と足からの出血で雪を汚しながら、喚いた。喚きながら、交互に両手で傷を押さえた。まるで、自分の血は世界で最も貴重な液体だとでもいうように。

醜悪な眺めだった。

爽子は足搔(あが)く岸を俯(うつぶ)せにし、膝で背中を押さえながら、両手を背中に回して手錠を思い切り強く嚙ませた。

そして、あの時の若い警官のように、岸の襟首をつかみあげ、引きずり立たせた。

「やったな、吉村さん」

藤島も近づき、岸の足にネクタイで応急の止血帯を施しながら、言った。

「……爽子でいい」

爽子は岸の右腕を押さえて前を向いたまま、ぼそりと言った。

「そうか」と藤島はいった。

「やったな、……爽子」

無数の、間断なく鳴らされ、早朝の空気を震わせるパトカーのサイレンが聞こえてくる。

朝日はまだ昇らない。

# エピローグ　冬の終わり

警察車両の赤色灯が、辺り一面で回っていた。

捜査員や鑑識が行き交っている。

集結している捜査員の中には、佐久間を始め、大貫、吉川らの姿もあり、勿論、鷹野そして柳原明日香の姿もあった。

爽子は駆けつけた救急隊員に応急手当のみ受け、藤島の長すぎるコートの襟を両手で掻き合わせるようにして立っていた。断ち切られ、頰を覆う髪の間から、大きな絆創膏がのぞいている。

今更のように襲ってきた恐怖、激痛で膝が震え、爽子は着ているコートの持ち主に支えられ、ようやく立っている状態だった。

現場検証は始まっており、大貫、吉川らが眼前を通り過ぎるとき、大貫は「馬鹿野郎が」とぼそりと爽子を見て言い、吉川は「何を考えてるんだ」と冷ややかにいった後、

「傷が残るかも知れない、病院でちゃんと治療してもらうんだぞ」といい置いて捜査員の群の中に見えなくなった。

二人とも、とりあえず叩きつけたい感情や罵声があるにせよ、今は口にすべきではなく、爽子の傷が癒えたとき改めて容赦のない言葉を与えてくれるつもりらしかったが、それだけではなく、とにもかくにも命拾いした〝仲間〟を思いやる感情を優先した態度らしかった。

そうなのだろう、と爽子は思った。どんなに相容れず、蔑（さげす）みや憎悪の感情を持った相手でも、人間が死ぬようなことがあれば、それは悲しい。

爽子は走り回る捜査員達の群を見た。

この中にいる、たとえ今まで一言も話したことがなく、顔も覚えていない相手でも死によって欠ければ、今の自分はきっと身が毀（こぼ）れたような感情に、心を刺されるだろう。警察官としてでなく、刑事仲間としてでもなく、行き違いや生き方の違いから対立しても、結局は同じ人間同士として。

生きよう、と爽子の胸に唐突だが力強く湧き上がった力がある。人というのは究極、わかり合えないかも知れない。けれどもそれは、言葉であれ行動で表明して自らをわかって欲しいと努力し、他人をわかりたいと心を澄ますしかない。それが生きるということであり、喜びも悲しみも、自分を形作るものも、その無為に見える営みの中にある。陽の下に新しきものなし、とは、間違いではないのか。あくまで自分にとってはだが、新しいものは、常に眼を凝らした先、耳を澄ませれば聞こえる範囲にこそあるのではないだろうか。

「藤島さん、ありがとう。……もう、大丈夫」

爽子は寄りかかっていた藤島の肩から手をはずし、自分の足で薄い雪を踏みしめた。岸が救急隊員の手でストレッチャーに固定され、捜査員が同乗して病院に搬送されて行くのを見守った。

「……高い授業料だったわね」

爽子と藤島が振り返ると、腕章をした柳原が立っていた。

「主任……申し訳ありません」

爽子は痛みをこらえながら頭を深く下げた。

「警部。命令を無視しました。処分は、受けます」

藤島は柳原の目を見たまま、硬い声でいった。

柳原は答えず、手を伸ばし、爽子の無惨に切られた髪を、そっと撫でた。

「あなたはとんでもない馬鹿よ。何のためにこんなことをしでかしたのか、私にはわからない。わかりたくもない。ただあなたは間違っている。……でも、あなたが生きていてく

「……主任」

柳原は表情を変えないまま、涙を流した。涙滴が、頬に緩やかな弧を描いた。二人に背を向け、立ち去りながら、柳原はいった。

「先に本庁で待ってる。——温かいコーヒー、いれとくから」

当座の現場検証が終わり、捜査員らは撤収を始めた。

爽子と藤島は、人気のなくなった工場に佇(たたず)んだ。爽子が藤島の方を向くと、藤島も爽子に向き直った。

言葉もなく身じろぎもせず、二人は互いを見ていた。

不意に、爽子は嗚咽(おえつ)を漏らし始めた。喉を鳴らし、目から大粒の涙を流しながら、それでも藤島から目を逸らさない。

爽子の端整な顔の線が、無残なほど崩れていく。そして、藤島に額を押しつけるようにして、声をあげて泣き始めた。右手で藤島の胸を力なく叩く。まるで鍵をなくした子供が、家の扉を叩くように。

藤島は爽子をそっと抱きよせた。そして腕の中の爽子の小さな身体を思った。生きている温もりが、何より藤島には貴重だった。

「……本当の勇敢さというのは、死を恐れないことではなく、死を恐れながら最善を尽くすことだ」

「うん」爽子は藤島の腕の中で、素直に頷いた。

抱きしめあい、支え合った互いの腕をほどくと、二人はワークスまで歩き出した。

この先、自分達がどうなるのか、わからない。しかし、爽子と藤島は二人とも、互いの温もりが隣で確かに感じられる今このひとときは、とりあえず幸福だった。

……肩を寄せ、支え合いながら歩く二人を、朝日が照らし出した。

## 〈主要参考文献〉

［警察関係］
『警察の本』Part2〜4　三才ブックス
『新・警察の本』　〃
『刑事の本』　〃
『おもしろ無線受信ガイド』　〃
月刊『ラジオライフ』　〃
『警視庁刑事』　鍬本實敏　講談社
『日本警察の解剖』　鈴木卓郎　〃
『知らないと危ない「犯罪捜査と裁判」基礎知識』　河上和雄　〃
『冤罪はこうして作られる』　小田中聡樹　〃
『日本の検察』　野村二郎　〃
『日本の警察』　西尾漠　現代書館
『警察官僚　増補版』　神一行　勁文社
『日本警察の不幸』　久保博司　小学館
『ニッポンのおまわりさん』　久保博司　WAVE出版
『警察官の「世間」』　久保博司　宝島社
『公安警察スパイ養成所』　島袋修　〃
『裸の警察』　別冊宝島編集部　〃

『警察官の掟』古賀一馬　三笠書房
『空想刑事（デカ）読本』斉藤直隆　ぶんか社
『警察学入門』斉藤直隆　アスペクト
『事件記者』①〜③　大谷昭宏　幻冬舎
『美人女優と前科七犯』佐々淳行　文藝春秋
『平時の指揮官　有事の指揮官』佐々淳行　〃
『東大落城』佐々淳行　〃
『連合赤軍「あさま山荘」事件』佐々淳行　〃
『科学鑑定』立石昱夫　〃
『警察が狙撃された日』谷川葉　三一書房
『検死解剖マニュアル』佐久間哲　同文書院
『科学捜査マニュアル』事件・犯罪研究会　〃
『完全犯罪と闘う』芹沢常行　中央公論社
『法医学ノート』古畑種基　〃
『変死体の謎　検死官ドッキリ事件簿②』芹沢常行　二見書房
『鑑識の神様』須藤武雄監修　〃
『宮崎勤裁判』上　佐木隆三　朝日新聞社
『証拠は語る』デイヴィッド・フィッシャー
小林宏明　訳　ソニー・マガジンズ
『ＦＢＩ　神話のベールを剝ぐ』上下

『FBI神話の崩壊』　ダーマッド・ジェフリーズ　池田真紀子　訳　同朋舎出版
『北朝鮮諜報部隊』　ジョン・F・ケリー&フィリップ・K・ワーン　河合洋一郎　訳　原書房
『スパイのためのハンドブック』　田代更生　ひらく／ごま書房
〔心理学・プロファイリング・事件関係〕　ウォルフガング・ロッツ　朝河伸英　訳　早川書房
『犯罪心理学入門』　福島章　中央公論新社
『精神鑑定の事件史』　中谷陽二　〃
『プロファイリング』　ロナルド・M・ホームズ　スティーヴン・T・ホームズ　景山任佐　監訳　日本評論社
『FBI心理分析官』1〜2　ロバート・K・レスラー　相原真理子　田中一江　訳　早川書房
『FBIマインド・ハンター』　ジョン・ダグラス　マーク・オルシェイカー

井坂清　訳　早川書房
『診断名サイコパス』ロバート・D・ヘア　小林宏明　訳　〃
『FBI心理分析官　凶悪犯罪捜査マニュアル』ロバート・K・レスラー他　戸根由紀恵　訳　原書房
『FBI心理分析官　異常殺人者ファイル』ロバート・K・レスラー　〃
河合洋一郎　訳
『邪悪な夢』ロバート・サイモン　加藤洋子　訳　〃
『FBI殺人教室』ラッセル・ヴォーパゲル　ジョセフ・ハリントン　小林宏明　訳　アスペクト
『快楽殺人の心理』ロバート・K・レスラー他　狩野秀之　訳　講談社
『心理捜査官　ロンドン殺人ファイル』デヴィッド・カンター　吉田利子　訳　草思社
『増補　犯罪精神医学』中田修　金剛出版
『岩波心理学小辞典』宮城音弥・編　岩波書店
『心理学概論』S・Aメドニック　J・ヒギンズ　J・キルシェンバウム

『ユングの心理学』 外林大作　島津一夫　編著　誠信書房
『アドラー心理学の基礎』 秋山さと子　R・ドライカース　宮野栄　訳　野田俊作　監訳　一光社
『精神科治療マニュアル』 井上令一／四宮滋子　監訳　講談社
『切り裂きジャック』 コリン・ウィルソン　ロビン・オーデル　仁賀克雄　訳　メディカル・サイエンス・インターナショナル
『ロンドンの恐怖』 仁賀克雄　徳間書店
『津山三十人殺し』 筑波昭　早川書房
『世界不思議百科』 コリン・ウィルソン他　関口篤　訳　草思社
『ユナボマー　爆弾魔の狂気』 「タイム」誌編集記者　田村明子　訳　青土社
［その他］
『最新ピストル図鑑』 床井雅美　ベストセラーズ
『防衛庁・自衛隊〈新版〉』 防衛研究会　編　徳間書店
『汗と泥にかがやいて』 吉永光里　かや書房
『送り雛は瑠璃色の』 思緒雄二　廣済堂出版
社会思想社

『ギリシア神話小事典』バーナード・エヴスリン
小林稔　訳　　社会思想社
『野戦の指揮官　中坊公平』ＮＨＫ「住専」プロジェクト　ＮＨＫ出版
『中坊公平の闘い』藤井良広　　日本経済新聞社
『Ｘ―ファイル　知られざる世界』ジェーン・ゴールドマン
南山宏　訳　ソニー・マガジンズ
『天使の事典』ジョン・ロナー
鏡リュウジ・宇佐和通　訳　柏書房
『図説キリスト教文化事典』ニコル・ルメートル
マリー＝テレーズ・カンソン
ヴェロニク・ソ
蔵持不三也　訳　原書房
『目で見る消防活動マニュアル』監修／東京消防庁警防部
編著／東京消防庁警防研究会　東京法令出版
『ウイルス・ハンター』エド・レジス
渡辺政隆　訳　早川書房
『レベル４／致死性ウイルス』ジョーゼフ・Ｂ・マコーミック
スーザン・フィッシャー＝ホウク
武者圭子　訳　〃
『ボーダーランド』マイク・ダッシュ

南山宏　訳　　　　　　角川春樹事務所

以上の書籍を参考にさせて頂きました。著者及び出版に関わった全ての人達に感謝致します。ありがとうございました。

また、『御直披』（角川書店刊）と『少女売春供述調書』（リヨン社刊）の二冊には、とりわけ得るものが多く、それぞれの著者である板谷利加子氏、大治朋子氏には特別な感謝を捧げます。

なお、冒頭の引用は『緋色の研究』（延原謙訳・新潮社文庫）、『マザー・テレサへの旅路』（神渡良平・サンマーク出版）、『神曲』（平川祐弘訳・河出書房新社）より引用いたしました。

ありがとうございました。

黒崎視音

# 文庫版のためのあとがき

この作品は二〇〇〇年に単行本として刊行されたものですが、この度、文庫収録に当たり若干の修正を加えました。

本作は作者にとって最初の作品です。

〈誰も書いたことのない警察小説を書いてみたかった。そして、警察という組織に生きる人々の息吹を自分なりに表現したかった。本書には架空、実在を含め数多くの警察組織、用語が登場する。本書の題名であり、本編の主人公、吉村爽子のつとめる心理捜査官は実在しないが、穢された過去を持ち、組織の中で傷つけられてゆく爽子の姿は、この時代この国に生きる人達の姿とかさなるものがあるのではないかと思う〉——。

これは単行本刊行時、帯に掲載された言葉ですが、ずいぶんと威勢のよい文句を書いてしまったものだと我ながら呆(あき)れてしまいます。もっとも、この文章そのものは、読者の皆様にあてたものではなかったのですが（関係者に配られた際の自己推薦文だと言われて書いたものです）。

初版より三年という月日が流れ、久しぶりに読み返してみて、我ながら瑕疵の多いことには呆れるしかありませんが、それだけでなく、作中で描いた警察組織、法制関係が本書刊行時と現在とでは大きく異なっていることにも気づかされます。

例えば二〇〇三年に施行された、いわゆる買春防止法の成立によって、売春行為を行った女性ばかりではなく、買った側の男性も逮捕されるようになりましたし、なにより現在の警視庁捜査第一課には犯罪情報室という部署が設置されて犯罪情報分析（プロファイリング）が行われていますが、当時はまだ準備段階であり、本作を構想していた頃には、真新しいテーマでもありました。

――この〈プロファイリング〉を主軸に据えることで、〝警察小説として〟新しいものが書けないだろうか。私はそう思いました。もちろんすでに翻訳ものではトマス・ハリスの『羊たちの沈黙』が映画とともに大きな反響を呼んでいたのは知っていましたし、その原作のもとになったロバート・K・レスラー『FBI心理分析官』もありました。

御存じの方も多いと思いますが、警察小説というジャンルには髙村薫先生（作者がもっとも尊敬する小説家）の『マークスの山』という金字塔と呼ぶにふさわしい作品があり、それを十代の頃に拝読して、私には警察小説は書けないと諦めてしまっていた経緯があるのです。あの素晴らしい完成度には、到底、近づきようがないと打ちひしがれるにたる名作でしたから。

　そして、女主人公（ヒロイン）は、書き始めた頃の私の心象を反映してか、……穢され、孤独で心を閉塞させた吉村爽子が生まれました。

　以来、初稿を書き上げて以後も、皆様のお読み下された形になるまでの何度となく改稿する間も、爽子は私の心に住み続けました。そして刊行された際に、作中の爽子の年齢と、作者である私の年齢が偶然にも同じであることを、ある読者の方のご指摘を頂いて気づきました。思えば四年以上、爽子とともに生きていたわけです。

　振り返ってみれば私は、自らの心のもっともわだかまった部分から生まれたにせよ、吉村爽子という登場人物に愛着のようなものを感じていたのかも知れません。自分自身の分身、……あるいは陰画として。

　そして、爽子以外の登場人物達にも、思い入れはあります。藤島直人、柳原明日香、三枝由里香（爽子の次に気に入っている登場人物）はもちろん、大貫警部や吉川警部補にも。特に大貫警部に関しては、特定のモデルはいないものの、かなりの影響を受けた人物はいます。

『警視庁心理捜査官』第二作については、構想はありますが具体的にはなにもきまってはおりません。ですから、本書をお読みになって気に入って下さり、続編を希望される方には、もう少しお時間を頂きますようお願いいたします。

それから、作者の物語をもっと読んでみたいと思われた方には、徳間書店より『六機の特殊』が刊行されています。この物語では同じ警察小説でも趣向を変えて、警察特殊部隊の活動を描いています。主人公は土岐悟――、キャリアでありながら第一線の警備活動の陣頭に立つ警視と、土岐の仲間である第六機動隊特科中隊第四小隊の面々。こちらも読んでいただけたら幸いです。

さて、なんだか堅苦しいことばかり書いてしまったような気がしますけれど、ここからは少し、この作品からはなれた事柄を書いてみたいと思います。

――……と、ここまで書いてきて、何だか肩が凝ってしまいました。

なにしろ、あとがきなんて書くのはまだ二度目ですし（本が二冊しかないからだろ、という声には、ただただ遅筆を恥じ入るしかありません）、〝書きたいことはすべて物語の中で書くべき〟、などと日頃から口にしている身としては、何を書けばよいのか考えたこともないので……（本を出す前は、あとがきを書くのが夢でしたけど）。

というところで、作者はこれからどのような物語を書いていこうというのか、それについて書いてみたいと思います。

物語の作者としても、読者としても私が好きなのは「臨場感のある物語」、この一言に尽きると思います。

読者が本を読んでいる、という意識を忘れて、登場人物を取り巻く世界と物語に没入してしまう……、そんな作品です。けれど、現実を舞台にすると、どうしてもそれが足かせとなってしまいます。筋立てもそうですし、人物造形でもそうです。でも、よりリアリズムを感じさせる（忠実な再現、という意味ではありません）物語をかこうとすれば、無視することは出来ないのです。

作品世界におけるリアリズムの程度、濃淡を考えた場合、二つの選択があるように思います。一つ目は、徹底的にリアリズムに則って作品世界を構築すること。二つ目は、作品世界に合わせてリアリズムを設定すること……。

私が選択したのは後者ですが、私が目指すのは〈リアリズムと物語の〝融合〟〉です。

読者として私が読んだいくつかの作品では、現実の安易な改変が目に付くものもありました。小説としてのおもしろさを優先させた、と言えなくはないのですが、今ひとつ腑に落ちないものも心に残りました。

加えて、その職業に就いている人なら当然知っているようなささいな事柄を、さも特別な知識のように強調して書いてある小説も、私には興ざめでした。

読書の楽しみ方は人それぞれですが、私は〝知ること〟も大事な要素だと思います。ですから、登場人物達の持つ職業人としての知識は、当然、読者も共有すべきだと考えています。

次に、文章は読みやすく、読んでいることを意識させないように……書いたつもりなんですけど。やっぱり、読みにくかったりするところもあるのでしょうね（ごめんなさい）。

そして――、なんと言っても登場人物。

現実の人達すべてが主人公になり得るように、内面をできるだけ丁寧に書けば、どんな登場人物だろうと魅力的になるはずだと思います。そして、書いている内に登場人物に物語が牽引されてゆく、ということもあります（『警視庁心理捜査官』では、柳原明日香警部がその例）。登場人物は作者の分身であり、陰画でもあり、そしてすこしだけ理想像でもある……、というところでしょうか。

と、なんだか書きたいことを書いてしまいましたけど、全部自分自身に跳ね返ってくることは承知しています。

初心を忘れず、精進します、もっと。

でも、書いていて気づいたのは結局、私は〈小説らしい小説〉を目指しているのだなあ、ということです。ちょっとアナクロな。――

そんなことを考えながら現在鋭意執筆中なのは『交戦規則―ROE―』（仮）です。この物語では、自衛隊の対ゲリラ戦の実相を描く予定です。

また、作者の考えや近況（と、無駄話）はファンの方がたちあげてくれた『胡蝶亭』というホームページにも載っています。インターネットにアクセス出来る環境にある方は、是非一度ご覧下さい。あ、そうそう、こまめな管理人のくりんこふさん、そして素敵な壁紙を作ってくれたこーじさん、本当にどうもありがとうございます。そして、いつもおつき合い頂くみなさんにも。

さらに、印刷所のみなさん、校正者の方、本を運んでくれた方々、本を店頭に並べてくださった皆さんにも、感謝いたします。

何より、この本を手にとって下さった、読者の皆様に。

では、またお会いいたしましょう。

二〇〇四年一月　　　　黒崎視音

本書は2004年2月徳間文庫として刊行されたものの新装版です。なお、本作品はフィクションであり実在の個人・団体などとは一切関係がありません。

徳間文庫

# 警視庁心理捜査官（下）

〈新装版〉



2021年3月15日 初刷

著者 黒崎視音

発行者 小宮英行

発行所 株式会社徳間書店

東京都品川区上大崎三-一-一 〒141-8202
目黒セントラルスクエア

電話 編集〇三(五四〇三)四三四九
販売〇四九(二九三)五五二一

振替 〇〇一四〇-〇-四四三九二

印刷 製本 大日本印刷株式会社

ISBN978-4-19-894634-0 （乱丁、落丁本はお取りかえいたします）